Die Cézanne Connection

Andreas Lukoschik wurde in den 1990er Jahren bekannt mit der TV-Sendung »Leo's Magazin«, für die er den Grimme-Preis bekam. Für den Schweizer Kanton Schwyz etablierte er das Printmagazin »Y-Mag«, für das er beim größten Corporate-Publishing-Wettbewerb Europas den »Best of Corporate Publishing Award in GOLD« erhielt und dessen Chefredakteur er ist.

Dieses Buch ist ein Roman. Handlungen und Personen sind frei erfunden. Ähnlichkeiten mit lebenden oder toten Personen sind nicht gewollt und rein zufällig.

ANDREAS LUKOSCHIK

Die Cézanne Connection

Der zweite Fall des Anatol Balthasar Trockau

KRIMINALROMAN

emons:

Bibliografische Information der Deutschen Nationalbibliothek
Die Deutsche Nationalbibliothek verzeichnet diese Publikation in der Deutschen Nationalbibliografie; detaillierte bibliografische Daten sind im Internet über http://dnb.d-nb.de abrufbar.

MIX
Papier aus verantwortungsvollen Quellen
FSC® C083411
FSC
www.fsc.org

Umschlagmotiv: »Weibliche Badende, von einem Beobachter überrascht«, Paul Cézanne, 1870, in Privatbesitz
Umschlaggestaltung: Tobias Doetsch
Gestaltung Innenteil: César Satz & Grafik GmbH, Köln
Druck und Bindung: CPI – Clausen & Bosse, Leck
Printed in Germany 2014
ISBN 978-3-95451-330-7
Originalausgabe

Dieser Roman wurde vermittelt durch die
Michael Meller Literary Agency GmbH, München.

Für Max und Anita

Bei der Jagd nach gestohlenen Bildern
ist es hin und wieder gut,
das Glück auf seiner Seite zu haben.
Es ist aber immer gut,
mit einem pfiffigen Team zusammenzuarbeiten.

Anatol Balthasar Trockau,
Wiederbeschaffer gestohlener Artefakte

Die handelnden Personen

Das Team

Anatol Balthasar Trockau – freiberuflicher Versicherungsagent und unkonventioneller Wiederbeschaffer abhandengekommener Kunstwerke

Katharina Boiern – begnadete Fälscherin, Diebin und Partnerin von Trockau seit ihrer Begegnung in Rostock

Hedwig von Wessin – geniale Networkerin

Otto (Boi) Boiern – Fälscherlegende, Vater von Katharina und Partner von Hedwig

August – das Elektronenhirn der Zwillinge

Ernst – Kunsthistoriker und der Musische der Zwillinge

Die anderen (in der Reihenfolge ihres Auftritts)

Der Präsident – der Drahtzieher der »Cézanne Connection«

Dr. Alexander Solin – der CEO der Artecuritas-Versicherung

Schmoller – beauftragt bei der Artecuritas-Versicherung die Wiederbeschaffer

Monsignore Rubino Kragenbauer – Freund von Trockau im Vatikan

Giancarlo Conte – Gastgeber von Hedwig von Wessin und Eigentümer des ersten Cézanne

Renzo Landolt – Kunstberater aus Zürich

Ghjuvan Roca (der Korse) – steuert alle kriminellen Aktivitäten

Roberto – der Kopierer auf der »Sea Goddess«

Jean-Philippe Janus – Anwalt

Johan Jakob Löwenthal – der große Cézanne-Sammler aus dem Kleinwalsertal

Georg Stahlberg – Finanzvorstand der Artecuritas-Versicherung

Vorher

1

Im Arbeitszimmer eines Landhauses

Er saß in seinem schlicht, aber teuer eingerichteten Büro und schloss behutsam die schwarze Ledermappe. Das Pseudonym Präsident hatte er sich für die raren Fälle zugelegt, in denen er mit jemandem Gespräche führen musste, die für die Abwicklung seiner Pläne bedeutsam waren. Dabei war er in der Tat der Vorsitzende einiger ehrenwerter Organisationen gewesen, deren Mitglieder ihn mit dem, was er jetzt geplant hatte, allerdings niemals in Verbindung bringen würden. Das sollte auch nie geschehen.

Der Präsident hatte in seiner Mappe alles, was er brauchte, um sein Spiel, das er vor fast zwei Jahren begonnen hatte, zu einem erfolgreichen Ende zu bringen. Es würde ein sehr einträgliches Spiel werden. Wenn alles lief wie geplant – und davon ging er aus –, würden ihm Kunstwerke im Wert von gut hundert Millionen Euro in die Hände fallen. Als Dank dafür, dass er eine der feinsten Versicherungen der Kunstbranche sturmreif geschossen hatte. Die Versicherung selbst würden irgendwelche Investoren übernehmen. An Alltagsgeschäften hatte er kein Interesse.

Der Präsident schmunzelte. Er war entschlossen, auch bei diesem Projekt seine drei wichtigsten Maximen einzuhalten: Erstens: Diskretion. Zweitens: Diskretion. Und drittens: Diskretion.

Nicht einmal die Spieler selbst hatten den leisesten Schimmer, dass sie nur Figuren waren, die er auf dem Spielbrett hin- und herschob. Aber so war es ihm am liebsten. Wer nicht wusste, dass er manipuliert wurde, setzte sich auch nicht zur Wehr. Er mochte keine selbstständig denkenden Mitarbeiter. Sie machten nur Arbeit und ließen sich sehr viel komplizierter lenken. Damit wollte er keine Zeit verschwenden.

Bisher lief alles nach Plan. Die Zeit der Ernte rückte in Reichweite. Wieder schmunzelte er. Dieser letzte Coup würde für alle Zukunft reichen.

Der erste Tag

2
Rom, Hotel Hassler

Anatol Balthasar Trockau sah von der Dachterrasse des Hotels an der Spanischen Treppe über die Dächer der Ewigen Stadt. Die Kuppel des Petersdomes fest im Blick – und ein Glas Champagner ebenso fest in der rechten Hand.

Er bedauerte, dass Katharina, die Frau, die er liebte, die herrliche Aussicht nicht mit ihm genießen konnte. In Roms Palästen hatten so viele Intrigen und Machtkämpfe stattgefunden, die das Abendland geprägt hatten – während Titanen der Kunstgeschichte seine Züge gestalteten: Michelangelo, Tizian, Raffael …

»Noch ein Glas Champagner, Signore?«, riss ihn eine Stimme aus seinen Gedanken. Es war einer der makellos livrierten Diener, die die handverlesene Gästeschar mit »Krug«-Champagner versorgten.

»Nein danke. Ich habe noch«, sagte Trockau und ließ seinen Blick nun statt über Kirchen und Kuppeln über die illustren Gäste um sich herum schweifen.

Er befand sich auf dem alljährlichen Treffen der Vereinigung »Sammler bildender Kunst«, einem Zusammenschluss wohlhabender Herren, von denen jeder Einzelne über eine stattliche Sammlung feiner und feinster Bildwerke hoch gehandelter Künstler verfügte.

Trockau passte äußerlich hervorragend in dieses Umfeld. Sein mitternachtsblauer Smoking ließ seinen Teint edel und diskret zur Geltung kommen; das maßgeschneiderte Hemd mit der Waffelpiqué-Hemdenbrust und den Lapislazuliknöpfen saß makellos. Die breite Stirn und die leicht ergrauten Schläfen gaben ihm etwas Klassisches. Dank der Gene seiner italienischen Großmutter war er ganzjährig gebräunt, was ihm den Hauch des Erfolges verlieh, weil die meisten Menschen annahmen, dass er gerade aus dem Urlaub kam. Nicht das Einzige, was viele an ihm falsch einschätzten. Sie hätten den Lachfalten um seine tiefbraunen Augen mehr Aufmerksamkeit schenken sollen. Diese Augen ließen auf eine gut erhaltene Jungenhaftigkeit,

Neugier und Unternehmungslust schließen, die sein wahres Alter von Anfang fünfzig vergessen machten.

Auch er selbst schätzte seine Wirkung bisweilen falsch ein. Besonders bei der Damenwelt. Wäre er in dieser Hinsicht nicht so unbegabt gewesen, hätte er nämlich manchen Blick, der ihm an diesem Abend zugeworfen wurde, als das erkannt, was er war: interessiert. Aber für die Wahrnehmung dieser Signale fehlte ihm das Talent.

Die Damen standen an den Seiten meist älterer Herren, waren deutlich jünger, blonder und meist auch noch größer als ihre Begleiter und versuchten, ihre Langeweile als mondäne Attitüde zu kaschieren. Nur wenn ein anderer – vermutlich noch reicherer – älterer Herr ihnen einen kleinen Scherz zuraunte, erhellte ein strahlendes Lächeln ihre perfekt gepflegten Züge – und erlosch, wenn sich der Herr einer anderen zuwandte.

Trockau fragte sich, ob diese jungen Frauen wussten, dass sie für ihre Begleiter ebenso prestigeträchtige Sammelobjekte waren wie deren Kunstwerke. Natürlich wussten sie es, beantwortete er sich die Frage selbst. Frauen waren so viel klüger, als es sich Männer träumen ließen. Sie waren sogar so klug, es ihnen nicht zu zeigen.

Er sollte sich also vielmehr die Frage stellen, ob der männliche Part dieser ungleichen Paare – bei allem Stolz auf das langbeinige Geschöpf an seiner Seite – ahnte, dass er in den Augen seiner Eroberung nichts anderes war als ein üppiges Bankkonto auf zwei Beinen. Das zudem schon in die Jahre gekommen war. Früher oder später würden diese Beine einknicken und die Begleiterin als wohlhabende Witwe zurücklassen. Dann konnte sie endlich das tun, was sie schon immer tun wollte. Mit jüngeren Männern.

Bei Begegnungen solcher Art in der schillernden Welt der Kunst fiel Trockau immer wieder die Doppelbedeutung des Wortes »Kunst-Welt« auf. Wie bei »Kunst-Stoff« – aus dem im übertragenen Sinne die Hüftgelenke der einen und die Brüste der anderen Teilnehmer dieser feinen Abendgesellschaft gemacht waren.

Natürlich behielt er diese Einstellung für sich, schließlich wollte er von seinen Klienten weiterempfohlen werden. Und weil die Damen und Herren der Kunst-Welt nun mal allesamt potenzielle Klienten waren, behandelte er sie – so wenig ihm dies auch manchmal behagte – freundlich und zuvorkommend.

Damit ihm dieser Spagat aus Erkenntnis und wirtschaftlichem Zwang auch an diesem Abend gelang, zog Trockau eine Epicure No. 2 aus dem Zigarrenfutteral, das in seiner Smokingjacke gesteckt hatte, beschnitt deren Kopf und erwärmte die gerollten Tabakblätter mit Hilfe eines Streichholzes, damit die Feuchtigkeit, die in den Zellen der Tabakblätter gespeichert war, ihm einen milden Rauch schenkte. Dann brachte er die Spitze der Zigarre mit Bedacht und Sorgfalt zum Glühen, ehe er den ersten, köstlichen Zug nahm.

Da dieser Prozess seine ganze Aufmerksamkeit in Anspruch genommen hatte, war ihm entgangen, dass Dr. Alexander Solin inzwischen ans Mikrofon getreten war. Dieser Abend war zu seinen Ehren ausgerichtet; die Sammler wollten dem Vorsitzenden der Artecuritas-Versicherung damit danken, dass seine Versicherung immer ohne Zögern zur Tat geschritten war, wenn einmal der höchst missliche Zustand eingetreten war, dass ihnen eines ihrer wertvollen Gemälde entwendet worden war.

Trockau, dessen kritische Einschätzung der Kunst-Welt durch den wundervollen Duft seiner mild glühenden Havanna friedvoller Gelassenheit wich, hatte den Anfang der Rede nicht wahrgenommen. Jetzt hörte er Dr. Solins Worte: »… und eines dürfen Sie mir glauben, meine Damen und Herren: Ich hätte all das viele Geld, das wir Ihnen ausgezahlt haben, sehr viel lieber selbst behalten …«

Diese Bemerkung wurde von den gut gelaunten Damen und Herren wie erwartet mit einem wohlwollenden Raunen als das angenommen, als was sie gemeint war – als Bonmot.

»Dennoch habe ich es in der langen Zeit«, fuhr Solin fort, »in der meine Versicherung mit vielen von Ihnen zusammenarbeiten durfte, immer als wesentlich erachtet, dass ›Versicherung‹ und ›Vertrauen‹ nicht nur mit demselben Buchstaben beginnen – sondern auch gemeinsam enden: Ohne Vertrauen kann keine Versicherung existieren. Schließlich vertrauen Sie alle darauf, dass die Versicherung hilft, wenn es einmal hart auf hart kommt. Dafür zahlen Sie ja letztendlich unsere durchaus namhaften Versicherungsbeiträge.«

Erneut freundliche Zustimmung im Publikum.

»Und dieses Vertrauen wollte ich immer verdient haben. Deswegen waren und sind wir weiterhin an Ihrer Seite. In guten wie in schlechten Tagen. Ich danke Ihnen, meine Damen und Herren.«

»Ein guter Redner darf über alles reden außer über sieben Minuten«, ertönte neben Trockau eine ihm wohlbekannte Stimme. Sie gehörte Schmoller, dem Leiter der »Abteilung für die Wiederbeschaffung« der Artecuritas-Versicherung. Für ihn arbeitete Trockau ausgesprochen gern, denn Schmoller zahlte immer pünktlich und ohne Zicken Trockaus durchaus sportliche Honorare. Aber er war sie auch wert. Schließlich war er der Beste der freiberuflichen Versicherungsagenten und verlangte sie nur, wenn er erfolgreich war und die Kunstwerke am Ende seines Einsatzes wieder dort hingen, von wo sie gestohlen worden waren.

»Ja«, sagte Trockau. »Guter Mann. Apropos: Steht es wirklich so schlecht um die Finanzen der Versicherung, wie man hört?«

»Ich würde Ihnen ja gerne etwas anderes sagen, lieber Trockau«, Schmoller wandte sich ein bisschen ab und senkte die Stimme, »aber es sieht wirklich nicht rosig aus. Doch das wollen wir heute Abend nicht so laut sagen. Sonst spricht der eine oder andere dieser erlauchten Versicherungsnehmer Solin noch darauf an. Aber Tatsache ist, dass unser Dr. Solin ziemlich unter Druck steht. Es gibt Leute, die glauben, der Aufsichtsrat wolle den Finanzvorstand Georg Stahlberg auf seinen Stuhl setzen, um einen rigorosen Sparkurs zu fahren. Aber so weit ist es noch nicht.«

»Das hört sich für unsere Zusammenarbeit nicht gut an, verehrter Schmoller.« Trockau warf einen kurzen Blick auf

Schmoller, ehe er den Blick wieder über die gepflegten Köpfe der »Sammler« schweifen ließ. »Oder sehe ich das zu schwarz?«

»Keineswegs«, antwortete Schmoller und fügte mit seinem unerschütterlichen Optimismus hinzu: »Aber nichts wird so heiß gegessen, wie es gekocht wird. Deshalb genießen wir einfach den herrlichen Abend und gönnen unserem Chef dieses ›Hoch-soll-er-leben‹-Gefühl. Und sollte er wirklich seinen Stuhl räumen müssen, wird er sich seinem Handicap beim Golf widmen und ansonsten seiner Frau auf die Nerven gehen – wenn sie nicht gemeinsam auf der MS Europa über die Weltmeere schippern.«

»Sie sind ja bestens informiert, was Ihr Vorstandsvorsitzender in seiner Freizeit treibt.«

»Überhaupt nicht«, erwiderte Schmoller, »ich stelle mir nur vor, wie ich das machen würde.« Er setzte mit der rechten Hand sein Glas Champagner an, trank es aus und griff sich mit der linken ein frisches vom Tablett eines livrierten Kellners, der neben ihnen einen Weg durch die Gästeschar zu finden versuchte.

»Übrigens – wann fahren Sie wieder ab?«, fragte er dann.

»Die nächsten Tage«, antwortete Trockau vage.

»Dann sollten wir uns irgendwann auf einen Kaffee treffen. Aber jetzt ist Freizeit! Lassen wir es uns ein bisschen gut gehen. Auf Kosten der ›Sammler bildender Kunst‹!« Und damit verschwand Schmoller mit seiner chronisch guten Laune zwischen den Vertretern der »Kunst-Welt«.

Trockau reizte diese Möglichkeit der Abendgestaltung weniger. Er ging zu Dr. Solin, machte ihm seine Aufwartung und bedankte sich für die Einladung. Wenig später setzte er sich diskret Richtung Fahrstuhl ab. Er wollte wieder sichereren Boden unter den Füßen haben. Den der Ewigen Stadt.

Als Trockau durch die Drehtür unter dem Schriftzug »Hassler Villa Medici« auf die blank polierten Steine der Via Sistina trat und die Türme der Kirche Trinità dei Monti vor sich aufragen sah, fühlte er sich sehr viel wohler. Er nahm einen Zug aus seiner Havanna und schritt die Spanische Treppe leichtfüßig hinab.

Rom an einem lauen Juniabend zu erleben gehörte zu den herrlichen Privilegien, die er durch seinen Beruf hin und wieder genießen durfte, und davon wollte er jetzt Gebrauch machen.

Auf der Via Condotti ließ er die luxuriösen Heilstempel der Gucci-Pucci-Klasse links und rechts liegen und flanierte durch die Gassen des alten Rom. Vorbei am Palazzo di Montecitorio, wo sich die italienischen Parlamentarier trafen, um nichts zu bewegen – außer ihren Kontoständen. Er erinnerte sich an ein Gespräch mit dem Enkel des legendären Arrigo Cipriani, der zu Anfang des letzten Jahrhunderts in Venedig »Harry's Bar« gegründet hatte. Der hatte ihm erzählt, dass vor hundert Jahren eine italienische Lira den gleichen Wert wie ein amerikanischer Dollar hatte. Und heute? Gut, heute gab es keine Lira mehr, aber wenn man ein bisschen rechnete, dann wäre heute ein Dollar circa eintausendfünfhundert Lire wert. Einen solchen Wertverlust durften sich die Herren zuguterechnen, die seitdem im Palazzo di Montecitorio das Land »regiert« hatten.

Trockau blieb stehen und schaute sich das pompöse Gebäude mit seinem breiten Portal und den darüber im Abendwind wehenden Flaggen an. Dann betrachtete er die Römer, die gut gelaunt durch die Gassen schlenderten, und ermahnte sich: *Sei nicht immer so wesentlich und deutsch. Nimm dir ein Beispiel an den Römern. Nimm das Leben leicht.* Er lächelte still. Und um den guten Vorsatz gleich in die Tat umzusetzen, ging er in die nächste Gelateria und ersetzte seine Havanna, deren Geschmack ihm inzwischen zu kräftig geworden war, durch ein Eis.

Anschließend schlug er einen kleinen Bogen, um über die Piazza Navona mit ihren Buden und Straßencafés zu schlendern, und winkte an der Piazza di San Pantaleo nach einem Taxi. Erstaunlicherweise fuhren nur fünf an ihm vorbei; bereits das sechste hielt an. Ungewöhnlich für Rom, dachte er, als er die Tür des weißen Alfa öffnete.

Dann fuhr es, wie alle Taxis Roms, unverhältnismäßig rasant

auf dem Corso Vittorio Emanuele zum Tiber, überquerte die gleichnamige Brücke auf die Vatikanseite und rauschte durch den Tunnel auf die Via delle Fornaci. Hier, in Steinwurfnähe des Petersdoms, hatte er sich mit seinem alten Freund Monsignore Kragenbauer im Stammlokal der Schweizergardisten verabredet.

Aufgeräumt und beschwingt überschritt er die Schwelle des »Ristorante Vittoria«, wo der Monsignore bereits im hintersten Eck saß. Neben ihm eine kleine Nische, in der sich eine dunkle Statue befand, vor ihm eine Karaffe gefüllt mit einem leicht moussierenden Weißwein.

»Carissimo«, rief Trockau, breitete die Arme aus und durchschritt in dieser leicht theatralischen, aber durchaus italienkonformen Haltung ein Meer aus schwarz gekleideten Gästen. Es war nicht das Smokingschwarz der Kunst-Welt, sondern das Soutanenschwarz der katholischen Kirche.

Der Grund für diese starke Kleruspräsenz war relativ einfach: Die Herren in Schwarz bekamen hier die sogenannten »prezzi amici«, die ein Drittel unter denen der Touristenpreise lagen. Egal, ob die Soutanenträger aus Kamerun, Chile oder Bayern nach Rom gekommen waren. Eine Vergünstigung, die jeder hier gerne annahm, schließlich war Rom eine teure Stadt, in der sie mit ihren schmalen Bezügen klug haushalten mussten. Der Padrone des Ristorante war im Übrigen der Meinung, dieser kleine Klerus-Rabatt wäre nicht nur gut fürs Geschäft, sondern auch für ein Plätzchen im Himmel.

»Der Herr ABT«, erwiderte Rubino Kragenbauer mit strahlendem Lächeln ebenso laut und nannte Trockau bei einem Namen, der sich aus seinen Initialen zusammensetzte und für seine engsten Freunde reserviert war.

»Was sollen deine Confratres denken?«, lachte Trockau, als sie sich zur Begrüßung umarmten.

»Ach, ein Abt fällt hier nicht weiter auf«, antwortete der Monsignore lakonisch.

»Wenn er einen Smoking statt einer Soutane trägt, schon.«

»Schwarz ist Schwarz«, wischte der geweihte Mann Trockaus

Einwände vom Tisch und schenkte ihm ein Glas des erfrischenden »Vino della casa« ein.

»Mitternachtsblau, mein Lieber. Mein Smoking ist mitternachtsblau. Du siehst zu schwarz«, erwiderte Trockau und prostete ihm zu.

»Was führt dich nach Rom?«, fragte der Monsignore, nachdem sie einen Schluck getrunken hatten. »Geschäfte?«

»Indirekt«, antwortete Trockau und stellte sein Glas ab. Dabei wollte er der Frage keineswegs ausweichen; der Monsignore gehörte zu den Menschen, denen er bedingungslos vertraute. Kragenbauer hatte ihm vor langer Zeit bei einer gefährlichen Wanderung in den Bergen das Leben gerettet. Seitdem waren sie Freunde und hatten schon so manchen selbst ernannten »Kunstfreund«, der meinte, sie hinters Licht führen zu können, zunächst auf den Arm genommen, um ihn dann nach allen Regeln der Kunst zu verschaukeln. Das letzte Mal war erst vor Kurzem gewesen, als sie für das Kunsthaus Rostock einen gestohlenen Rothko wiederbeschafft hatten.

»Es war eher so eine Art ›Gesichtspflege‹«, sagte Trockau und machte mit den Fingern Gänsefüßchen in die Luft. »Heute Abend feiert der Club der ›Sammler bildender Kunst‹ den Vorstandsvorsitzenden der ›Artecuritas‹ als Dankeschön für seine konsequent gewährte unbürokratische Hilfe. Und weil ich lange Zeit für diesen wirklich integren Mann und seine Versicherung gearbeitet habe, fand ich, dass ich ihm in diesem illustren Umfeld meine Reverenz erweisen sollte. Ich habe gerade keinen aktuellen Fall in Arbeit, also habe ich mir gedacht«, dabei klopfte er dem Monsignore sanft auf den Unterarm, der entspannt auf der weißen Tischdecke ruhte, »dass ich die Gelegenheit beim Schopfe ergreifen sollte, um meinen alten Freund Rubino besuchen zu kommen.«

»Das war eine gute Idee!«, sagte Kragenbauer und erhob sein Glas gerade, als Trockaus Handy klingelte – und bei mindestens sechs jungen Priestern die stereotype Handbewegung in Richtung Hosentasche einsetzte, die gleich wieder endete, als er das Gespräch annahm.

Das vielsprachige Stimmengewirr übertönte den Anrufer, weshalb er sich das andere Ohr zuhielt, um besser verstehen zu können. Es war Hedwig, die mit ihm zusammen nach Rom gefahren war, um ihrerseits einen alten Freund zu treffen. Sie klang aufgeregt, als sie ihn bat, morgen früh um neun im Caffè Novecento in der Via del Governo Vecchio 12 zu sein. Es sei dringend, sagte sie zum Abschluss. So kannte Trockau seine Grand Dame der Kunstwelt gar nicht, die sonst immer mit ihrem exzellenten Netzwerk im Rücken selbst in ausweglos erscheinenden Situationen einen kühlen Kopf bewahrte.

Nachdem er das Gespräch beendet hatte, fragte er grinsend: »Warum muss es in Italien immer so laut sein?«

»Weil wir nicht all die geheimen Absprachen, Intrigen und Geheimnisse hören wollen, die allerorten in dieser Stadt getroffen werden«, gab Kragenbauer ebenso grinsend zurück.

Der Monsignore nahm die Gelegenheit wahr, ihre Bestellung aufzugeben: Bruschetta und Risotto con Radicchio. Die Köche hier waren mit ihren Portionen nämlich nicht nur auf hungrige Kleriker eingestellt, sondern machten ein Risotto genau so, wie ein Risotto sein soll.

Der zweite Tag

3
Rom, Hotel Raphael

Am nächsten Morgen lief Trockau Schmoller im Frühstücksraum des kleinen Relais & Châteaux Hotels »Raphael« über den Weg, das in einer kleinen Gasse neben der herrlichen Renaissancekirche Santa Maria dell'Anima, der Nationalkirche der Deutschen, im Herzen der römischen Altstadt lag. Sie bemerkten sich fast gleichzeitig, als jeder für sich in Hemdsärmeln das Frühstücksbüfett nach morgendlichen Köstlichkeiten absuchte. Keiner der beiden hatte gewusst, dass sie im selben Hotel abgestiegen waren.

»Das trifft sich ja ganz hervorragend«, sagte Schmoller zur Begrüßung, »wir haben nämlich etwas zu besprechen.«

Trockau freute dieses Zusammentreffen, weil bei Gesprächen mit Schmoller meist ein Auftrag raussprang. Ein Detail, das für ihn als freiberuflichen Wiederbeschaffer abhandengekommener Kunstwerke nicht ganz unbedeutend war. Schließlich hatte er nicht nur sich selbst, sondern auch sein Team aus Experten unterschiedlicher Wissensgebiete zu ernähren. Dieses Team zeichnete sich nicht bloß durch hohe Fachkompetenz aus, sondern auch dadurch, dass sich alle Mitglieder im sechsten Jahrzehnt ihres Lebens befanden. Eine Tatsache, die ihre früheren Arbeitgeber veranlasst hatte, sich von ihnen zugunsten Jüngerer zu verabschieden. Dieser für Trockau völlig unverständliche Jugendkult kam ihm sehr gelegen, da er dadurch Zugriff auf die besten und erfahrensten Spezialisten hatte, die überdies auch noch optimal vernetzt waren. Für sie sorgte er gerne. Nicht nur weil er sie als Experten schätzte, sondern weil er sie auch als Menschen mochte.

Bei einem Cappuccino und mit Crema gefüllten Brioches enthüllte Schmoller, dass Finanzvorstand Georg Stahlberg ihn heute Morgen gebeten hatte, Trockau auf den Fall eines verschwundenen Cézanne hier in Rom anzusetzen.

Trockau hatte still an seinem Cappuccino genippt und zugehört.

»Ich muss Ihnen noch etwas sagen«, druckste Schmoller herum.

»Ja?«

»Wir haben das Thema gestern bereits gestreift, und Sie hatten leider recht. Das wird wohl der letzte Auftrag für die nächste Zeit sein.« Der sonst so optimistische Schmoller schaute betreten auf die weiße Tischdecke. »Stahlberg hat mir heute wegen der angespannten wirtschaftlichen Lage des Unternehmens zur Auflage gemacht, ab sofort nur noch fest angestellte Wiederbeschaffer einzusetzen. Die seien billiger.«

Er blickte vom Tischtuch auf und sah Trockau dieses Mal gar nicht so gut gelaunt wie sonst an: »Lieber Herr Trockau, es tut mir wirklich leid, aber ich kann nicht anders. Deshalb bin ich froh, dass es mir gelungen ist – gegen nicht unerheblichen Widerstand –, Sie wenigstens mit der Klärung des Cézanne beauftragen zu dürfen. Denn wenn Sie diesen Fall lösen, wird er sicherlich merken, was er an Ihnen hat. Es ist doch immer günstiger, ein Bild wiederzubeschaffen, als es nicht zu finden und dann die Versicherungssumme auszahlen zu müssen. Aber ehrlich gesagt«, er lehnte sich zu Trockau vor, »weiß ich nicht, was er wirklich vorhat. Nur dass in den letzten Wochen einige Unternehmensberater bei uns waren und alles auf den Kopf gestellt haben.«

Trockau konnte die bedrückte Stimmung Schmollers nicht ganz teilen. Er hatte gerade einen Auftrag bekommen, für den sich die Romreise schon gelohnt hatte.

»Sie wissen ja«, fuhr Schmoller fort, »diese Berater haben meist vom Geschäft keine Ahnung, bürsten aber gerne alles über ihre Finanzprogramme und entscheiden dann am Kern der Sache vorbei. Die Auswirkungen dieser ›Beratung‹ müssen wir also erst einmal überstehen, dann können wir weitersehen.«

Damit gab er Trockau die Adresse des Cézanne-Eigentümers. Und weil Schmoller sowohl seinen Cappuccino getrunken als auch seine Brioche gegessen hatte, verabschiedete er sich und entschwand, nachdem er Trockau noch zugesichert hatte, dass er auch in diesem Fall seine Arbeit zu den üblichen wirtschaftlichen Konditionen antreten könne.

Trockau verfügte über ein gesundes Selbstvertrauen und teilte die trostlosen Perspektiven von Schmoller ganz und gar nicht, zumal es ja auch noch andere Versicherungen gab, für die er tätig war. Im Gegenteil, er empfand die Aussicht, noch ein paar Tage in Rom recherchieren zu können, als einen sehr guten Start in diesen herrlichen Tag. Gut gelaunt verließ er das kleine Hotel und machte sich auf den Weg zu seinem Treffen mit Hedwig im Caffè Novecento.

Auf dem Weg dorthin ließ er es sich nicht nehmen, an der Kirche Santa Maria della Pace vorbeizuschlendern. Er liebte ihre selbst für römische Verhältnisse einzigartige Barockfassade sehr. Für ihn war dieses kleine Kirchengebäude, das eingezwängt zwischen den Wohnhäusern der römischen Altstadt stand, ein gutes Beispiel für »klein, aber oho«. Wer wusste, dass der im Innenhof gelegene Kreuzgang von Donato Bramante stammte, der die Architektur der Hochrenaissance begründet hatte und sogar dem großen Bernini als Inspiration für die Kolonnaden am Petersplatz gedient hatte, hätte Trockaus Einschätzung auf dieses architektonische Detail beziehen mögen. Trockau meinte mit »klein, aber oho« jedoch den Kardinal der Gegenwart, dessen Titelkirche Santa Maria della Pace war. Der hatte nämlich dem Vorgänger des heutigen Papstes aus Altersgründen seinen Rücktritt angeboten, was der auch angenommen hatte. Damit wäre der Kardinal eigentlich aufs Altenteil abgeschoben gewesen. Doch dann kam der neue Papst, der die wahren Qualitäten dieses Gottesmannes aus langen Jahren der Zusammenarbeit kannte, und berief ihn als unbestechlichen Beobachter in den achtköpfigen Kardinalsrat, der die Kurie reformieren sollte. Aus dem Auslaufmodell war so ein Mann geworden, der mit seinen Kardinalskollegen die Weichen für die nächsten Jahrzehnte, vielleicht sogar Jahrhunderte stellen sollte. Und all das ohne Intrigen und Kuriengeklüngel, sondern einfach aufgrund der Integrität seiner Person. Das verstand Trockau unter »klein, aber oho«. Und es war genau das, was er auch an seinem Team aus Senioren schätzte.

Stillvergnügt schritt Trockau durch die Gassen und erfreute sich an den Menschen, die in den Cafés miteinander diskutierten. Für ihn lebte das Forum Romanum der alten Römer auf diese Weise weiter.

Hinter der Abzweigung einer kleinen Straße, über die er gerade schlenderte, wäre er fast über einen samtbezogenen Sessel aus golden eingefärbtem Holz gestolpert, der herrenlos mitten auf der Gasse stand. Er hatte ihn nicht gesehen, weil er durch die Sonnenstrahlen aus einer reflektierenden Fensterscheibe geblendet gewesen war. Trockau schaute sich um, wohin dieser alleinstehende Thron gehörte, als ein Mann sich laut entschuldigend erschien und den Sessel in ein nahes Antiquitätengeschäft schleppte, aus dem lautes Staubsaugen zu hören war.

Kurz vor seinem Ziel warf Trockau noch einen Blick in die Auslage eines Immobilienmaklers und studierte die Angebote an Eigentumswohnungen. Auf diese Weise verschaffte er sich gerne einen Eindruck vom Alltagsleben in fremden Städten. Er plante keineswegs, im Centro Storico Roms etwas zu kaufen. Aber es beflügelte ihn, wenn er sich vorstellte, wie es wohl wäre, hier zu leben. Den Kopf voll solcher Gedanken wanderte er weiter.

Um Punkt neun Uhr trat er durch das in Stein gefasste Portal, über dessen Bogen »Caffè Novecento« stand. Ein hell klingendes Glöckchen oberhalb der Tür kündigte seinen Eintritt an. Er schaute nach oben, wo er das Glöckchen vermutete, und entdeckte Hunderte roter Papierblumen, die an feinen Drähten von der Holzdecke herabhingen und einen Himmel voller Blüten zeigten.

Hedwig saß an einem der vorderen kleinen Marmortische. Vor ihr stand einer der selbst gebackenen Kuchen von den Etageren, die an der hinteren Wand des schmalen Raumes auf weiteren Marmortischchen ausgestellt waren, sowie ein Cappuccino.

Sie hatte Trockaus Kommen durch die großen Schaufensterscheiben schon von Weitem gesehen. Er umarmte seine

Expertin für die Museumswelt diesseits und jenseits des Nullmeridians herzlich.

»Ist es nicht eine herrliche Stadt«, schwärmte er voller Überschwang. »Ich könnte hier tagelang durch die Gassen streifen und den Römern beim Leben zuschauen.«

»Die Möglichkeit ergibt sich vielleicht sehr schnell«, nahm sie den Faden auf und erzählte Trockau, weswegen sie dieses Treffen anberaumt hatte: Giancarlo Conte, der Freund, bei dem sie in Rom weilte, war ein Bild gestohlen worden. Ein Cézanne. Und Trockau sollte ihn wiederbeschaffen.

»Sagtest du Giancarlo Conte?«, fragte Trockau verdutzt am Ende ihres kleinen Vortrages und holte Schmollers Zettel mit der Anschrift des Versicherungsnehmers heraus. »Piazza dell'Orologio 12?«

»Ja«, antwortete Hedwig jetzt selbst verdutzt. »Warum?«

»Weil ich eben den Auftrag von Schmoller bekommen habe, genau das zu tun: dieses Bildes wiederzubeschaffen.« Er grinste Hedwig spitzbübisch an, wurde dann ernst und sagte wie ein schlechter Sherlock-Holmes-Darsteller in einem noch schlechteren Film: »Ich werde diesen Fall übernehmen!«

4

Zürich, Fortunagasse

Renzo Landolt hatte die Anmutung einer Kugel. Seine rundliche Gestalt von nur einem Meter vierundfünfzig Höhe gipfelte am oberen Ende in einem nahezu kugelrunden Schädel, den man als solchen gut erkennen konnte, weil seine Vollglatze ihn von der lästigen Pflicht befreite, sich kämmen zu müssen.

Diese äußere Erscheinung verleitete viele dazu, ihn falsch einzuschätzen. Landolt war nämlich ein Kunstberater der besonderen Art. Über Kunstwerke schwadronieren konnte jeder einigermaßen gebildete Kunsthistoriker. Das Wertpotenzial eines Künstlers einzuschätzen war schon schwieriger. Noch delikater war es, einem Sammler nicht nur das entscheidende Werk zu empfehlen, das aus einer »guten Sammlung« eine »sehr gute Sammlung« machen konnte, sondern es ihm auch zu beschaffen. Solche Berater gehörten der Spitzenklasse an. Renzo Landolt war sogar Weltspitzenklasse.

Zu diesem Erfolg verhalf ihm seine Mitgliedschaft im feinen Club der New Yorker »Association of Professional Art Advisors« ebenso wie die Tatsache, dass er ein Überzeugungstäter war und exzellente Drähte zu begüterten und kundigen Sammlern pflegte, die immer gerne kauften, manchmal aber auch verkauften, um ihre Sammlung zu straffen. Von seinen Eltern hatte er überdies hinreichend viel Geld geerbt, um ein auskömmliches Leben führen zu können. Auch ohne Arbeit. Deshalb arbeitete er nicht, weil er musste, sondern aus Prinzip: Er wollte sicherstellen, dass bestimmte Kunstwerke in den richtigen Händen landeten. Damit meinte er nicht zwangsläufig Museen.

Seine Beobachtungen an Sonntagnachmittagen, wenn Scharen von Menschen die Museen seiner Stadt aufsuchten, hatten allzu oft ergeben, dass viele Besucher an den Bildern nur vorbeischlenderten. Das tat Landolt weh. Er wollte einen Dialog, eine Auseinandersetzung mit den Gemälden, eine innere Zwiesprache, ein Berührtsein von dem, was und wie es da abgebildet war.

Zunächst war er von diesen »Schlenderern« enttäuscht gewesen. Doch dann erinnerte er sich an einen Satz, den sein alter Lateinlehrer immer gesagt hatte: »Was nichts kostet, ist nichts wert!« Das war der Impuls, der ihn die Laufbahn als Kunstberater einschlagen ließ. Denn Sammler, die ein Heidengeld für ein Bild zahlten, würden dieser Leinwand auch die Aufmerksamkeit entgegenbringen, die sie verdiente.

Im Umkehrschluss verachtete er Zeitgenossen – Sammler wollte er solche Leute erst gar nicht nennen –, die Kunstwerke kauften, nur weil sie teuer waren, und sie deshalb in Tresore wegschlossen. Mit solchen Leuten wollte Renzo Landolt nichts, aber auch gar nichts zu tun haben. Sie machten aus Kunstwerken Gegenstände, die im Dunkeln darauf warten mussten, dass ein anderer mehr für den Erwerb zahlen wollte als derjenige, der sie ins Dunkel weggesperrt hatte.

Renzo Landolt saß jetzt am blank polierten Schreibtisch aus Palisanderholz im Büro seines gemütlichen Hauses an der Fortunagasse. Es war eines der alten Handwerkerhäuser, die die linke Seite dieser kurzen zum Lindenhof ansteigenden Gasse säumten. Häuser, die Mauer an Mauer standen, aus kleinen Fenstern schauten und so solide wirkten wie die Angestellten steinalter Privatbanken. Er lebte hier abgeschieden wie auf einem Dorf, nur einen Steinwurf vom grünen Areal des Lindenhofs entfernt und dennoch mitten in Zürich. Seine Wohnung strahlte die Ruhe einer alten Gemäldegalerie aus. Die Wände waren mit dunkelrotem Tuch bespannt, auf denen viele kleine, kostbare Bilder in Goldrahmen hingen. Sie wurden von speziellen Museumslampen so beleuchtet, dass sie wie goldene Inseln auf einem Meer aus Rot schwebten. Die Fenster waren indes klein und ließen wenig Licht hinein, was Landolts sonnigem Gemüt nicht gerade entgegenkam. Aber er sah ein, dass seine geliebten Bilder vor dem Sonnenlicht geschützt werden mussten – ebenso wie gegen menschliche Eindringlinge, weswegen sein Haus durch massive Gitter an den Fenstern geschützt war.

Der Boden dieser kleinen Burg bestand aus jahrhundertealten Holzdielen, die knarzten, wenn er mit seinen Maßschuhen darüberschritt. Aber da er die drei Stockwerke des schmalen Hauses allein bewohnte, störte er damit niemanden.

Landolt schaute auf den großen Bildschirm seines iMacs, auf dem er sich gerade die Lots der kommenden Auktionen bei Sotheby's, Christie's und Phillips de Pury anschaute, als sein Telefon schrillte. Es klang laut, ungeduldig und fordernd.

»Landolt«, sagte er mit einer Stimme, die Seriosität und Gelassenheit ausdrückte.

»Avucatu Roca iss mein Name«, drang es zu ihm. »Ich rufe ann inn Auftrag von eine Cliente. Er will vende eine Cézanne.«

5
Rom, Piazza dell'Orologio

Noch im Caffè Novecento hatte Trockau das Handy gezückt und sein Team davon in Kenntnis gesetzt, dass ab sofort das Headquarter für den nächsten Fall in der Altstadt Roms stünde. Das löste allgemeinen Jubel aus. Katharina und ihr Vater Boi wollten mit dem Flugzeug aus Berlin einschweben, während die Zwillinge Ernst und August mit ihrer Mercedes M-Klasse voller Equipment anreisen und dementsprechend später eintrudeln würden.

Als Trockau nun mit Hedwig über die Piazza dell'Orologio auf das herrschaftliche Haus mit der Nummer 12 zuging, fragte er sie: »Kann es sein, dass es in früheren Jahren mehr Geld in diesem herrschaftlichen Palazzo gegeben hat – und weniger Vertrauen in italienische Versicherungen?«

»Warum?«, fragte Hedwig.

»Der Cézanne war auf der nördlichen Seite der Alpen bei der deutschen Artecuritas versichert. Sonst wäre ich ja nicht beauftragt worden.«

»Stimmt. Giancarlos Vater war ein erfolgreicher Unternehmer. Ein Geschick, das sein Sohn leider nicht geerbt hat. Zu gutgläubig und zu wenig auf den eigenen Vorteil aus. Der Senior hatte das Bild damals einer deutschen Versicherung anvertraut.« Damit drückte sie auf den einzigen Klingelknopf der blank polierten Messingplatte, die der Schriftzug »CONTE« zierte, woraufhin das beeindruckende Holztor, das eher an eine Burg als an ein Wohnhaus erinnerte, elegant aufschwang.

Die beiden gingen die breiten Marmorstufen der geschwungenen Freitreppe in den ersten Stock empor, wo sie der Hausherr in der Öffnung einer übermannshohen Tür stehend erwartete. Auf seinem Kopf saß eine gestrickte Kappe, die die obere Hälfte seines lang gestreckten Schädels und die kurz geschnittenen weißen Haare bedeckte. Über einer weinroten Cordsamthose trug er einen ebensolchen Rollkragenpullover. Trotz dieses leicht verschroben-professoralen Auftritts hätte man ihn sich mit seiner langen, schmalrückigen Nase und den großen traurigen Augen auch als Senator im alten Rom vorstellen können, der am unweit gelegenen Forum Romanum seine politischen Interessen verfolgte und mit seiner melancholischen Ausstrahlung den einen oder anderen politischen Gegner hinters Licht führte.

»Seien Sie mir willkommen«, sagte er in italienisch gefärbtem Deutsch und geleitete seine Gäste in sein »bescheidenes Heim«, wie er es nannte. Eine bodenlose Untertreibung, fand Trockau, denn hinter der Tür tat sich ein herrlich lichter Raum auf, der in seiner Funktion dem vergleichbar war, was man in bürgerlichen Wohnungen eine Diele zu nennen pflegt. Dennoch hingen in dieser Diele einige alte Meister, die es bei manch anderen Zeitgenossen spielend ins Wohnzimmer geschafft hätten. Die Deckenhöhe schätzte Trockau auf gut und gerne sechs Meter. Angesichts dieses opulenten Eingangsbereiches sagte Trockau mit einem freundlichen Lächeln: »Home sweet home!«

Conte, der ihnen vorausgegangen war, öffnete nun die Tür zum Salon. Dieser Raum übertraf die Diele nicht nur an Größe, sondern auch darin, was an den Wänden hing. Bilder, so hoch das Auge reichte, deren Fülle und Qualität Trockau beeindruckten.

Er hätte sich gerne mit den stilistisch unterschiedlichen Bildern intensiver befasst, doch rief er sich in Erinnerung, weshalb er hier war: Ein Cézanne war gestohlen worden. Und so hielt er sich nicht über Gebühr mit höflichem Small Talk auf, sondern ging zügig medias in res und erkundigte sich, wie es zu dem Diebstahl gekommen war.

»Sie sehen hier zwei leere Stellen an der Wand«, begann Giancarlo Conte. »Die Bilder, die hier hingen, wurden mir vor fünf Monaten gestohlen. Nach diesem Diebstahl hatte ich um meinen einzigen Cézanne besonders Angst und habe ihn an einen Ort gebracht, der mir sicher schien. Ich muss an dieser Stelle vielleicht erklären, dass ich in letzter Zeit ein paar Liquiditätsprobleme hatte, an deren Lösung ich arbeitete. Nach langen Überlegungen und Beratungen wollte ich zwei Fliegen mit einer Klappe schlagen – den Cézanne vor Dieben sicher in einem Tresor deponieren und gleichzeitig über liquide Mittel verfügen. Deshalb bin ich mit den notwendigen Dokumenten und Fotos zu meiner Bank, um prüfen zu lassen, mit wie viel ich das Bild beleihen könnte. Man ließ mich wissen, die Bank wäre bereit, sieben Komma fünf Millionen dafür zu geben. Also habe ich das Bild aus dem Versteck geholt, es noch mal bei mir hier aufgehängt und mich mit einem guten Barolo davorgesetzt. Ich wollte mich von ihm verabschieden.«

Conte sah Trockau an. »Es hat mich ein Leben lang begleitet. Seit meiner Kindheit. Und nun sollte es ins Dunkel eines Banktresors wandern. Ich kam mir vor, als ob ich es in einen Kerker schicken würde. Aus der einen Flasche wurden zwei, bis ich schließlich irgendwann ins Bett ging. Und in dieser Nacht wurde es gestohlen!« Conte starrte mit leerem Blick zu Boden. »Ich habe wegen der zwei Flaschen nichts davon mitbekommen, wie das Bild, das ich am meisten liebe, gestohlen wurde.«

Nach einem kurzen Schweigen sagte Trockau: »Signor Conte, ich möchte, dass Sie wissen, wie wir arbeiten. Das Ziel unserer Arbeit ist nicht, dafür zu sorgen, dass derjenige, der Ihnen den Cézanne gestohlen hat, vor Gericht gestellt oder für seine Tat zur Rechenschaft gezogen wird. Meine Aufgabe ist einzig und allein, dafür zu sorgen, dass Ihr Bild – und zwar keine Kopie oder ein ähnliches Bild, sondern genau Ihr Bild – am Ende wieder exakt da ist, wo es lange Jahre gewesen ist und wo es von Ihnen schmerzlich vermisst wird. Ob ich dafür Diebe beklauen oder Betrüger betrügen muss, soll Sie nicht beunruhigen. Im Gegenteil. Sie sollten wissen: Solche kleinen Bestrafungsaktionen machen mir und meinem Team durchaus Spaß.«

Dieser kleine Vortrag gehörte zum Auftakt eines jeden neuen Falles und sollte dem Bestohlenen Mut und Zuversicht schenken. Trockau sah Conte an, dass seine Worte ihre beabsichtigte Wirkung auch tatsächlich erzielten, denn der Römer lächelte erst zaghaft und dann immer entspannter.

»Und jetzt habe ich noch einige Fragen an Sie. Ihre Hausbank wusste, dass Sie das Bild zu ihr bringen wollten, um es im Tresorraum als Sicherheit für den Kredit über sieben Komma fünf Millionen Euro zu deponieren?«

»Ja, natürlich.«

»An welchem Tag hatten Sie das mit der Bank abgesprochen?«

»Warten Sie mal … die erste Besprechung war am Mittwoch der Vorwoche …«

»Hatten Sie beim ersten Mal schon ein Foto des Cézanne dabei?«

»Das hatte ich. Der Banker hat mir am Telefon gesagt, dass er kein Fachmann sei, sondern sich erst kundig machen müsse, wie hoch er das Bild seriös beleihen könne.«

»Gut. Wie lange hat er gebraucht, um zu ermitteln, wie viel der Cézanne aktuell wert ist?«

»Ungefähr drei Tage.«

»Das ist für einen unkundigen Banker sehr kurz. Weiter.«

»Als das klar war, hat er mich telefonisch wissen lassen, dass er mir den Kredit bewilligen würde, wenn ich ihm das Bild als Sicherheit überließe. In diesem Gespräch habe ich dem Banker gesagt, dass er es am darauffolgenden Montag durch einen Geldtransporter abholen lassen könne. Ich weiß das noch so genau, weil er mich gefragt hatte, ob das Tor breit genug sei, damit der Transporter in die Einfahrt des Hauses fahren könne. Ich wusste die genaue Breite nicht und musste das Tor extra noch einmal ausmessen. Ich habe ihm am gleichen Tag telefonisch grünes Licht gegeben.«

6

Zürich, Fortunagasse

Das Angebot des italienischen Avvocato, einen Cézanne verkaufen zu wollen, war Musik in Landolts Ohren.

»Um welches Bild soll es sich denn dabei handeln?«, fragte er zurückhaltend. Zu viel Interesse hätte falsche Vorstellungen beim Verkäufer auslösen können.

»Felslandeschafte vonn achtzehnsiebssig-einundsiebssig. Approssimativu.«

Obwohl Roca sehr gebrochen Deutsch mit italienisch-korsischem Einschlag sprach, war diese etwas vage Bildbezeichnung nicht auf seine mangelnden Sprachkenntnisse zurückzuführen, sondern darauf, dass Cézanne seine knapp tausend Bilder nur sehr selten signiert und ihnen ebenso selten Titel gegeben hatte.

»Haben Sie eine Abbildung von dem Bild?«

»Ja, ich kann maile.«

»Mögen Sie mir etwas zur Provenienz erzählen?«

»Herkunft? Iss einfach. Cliente iss verwandt mit früheren Assistenten von Galeriste von Cézanne: Erike Slomovic. Bei Auctione zwanzigzehn in Parigi wurde nur versteigert pinture … äh … Bilder auss Tresor von Slomovic. Hatte aber noch mehr Bilder. Diese Cézanne ist von Wand in Slomovic Buro.«

Landolt holte tief Luft. Das war entweder eine Sensation oder eine gut erfundene Lüge.

»Darf ich Ihre Telefonnummer haben, damit ich Sie kontaktieren kann, wenn Sie mir das Bild gemailt haben?«

»Nein. Iss schwer, mich zu erreichen. Bin viel bei Gerichte. Ich habe Ihre Maileadress und schicke Foto. Sie anteworte, mit Mail. D'accordo?«

Landolt war natürlich einverstanden. Er bekam oft Bilder angeboten, aber nur selten Cézannes. Und noch seltener ein anscheinend wenig bekanntes Werk von Cézannes ehemaligem Galeristen Ambroise Vollard. Er hatte seinem Assistenten Erich Slomovic in der Tat sehr viele Werke von Cézanne hinterlassen, die der junge Mann in einem Tresor aufbewahrte. Tragischerweise kam Slomovic alsbald selbst ums Leben, und der Tresor blieb verschlossen, bis sein Inhalt 2010 nach jahrelangen Rechtsstreitigkeiten zwischen seinen Erben und dem französischen Staat versteigert wurde. Seitdem waren die Gerüchte nie ganz verstummt, dass der junge Slomovic noch weitere Bilder von Cézanne gehabt haben könnte.

Sollte der angebotene Cézanne tatsächlich ein Bild aus diesem Besitz sein? Landolt war gespannt.

Sein Computer ließ ein leises »Pling« hören, was das Eintreffen einer neuen E-Mail ankündigte. Er öffnete sie und lud den Anhang runter.

Was er sah, verschlug ihm die Sprache. Auf dem Bildschirm breitete sich eine dramatische Landschaft der Provence aus. Sie stammte offensichtlich aus der vorimpressionistischen, ersten Schaffensperiode Cézannes, die viele wegen des dicken Farbauftrags und der kontrastreichen dunklen Töne mit zum Teil ausgeprägten Schatten als die »dunkle Periode« bezeichneten.

Das Bild zeigte eine dicht von Bäumen bestandene Felsenterrasse. Die Lichtführung war großartig. Obwohl man kein Wasser auf dem Bild sah, spürte man außerhalb des linken Bildrandes die sich allmählich dem Horizont zuneigende Sonne über dem Meer. Sie entflammte mit ihrem warmen Licht das Gelb des Waldweges und tauchte die Spitzen der Äste in hellgrünes Strahlen. Die tiefschwarzen Schatten der Baumstämme verliehen dem Bild Rhythmus und Dramatik. Das Bild war traumhaft schön und geradezu makellos. Und das, obwohl es nur ein Foto war. Wie musste erst das Original aussehen?

Landolt schaute im Gesamtverzeichnis aller Arbeiten Cézannes unter dem Titel und der Jahreszahl nach und war begeistert: Es war kein unbekanntes Bild. Sonst wäre es nicht im Gesamtverzeichnis inventarisiert gewesen. Als Nächstes schaute er im Art-Loss-Register nach. Zu dieser größten privaten Datenbank, in der fast eine halbe Million gestohlener oder vermisster Bilder archiviert waren, hatte er als Händler und Berater eine professionelle Zugangsberechtigung. Das Ergebnis dieser Recherche war allerdings enttäuschend: Er fand den Cézanne dort registriert – als »gestohlen«. Damit war es klar, dass er das Bild nie und nimmer kaufen würde. Das gehörte zu seinen unumstößlichen Prinzipien.

Aber konnte er dieses Angebot deshalb auf sich beruhen

lassen? Natürlich nicht. Doch wem sollte er davon erzählen? Und was sollte er sagen, wer dahintersteckte? Im Moment hatte er nichts als eine E-Mail-Adresse. Die konnte sehr gut ein Fake sein oder im hintersten Winkel von Kasachstan auf irgendeinem Server registriert sein. Auch wenn sein Absender ganz korrekt auf Roca@Roca.com lautete.

War dieser Roca tatsächlich ein Anwalt? Warum rückte er dann seine Telefonnummer nicht raus? Er musste doch wissen, dass ihn jeder bei einem solchen Bild erst einmal überprüfen würde. Aber vielleicht wollte er genau das nicht.

Google brachte Landolt nicht weiter. Dort gab es unter »Roca« mehr als siebenhunderttausend Einträge.

Renzo Landolt dachte nach. Bei dem Kunstraub 1994, bei dem zwei mit zwölf Millionen Pfund versicherte Gemälde von William Turner aus der Frankfurter Schirn gestohlen worden waren, war eine serbische Bande im Spiel gewesen, und der Rückkauf wurde durch einen deutschen Anwalt vermittelt. Sollte dieser Roca auch so ein Anwalt sein? Oder war das Ganze nur ein Schwindel, dem er auf den Leim gehen sollte? Was konnte er selbst dabei tun? Sollte er sein Interesse an dem Bild signalisieren?

Es zu kaufen kam nicht in Frage. Denn wenn er das Bild kaufte – selbst um es später dem Besitzer zurückzugeben –, machte er sich der Hehlerei schuldig.

Landolt wusste, dass er mit seiner moralischen Haltung und Korrektheit im Kunsthandel eine exotische Position einnahm. Aber genau wegen dieser Korrektheit kauften bei ihm Museen ebenso wie vermögende Sammler. Sie verließen sich auf sein Wort. Wenn Landolt sagte, das Bild sei sauber, dann war es sauber. Und diese Zuverlässigkeit wollte er sich bewahren.

Was sollte er also tun?

Wenn er die Polizei über das Angebot dieses Roca informieren würde, befürchtete er in erster Linie, Kompetenzgerangel zwischen verschiedenen Ländern erleben zu müssen, das Roca nur aufscheuchen – und von der Bildfläche verschwinden lassen würde.

Er brauchte also einen Verbündeten, um diesem Diebstahl auf den Grund zu gehen. Der einzige Mensch, mit dem er darüber reden konnte, war seine langjährige Freundin Hedwig. Mit ihr hatte er schon viele herrliche Abende verbracht und tiefschürfende Gespräche geführt. Über die Kunst, das Geschäft, das Leben und die Freuden des Menschseins überhaupt. Sie würde wissen, wen man ins Boot holen müsste, um dieses Bild seinem Eigentümer zurückzugeben. Denn genauso wenig, wie Landolt Spekulanten mochte, hatte er etwas für Diebe übrig.

Kurz entschlossen wählte er die Nummer von Hedwigs Handy.

»Von Wessin«, meldete sie sich am anderen Ende.

»Einen herrlichen Tag wünsche ich dir, liebe Hedwig. Hier ist Renzo aus der schönen Schweiz.«

»Hallo, junger Schweizer. Du erwischst mich hier gerade im noch viel schöneren Rom. Wie geht es dir?«

»Wie soll es einem schlechten Menschen wie mir gehen? Gut natürlich. Aber ich will dir deine Ferien nicht vermiesen …«

»Warum?«, fragte sie. »Ist etwas passiert? Hast du Sorgen?«

»Nein«, antwortete Landolt, »mir ist nur ein Bild angeboten worden, über das ich mit dir reden wollte.«

»Was für ein Bild?« Der freundschaftliche Plauderton wich aus Hedwigs Stimme und machte sachlicher Nüchternheit Platz.

»Ein Cézanne.«

Am anderen Ende der Leitung herrschte Schweigen.

»Hedwig, bist du noch dran?«, fragte Landolt, als ihm das Schweigen zu lang vorkam.

»Entschuldige, mir hat's nur die Sprache verschlagen. Wir sind hier alle gerade in Rom, weil wir einen gestohlenen Cézanne wiederbeschaffen sollen.«

»Na, dann sag mir mal schnell deine E-Mail-Adresse, damit ich dir ein Foto davon rüberschicken kann. Dann reden wir weiter.«

Der Anhang der Mail löste erhebliche Bewegung im Haus Nummer 12 auf Roms Piazza dell'Orologio aus. Eine sofortige Strategiesitzung wurde anberaumt, in deren Folge ein langes Telefonat mit Ernst und August stattfand. Die beiden sollten jetzt am Autobahnring München nicht mehr die Abzweigung nach Innsbruck und dem Brenner ansteuern, sondern die A96 nach Lindau nehmen. Ziel: Zürich.

Bis die beiden bei Landolt ankommen würden, sandte der in Absprache mit Hedwig dem angeblichen Anwalt Roca eine Antwort-Mail, dass er das Bild sehr interessant fände und gerne wüsste, wo sich die Verhandlungslinie für »diese wirklich einzigartige Arbeit des großen Meisters Cézanne« befände.

Noch ehe Ernst und August die Schweizer Grenze erreichen konnten, kam Rocas Antwort. »Fünfzehn Millionen Euro« seien auf das Konto einer Schweizer Bank einzuzahlen. Landolt antwortete darauf nicht, sondern legte eine Zeit der Stille ein, um Roca zu signalisieren, dass er diese Preisvorstellung keineswegs so einfach schlucken würde.

7
Rom, Piazza dell'Orologio

Trockau hatte durch die neuesten Nachrichten aus Zürich das Bedürfnis nach einer Denkpause. Er hatte Giancarlo Conte gefragt, wo er in seinem Hause eine Zigarre rauchen dürfe. Der hatte ihm die Bibliothek genannt, da sich dort ein Kamin befand, der für einen natürlichen Abzug des Rauches sorgte.

Dort saß Trockau jetzt und rauchte schweigend eine Romeo & Julieta im Format »Churchill«. Der Raum füllte sich mit dem aromatischen Duft des kubanischen Gewächses, mit dem er sich auf dem Flughafen eingedeckt hatte und das er in seinem Reisehumidor pfleglich behandelte. Die Zigarre hatte für ihn die Wirkung einer Wolke, auf die er seine Gedanken legen konnte, um sich von ihr davontragen zu lassen. Genau das brauchte er jetzt. Er wollte sich die Entwicklung des Falles von einer höheren Position anschauen.

Das Bild war Giancarlo Conte vor knapp einer Woche gestohlen worden, die Polizei hatte alles aufgenommen und Spuren gesichert. Auf dieser Seite war also alles getan, und die Spezialeinheit für Kunstraub bei den Carabinieri würde die Spur womöglich zum Bankdirektor verfolgen. Denn dass an dem Diebstahl ein Insider beteiligt gewesen sein musste, war für Trockau klar. Ihm ging es aber nicht um den Täter, sondern um das Bild. Deshalb musste er sich in den Kopf der Diebe versetzen und als Dieb denken.

Wenn sie den Cézanne auf Bestellung gestohlen hatten, dann wäre er umgehend an einem geheimen Ort verschwunden und würde nicht Landolt zum Verkauf angeboten werden. Raub auf Bestellung fiel also flach.

War der Cézanne ohne Bestellung geklaut worden, dann suchten die Diebe jetzt einen Käufer, um ihre Beute zu Geld zu machen. Diebe, die sich der Phantasie hingaben, dass das funktionieren könnte, mussten aber Amateure sein, weil sie das Art-Loss-Register im Internet offenbar nicht kannten. Denn nicht nur Landolt prüfte dort als Erstes, ob ein Bild als gestohlen gemeldet war. Dort schauten alle nach. Selbst Kriminelle. Tauchte es nämlich dort auf, konnte der Kauf trotzdem zustande kommen – wenn auch zu einem bedeutend geringeren Preis. Denn leider waren nicht alle Händler oder Käufer moralisch so gefestigt wie Landolt. Viele nutzten das Wissen, dass ein Bild gestohlen war, um den Preis zu drücken und das wertvolle Stück anschließend in dunkle Kanäle einzuschleusen. Nicht selten hatten solche Interessenten mit Menschen- oder Drogenhandel zu tun und legten sich gerne solche Bilder als Faustpfand auf Lager, um im Falle einer Festnahme Verhandlungsmasse für eine außergerichtliche Einigung zur Verfügung zu haben.

Deshalb stellte sich die Frage, ob der Anbieter des Cézanne das Art-Loss-Register nicht kannte – oder ob es ihm egal war. Zum Beispiel, weil sein Bild eine Fälschung war und er nur einen Dummen suchte, den die Gier leitete und nicht Kunstsachverstand. War er *darauf* aus, musste er trotzdem ein Amateur sein, denn Landolts Ruf als gnadenlos unbestechlich war in der Welt der Kunst bestens bekannt.

Trockau fasste am Ende der Zigarre seine Gedanken zusammen: 1. Der Anbieter kennt sich in der Welt der Kunst nicht aus. 2. Trockau musste davon ausgehen, dass das Bild auch eine Fälschung sein konnte. Wie gut die Fälschung war, das konnte er nur beurteilen, wenn er es im Original sah. War es eine *überzeugende* Kopie, konnte sie ihn zur Vorlage der Kopie führen – nämlich dem Original. Also resultierte daraus: 3. Trockau musste diese Spur auf jeden Fall verfolgen und das angebotene Bild sehen. Live!

8
Zürich, Fortunagasse

Die Zwillinge, die am frühen Abend bei Landolt vor der Haustür standen, waren so unabhängig voneinander wie Yin und Yang. Nämlich gar nicht. Dennoch legten beide größten Wert darauf, dass jeder Einzelne von ihnen einzigartig war. Sie übertrieben die Unterschiedlichkeit ihrer beiden Persönlichkeiten mit so viel Inbrunst, dass vielen Außenstehenden schnell klar war: Hier hatten zwei Kinder zu oft die gleichen Sachen tragen müssen.

Das Schlimmste für die beiden war jedoch, wenn sie jemand fragte, ob sie eineiige Zwillinge seien. Darauf kam unisono: »Nein, jeder zwei!« Warum sie das so sehr betonten, hatte Trockau in all den Jahren ihrer Zusammenarbeit nicht herausgefunden – und auch nicht wirklich herausfinden wollen. Wichtig waren für ihn andere Eigenschaften: August war der Elektronikfachmann und damit für Trockau so etwas wie der »Medizinmann« der Truppe. Denn er selbst konnte nur staunen über das, was August auf seinem »Hackbrett« – wie er seine Computertastatur nannte – zuwege brachte.

Sein Bruder Ernst, ebenso lang und dünn wie August, war Kunsthistoriker. Spezialgebiet: 20. Jahrhundert. Ihn interessierte das Schöne und Edle der abendländischen Kultur. Für die Technikverehrung der Gegenwart empfand er dagegen nur Mitleid.

Jetzt standen die beiden mit kleinem Gepäck bei Renzo Landolt im Büro. Ernst steuerte sofort auf die kleinen Ölgemälde zu, die an den Wänden hingen. Es waren allesamt Spitzwegs aus dessen letzten Lebensjahren.

Landolt gesellte sich zu ihm und sagte nicht ohne Stolz: »Ich finde, Carl Spitzweg war am Ende seiner Schaffensperiode ein genialer Maler, weil er nicht mehr so zwanghaft präzise arbeitete, sondern großzügiger. Wenn Sie sich mal anschauen, wie er mit einem einzigen hingewischten Strich eine Bewegung eingefangen hat oder mit einem winzigen Punkt die Haube eines weit entfernt stehenden Kindes, dann fällt mir dazu nur die Frage ein: Wie sehr muss jemand in sich ruhen, um mit so wenigen Pinselstrichen ganze Szenen im Kopf des Betrachters auszulösen?«

Ernst, der gesehen hatte, wie Landolts Augen bei diesen Worten glänzten, hatte das Gefühl, in dem Schweizer einer verwandten Seele zu begegnen.

»Meine Leidenschaft sind eher die Collagen von Kurt Schwitters«, sagte er fast entschuldigend und – erntete ein Lächeln.

»Dann schauen Sie mal im nächsten Raum an die linke Wand. Das ist das zweite Genie, das ich sammle.«

Als Landolt voller Besitzerstolz mit Ernst nach nebenan gehen wollte, räusperte sich August. »Sind wir hier zum Bildergucken, oder sollen wir was arbeiten?«

Ernst, der sich von solch irdischen Aufforderungen seines Bruders nicht aufhalten ließ, ging in den angrenzenden Raum, während Landolt sagte: »Entschuldigung, aber Sie haben natürlich recht.«

Damit setzten sich die beiden an den Schreibtisch, ließen Ernst im Nebenraum »Ahs« und »Ohs« ausrufen und riefen Landolts E-Mail-Korrespondenz mit Roca auf.

»Wenn Sie mir Ihren Zugangscode nennen«, sagte August, »dann logge ich mich auf meinem Laptop in Ihren E-Mail-Account ein und schaue mir die Mails von diesem Roca mal näher an.«

Landolt verstand nicht richtig. »Was meinen Sie mit ›anschauen‹? Sie können sie doch hier auf meinem Bildschirm lesen.«

»Ich will sie nicht lesen«, korrigierte ihn August lakonisch, »ich will sie *prüfen*. Ob sie sauber sind oder irgendetwas in Ihre Mailbox eingeschleust haben. Dazu muss ich sie durch einige Testprogramme laufen lassen.«

Landolt gab ihm die gewünschten Informationen, und August bediente seine Tastatur, als ob Fred Astaire eine Stepptanz-Einlage auf die alten Holzbohlen legen würde.

»Nein«, sagte er nach kurzer Zeit. »Die Mails von diesem Roca sind sauber. Dann wollen wir den Spieß mal umdrehen – und ihm antworten. Was wollen Sie ihm schreiben?« Erwartungsvoll sah er den Schweizer an, die Finger tippbereit auf der Tastatur ruhend.

»Warum? Soll ich das nicht auf meinem Computer schreiben?«

»Nein, das muss von meinem kommen. Ich werde nämlich ein kleines Überraschungspaket an diese Mail hängen, eine Art ›Eselsohr‹. Das erinnert die Mail daran, wenn sie beim Empfänger geöffnet wird, dass im Server noch ein Paket wartet, das sofort in dessen Mailbox schlüpft und sich dort entfaltet. Das Gute daran ist: Der Empfänger sieht den Anhang der Mail nicht. Für ihn sieht die Mail wie eine normale Antwort aus.«

August war in seinem Element – der Welt der Computer und des Netzes. Allerdings gehörte er nicht zu den nervigen Experten, die Laien mit Fachausdrücken so lange bombardierten, bis die sich mit Kopfschmerzen abwandten und die weiße Fahne der intellektuellen Niederlage hissten. Nein, August wollte, dass sein Gegenüber wirklich verstand, was er machte. Das hatte er mit Trockau lange geübt, weil der alles Elektronische überhaupt nicht durchschaute. August war dadurch im »Laien-Talk« inzwischen recht geschickt geworden.

»Was dann passiert«, fuhr er fort, »ist meine persönliche kleine Überraschung: Das Paket auf dem Server enthält ein Programm, das uns auf den Schreibtisch des Empfängers hievt. Dann können wir alles lesen, was er schreibt. Alles hören, was er telefoniert. Ja, wir können ihn sogar bei der Arbeit beobachten, wenn er eine Kamera an seinem Computer installiert hat. Und wenn er uns einen ganz großen Gefallen tun will, dann synchronisiert er seinen Computer mit seinem Handy und seinem Tablet. Dann sind wir buchstäblich immer bei ihm – egal, wo er sich aufhält. Ich habe eine kleine Verbindung zu Google Maps programmiert, sodass ich dort sehen kann, wo er sich aufhält.«

Renzo Landolt, der die Diskussion um die NSA-Spähaffäre zwar verfolgt, aber die Gefahren und Möglichkeiten nie so richtig verstanden hatte, bekam plötzlich einen Eindruck, auf welche Weise man Computer tatsächlich benutzen konnte.

»Dagegen sind Wanzen ja so was wie Rauchzeichen aus der Steinzeit«, sagte er. »Ist Ihr Überraschungspaket so eine Art Spionage-Software?«, fragte er in ehrfurchtsvollem Ton.

»Nö, eher so was für den Hausgebrauch«, erwiderte August und hielt wie immer den Ball flach.

Ernst war da anders gebaut. Er gab gerne auch schon mal mehr Gas als unbedingt nötig. So auch jetzt: »Donnerwetter, Herr Landolt, das sind ja echte Trouvaillen, die Sie da an der Wand hängen haben«, sagte er, als er Landolts Büro wieder betrat. »Damit können Sie sich in jedem Museum sehen lassen. Respekt.«

»Na ja, als Kunstberater erfährt man halt hie und da von günstigen Gelegenheiten«, antwortete Landolt geschmeichelt. »Wenn mein Banker mitspielt, dann wage ich hin und wieder den Kauf einer solchen Arbeit.«

»Herr Landolt?«, mischte sich jetzt August ein. »Sie wollten mir noch sagen, was Sie Roca antworten wollen.«

»Ach so. Ja: *Sehr geehrter Herr Roca, der Preis ist nicht gerade ein Schnäppchen*«, diktierte Landolt, während Augusts Finger über das Keyboard flitzten. »*Bedenken Sie bitte, dass ich Kunstberater und kein -händler bin. Ich werde zuerst einen Käufer finden müssen.*

Wie viel Zeit lassen Sie mir dafür? Mit freundlichen Grüssen, Renzo Landolt.«

Als August auf »Senden« gedrückt hatte, grinste er: »Sobald er antwortet, hat er den Wurm geschluckt – und wir haben ihn an der Angel.«

Doch Roca ließ sich mit seiner Antwort Zeit. Sehr viel Zeit. Entweder weil er sich für die lange Pause von Landolt revanchieren wollte – oder weil er etwas gemerkt hatte.

9
Rom, Piazza dell'Orologio

Trockau hatte seine Havanna schon lange am Rande des Aschenbechers dem finalen Dahinglimmen überantwortet, als die Tür zur Bibliothek aufgerissen wurde.

»Tatatataaaaa!«, rief Katharina mit ausgebreiteten Armen und strahlendem Lachen, die Baseballkappe von der Reise noch auf dem Kopf, durch deren hintere Öffnung sie ihren Pferdeschwanz gesteckt hatte. Sie sah in ihrer engen Jeans und dem schlichten T-Shirt noch blendender aus, als Trockau sie in Erinnerung hatte. Sie stürzte sofort auf ihn zu und gab ihm gar nicht erst die Gelegenheit, sich aus der ledernen Umarmung seines bequemen Fauteuils hochzustemmen – sondern setzte sich mit Schwung auf seinen Schoß und gab ihm einen langen Kuss.

Giancarlo Conte, der in diesem Moment seine Bibliothek betreten wollte, um Trockau eine Frage zu stellen, sah die Szene und zog sich leise zurück.

Was für eine Begrüßung, dachte er und ging in die Küche, wo Hedwig in inniger Umarmung mit Boi stand – dem Vater von Katharina, mit dem sie seit einiger Zeit liiert war. Conte drehte auch hier leise ab, schlich in den Salon und murmelte: »Bin ich eigentlich noch Herr in meinem eigenen Haus?«

Er setzte sich an den Refektoriumstisch, stützte den Kopf in die Linke und gab sich den Erinnerungen an die letzte leidenschaftliche Umarmung hin, derer er teilhaftig geworden war. Er war froh, dass er sich noch daran erinnern konnte. Immerhin. Das sprach entweder für sein gutes Gedächtnis oder dafür, dass dieses sinnenfrohe Ereignis noch nicht so lange zurücklag. Er entschied sich für das Letzte und beschloss, über den Platz ins Caffè Novecento zu gehen und ein bisschen mit Carla, der Chefin, zu flirten. Er wollte nicht länger tatenlos in diesem Liebesnest rumstehen, weil er sich sonst alt und überflüssig vorkam. Das hätte seiner bis dato guten Laune geschadet.

Beim Rausgehen überlegte er, ob er sich vielleicht bei einem Freund einquartieren sollte. Oder wie wäre es gleich mit einer Alters-WG? Aber wie man an Boi und Hedwig sehen konnte, war das auch kein Garant, dass er vor den Nachstellungen Amors seine Ruhe hatte.

Giancarlo Conte grinste. Es gab schlimmere Aussichten, als ein Ründchen mit Carla zu flirten. Vielleicht war das ohnehin das Richtige für den heutigen Tag.

10

Zürich, Fortunagasse

Die Antwort von Roca kam nach einer Stunde Wartezeit.

Sehr geehrter Herr Landolt, ich habe noch zwei weitere Interessenten und könnte Ihnen eine Zeit von einer Woche einräumen, in der Sie mit Ihren Klienten reden können. Mit besten Grüssen R.

August klatschte in die Hände: »Yes, Baby, jetzt haben wir dich«, rief er aus. »Mal sehen, wo du steckst.«

Ernst, der wusste, dass man August in der Anfangsphase einer solchen »Angelpartie« nicht stören durfte, fragte Renzo Landolt: »Wie wär's mit einem kleinen Spaziergang?«

Landolt, der den Wink verstanden hatte, antwortete: »Gern«, und die beiden verließen seine kleine Burg und schlenderten die schmale Fortunagasse hinauf.

Zwischen zwei Häusern erhaschte Ernst einen kurzen Blick auf die Sternwarte Urania. Am Ende des Sträßchens bogen sie nach rechts und stiegen die steinernen Stufen zum Lindenhof hinauf.

»In längst vergangenen Tagen«, begann Landolt zu erzählen, »als Zürich bei den alten Römern ›Turicum‹ hieß, stand hier oben ein römisches Kastell.«

Ernst gab sich beeindruckt, weil er nicht den leisesten Schimmer hatte, dass Zürich früher mal ein Römerlager gewesen war.

»Später dann war hier eine der Pfalzburgen der deutschen Kaiser – und heute ist es eines der friedlichsten Plätzchen von Zürich.«

Auf der erhöhten Freifläche mit den herrlichen Linden schauten sie im Abendlicht über die Limmat. Sie hatten das ganze Panorama des gegenüberliegenden Ufers vor sich – von den stattlichen Gebäuden der ETH und Universität zur Linken bis hin zum weltbekannten Großmünster zur Rechten.

»Sie haben sich ein schönes Fleckchen Erde ausgesucht«, sagte Ernst ein bisschen wehmütig. Warum, wusste er selbst nicht so genau, aber dieser Anblick berührte ihn auf merkwürdig sentimentale Weise.

»Kommt drauf an, ob man glaubt, dass man sich seine Eltern aussucht oder einfach so in die Welt geworfen wird«, erwiderte Landolt. »Ich bin hier geboren«, fügte er fast entschuldigend hinzu. »Wie lange wird Ihr Bruder noch in Ruhe arbeiten müssen?«

»Er meldet sich, wenn er fertig ist«, antwortete Ernst und klopfte auf das Handy, das er in der Tasche hatte.

»Ich bin wirklich gespannt, ob er herausfindet, wo sich dieser Roca aufhält.«

»Machen Sie sich keine Gedanken. Das wird er.«

Auf der gegenüberliegenden Seite des Lindenhofes stiegen sie in die Pfalzgasse hinunter und drehten eine kleine Runde an den Läden der Altstadt entlang. Als sie an einem Geschäft mit dem Namen »Sourire en Soie« vorbeischlenderten, in dessen Schaufenster feine Schals, pfiffige Accessoires und witzige Einrichtungsobjekte auslagen, musste Ernst lächeln. Ja, so sind die schicken Zürcher, dachte er, mit einem »Lächeln in Seide« gehen sie durch ihre Stadt.

Sie gingen den Rennweg in Richtung Bahnhofstraße hinunter, bis sie wieder rechts in die Fortunagasse einbogen.

Kurz vor der Nummer 10 klingelte Ernsts Handy. Er blickte Renzo Landolt an. »Ich kenne doch meinen Bruder«, dann sagte er ins Handy: »Wir stehen genau vor der Tür.«

Als sie oben ankamen, saß August mit einem triumphierenden Blick an seinem Laptop, den er zugeklappt hatte, damit sie nicht sehen konnten, was er herausgefunden hatte.

»So, meine Herren«, sagte er in bester Laune, »jetzt nehme ich Mutmaßungen entgegen, wo sich unser Dieb aufhält. Na, Bruderherz, was meinst du?«

»Du weißt, dass ich diese Spielchen hasse, aber ehe du unseren Gastgeber damit auch noch nervst, denke ich … Also das Bild wurde in Rom geklaut. Die Carabinieri dort haben eine spezielle Eingreiftruppe von immerhin vierzig Mann, die auf Kunstdiebstähle spezialisiert ist …«

»Hört, hört«, frohlockte August.

»… in deren Nähe möchte man mit so einem Fund nicht herumsitzen. Also sollte man so schnell wie möglich die Stadt verlassen. Wie geht das in Rom am besten?« Ernst hatte die letzten Worte langsam gesprochen, als ob er laut nachdachte. »Am besten geht das natürlich …«, und dann kam es wie aus der Pistole geschossen, »… auf einem Schiff!«

August war offensichtlich enttäuscht, dass sein Bruder so viel Scharfsinn aufbrachte.

»So, du Schlaumeier, und weißt du vielleicht auch noch, wo das Schiff liegt?«

»Natürlich nicht«, gab Ernst zurück. »Wenn du deinen Laptop richtig geschlossen hättest, hätte ich auch das Meer nicht erraten: Aber du hast eine Seekarte aufgerufen. Das Blau der Karte färbt die Tastatur blau.«

»Gauner!«, kam es von August, ein bisschen besänftigt.

»Aber immerhin ein ehrlicher Gauner. Ich hätte es nicht zugeben müssen.«

»Also, Gentlemen«, sagte August, jetzt in offiziellem Ton, und klappte seinen Laptop auf, sodass sie auf die Karte schauen konnten: »Er ist tatsächlich am Meer, und zwar in Savona.«

»Wo? In Sapone? ›Seife‹?«, fragte Ernst.

»S a v o n a, lieber Bruder! Das ist ein großer Hafen an der ligurischen Küste, ganz grob gesagt zwischen Genua und Nizza. Hier, schau's dir auf der Karte an.«

»Ach so, SAVONA«, sagte Ernst jetzt, »klar, wie Hieronymus Savonarola, der Bußprediger aus der Renaissance, der versuchte, die Medici aus Florenz zu vertreiben.«

»Nein, Bruderherz. Ganz schlicht und einfach wie die Stadt Savona. Klaro?«

»Und können Sie jetzt auch hören, was dort in dem Raum gesprochen wird?«, mischte sich Landolt ein, der offenbar befürchtete, dass sich die beiden Brüder gleich in die Haare kriegten.

»Ich sollte eigentlich schon etwas hören. Aber da ist im Moment anscheinend niemand.«

»Und die Kamera? Sehen Sie da etwas?«

»Warten Sie mal.« Augusts Finger sausten über die Tastatur. »Bitte sehr.« Der Bildschirm zeigte einen maritim eingerichteten Raum voller hochglanzpolierter Möbel aus Kirschbaumholz. Auf dem beigefarbenen Teppich standen bequem wirkende Sessel mit ebenfalls beigefarbenem Alcantarabezug. Im hinteren Teil des Raumes führte neben einer Esstischgruppe eine Treppe in das darunterliegende Deck. Neben der Treppe hing über einer Art Anrichte ein Bild.

»Das ist der Cézanne«, sagte Landolt.

»Echt?«

»Das weiß ich nicht, aber von diesem Bild hat mir Roca eine Abbildung geschickt.«

»Der Kahn sieht gar nicht mal so billig aus«, sagte August. »Wieso klaut einer Bilder, wenn er sich so ein Schiff leisten kann?«

»Drei Möglichkeiten«, warf Ernst in die Runde. »Antwort eins: Von irgendetwas muss er dieses Schiff ja bezahlen. Antwort zwei: Es ist nur gechartert. Antwort drei: Das Schiff gehört ihm nicht selbst, der Besitzer kommt nur am Wochenende an Bord, und unser angeblicher Anwalt Roca ist nur ein Angestellter.«

»Und was ist, wenn es eine Sie ist?«, fragte August trocken.

Alle drei schauten sich an.

»Ich versuch's jetzt mal beim Chef und informiere ihn, was wir rausgefunden haben.« Rasch hatte August die Kurzwahltaste von Trockau gedrückt – doch der Anruf lief ins Leere.

»Komisch«, sagte August, »da hebt keiner ab.«

»Ich könnte mir vorstellen«, sagte Ernst, »dass wir Zeit für ein Gläschen Fendant haben.«

»Wieso?«

»Augusto!«, rief Ernst mit gespielter Empörung. »Denk doch mal nach: Wann könnte Katharina gelandet sein?«

Augusts Finger huschten über das Keyboard, während er überprüfte, wann Flieger aus Berlin in Rom gelandet waren: »Vor gut zwei Stunden.«

»Eben. Und was ist dann mit unserem Chef?«

»Besetzt?«

»Aber so was von besetzt! Du kennst doch die beiden. Seit Rostock kleben die wie Kletten aneinander.« Zu Landolt gewandt sagte er: »Also, lieber Herr Landolt, können Sie uns ein Lokal in der Nähe nennen, wo wir eine Kleinigkeit zu uns nehmen können?«

»Da weiß ich etwas ganz besonders Gutes«, sagte der Hausherr und führte sie in seine Küche. »Schweizer Käse, keinen Fendant, aber einen feinen Aigle, frisch gebackenes Brot von heute Morgen und ein freundlicher Wirt mit Kunsterfahrung. Was wollen Sie mehr? Meine Herren, nehmen Sie Platz! Und August«, fügte er hinzu, »drehen Sie den Ton an Ihrem Laptop laut, damit wir hören, wenn sich auf dem Schiff was tut.«

11
Rom, Piazza dell'Orologio

Während sich die drei am Zürcher Abendbrot labten, kamen Katharina und Trockau aus der Bibliothek in die Küche zu Hedwig und Boi. Katharinas Vater sah am Strahlen ihrer Augen, dass es ihr gut ging. Das war für ihn das Wichtigste, und so wandte er sich gut gelaunt an Trockau, der sich gerade über ein paar Oliven hermachen wollte.

»Chef«, sagte er beiläufig, »vorhin hat dein Handy geklingelt.«

»Oh, danke, Boi. Gut, dass du das sagst.« Und als ob es einer Erklärung bedurft hätte: »Das habe ich gar nicht gehört.«

Alle im Raum grinsten. Trockau übersah das geflissentlich, schaute auf das Display und drückte auf den Rückwahlknopf.

»August, du hast mich eben angerufen«, sagte er, als sich der eine Zwilling mit vollem Mund aus Zürich meldete.

»Wir wissen, wo dieser Roca ist. An der italienischen Riviera. Im Hafen von Savona. Vermutlich auf einem Schiff. Was sollen wir jetzt machen?«

»Kannst du das noch etwas konkretisieren? Savona hat, wenn ich das richtig erinnere, einen recht großen Hafen. Wenn wir nicht genau wissen, auf welchem Schiff wir suchen müssen, hilft uns das wenig.«

Das ließ sich August nicht zweimal sagen. Während er den Computer weckte, sagte er: »Oh.«

»Was ist?«

»Ein südländischer Mann sitzt gerade vor dem Laptop und schaut mich an. Ich kann mich einfach nicht daran gewöhnen, dass der mich nicht sieht.«

»Hast du wieder eine deiner kleinen Spionage-Mails geschrieben?«, fragte Trockau.

»Erwischt!«, gab August zu.

»Und? Was macht der Typ?«

»Er schreibt eine E-Mail.«

»An wen?«

In Zürich sprang August auf und rief in Richtung Küche: »Herr Landolt, der Typ schreibt Ihnen eine E-Mail. Chef, ich rufe zurück.«

Damit legte er auf.

Der kugelige Landolt hatte zu Ernsts Verblüffung in der Küche erstaunlich behände seinen Stuhl nach hinten geschoben und war zu August gelaufen.

»Und?«, fragte Ernst, der ebenfalls aufgesprungen und hinterher gelaufen war und dessen Blick wie bei einem Tennisspiel zwischen Landolts Computer und Augusts Laptop hin und her ging. »Uuh! Dem möchte ich aber nicht im Dunkeln begegnen!«, kommentierte er das Gesicht des Mannes auf dem Schiff.

August versuchte, einen weiteren Screenshot zu machen. Er hatte in dem Salon auf einer Kommode ein Schiffsmodell gesehen. Das wollte er fotografieren und vergrößern.

»Was meint ihr«, fragte Ernst, »welche Nationalität hat der wohl?«

Landolt, der die Mail gelesen hatte und jetzt zu August und Ernst trat, sagte: »Ich würde auf einen Korsen tippen. Oder Sarden. Am Telefon hat er ein bisschen italienisch geklungen. Und dann diese Nase und der Mund – fast so wie der Kopf auf dem korsischen Wappen.«

»Hmhm«, machte August, der immer noch darauf wartete, das Schiffsmodell besser fotografieren zu können.

»Was hat er Ihnen denn geschrieben?«, fragte Ernst.

»Dass er gerade mit einem sehr interessierten Kunden zusammensäße, der das Bild unbedingt haben wolle. Ich müsse mich bis übermorgen entscheiden. Länger könne er den Klienten nicht hinhalten.«

»August, was machst du denn?«, fragte Ernst wie eine ungeduldige Mutter ihren Sohn.

»Ich will das da …«, murmelte der und ließ seine Finger über die Tastatur tanzen.

In diesem Moment stand der Korse auf und verdeckte das Bild, das die Kamera vom Raum auf Augusts Laptop übertrug, mit seinem Körper.

»Yes«, sagte August vor sich hin. »Ich glaub, ich hab es.«

»Was denn?«, fragte Ernst.

August öffnete die Bildbearbeitungssoftware, vergrößerte den Screenshot und konnte sowohl die Umrisse des Schiffsmodells als auch den Namen darauf gut erkennen: »Das da – Sea Goddess – mit zwei ›d‹.«

»Bingo, Alter.« Ernst klopfte seinem Zwillingsbruder anerkennend auf die Schulter. »Guter Schuss. Jetzt wissen wir, wo er ist, wie er aussieht und auf welchem Kahn er sich aufhält.«

»Und dass er keinen anderen Kunden hat«, fügte Landolt vergnügt hinzu. »Ich könnte mich an Ihre Software gewöhnen.«

»Jetzt sagt er was«, legte August nach.

»Kannst du das aufzeichnen?«, fragte Ernst.

»Klar.« August drückte drei weitere Tasten, als der Mann plötzlich etwas durch den Raum brüllte, das weder nach Französisch noch nach Italienisch klang.

»Was spricht der Typ für eine Sprache?«, fragte August mehr zu sich als zu den anderen.

»Korsisch«, sagte Landolt sachlich. »Ich habe doch gesagt, er ist Korse.«

»Können Sie denn Korsisch?«, fragte Ernst erstaunt.

»Mein Vater war Musikwissenschaftler und hat sich viel mit korsischer Volksmusik beschäftigt. Ich musste mir als Kind immer deren Lieder anhören. Das fand ich zwar nicht so prickelnd, aber dabei habe ich die Sprache ein bisschen gelernt.«

»Da sieht man doch wieder mal, wie recht die alten Lateiner hatten: ›Nicht für die Schule lernen wir, sondern für …‹«

»… das Leben!«, ergänzte August etwas genervt und griff zum Handy. »Chef, wir wissen jetzt, wie das Schiff heißt, auf dem der Typ sitzt: ›Sea Goddess‹ – mit zwei ›d‹.«

»Respekt, Don Augusto!«

»Das bedeutet, dass wir hier nicht mehr rumsitzen sollten. Auf nach Savona«, sagte Ernst, der auch was zum Besten geben wollte, nachdem sich sein Bruder so bemerkenswert profiliert hatte.

»Das sind …«, August schaute bei Google Maps nach, »… von

uns aus genau vierhundertzweiundvierzig Kilometer. In fünf Stunden könnten wir mit dem Auto da sein.«

»Moment. Woher wisst ihr überhaupt, dass das Bild auch wirklich an Bord ist?«

»Unser Gastgeber Renzo Landolt hat es an der Wand hängen gesehen«, sagte Ernst.

»Aber ihr solltet trotzdem noch nicht aufbrechen«, bremste Trockau die Zwillinge. »Wir haben noch keinen Plan, wie wir an Bord kommen können, um uns das Bild zu schnappen. Ich rufe euch gleich wieder an. Wir überlegen hier, welche Möglichkeiten wir haben. Esst ihr erst mal zu Ende.«

Das ließen sich die drei nicht zweimal sagen.

Trockau sah die anderen in der Küche von Giancarlo Conte an. »Hedwig, hast du Beziehungen zur Guardia di Finanza? Ich meine, um das Bild zu beschlagnahmen?«

»Habe ich. Aber die würden das Bild sicherlich erst einmal selbst einziehen und den Besitzer auf Steuerfragen überprüfen. Ich weiß nicht, ob das unserem Gastgeber gefallen würde. Wo ist der überhaupt?«

Damit wurde zum ersten Mal offiziell Kenntnis von Contes Abwesenheit genommen. Und Hedwig hatte auch gleich eine mögliche Erklärung dafür. Ihr weiblicher Instinkt ließ sie ahnen, dass er bei Carla im Novecento war.

»Aber ich kenne den Vizeadmiral der italienischen Küstenwache, der Guardia Costiera«, fuhr sie lächelnd fort, als müsse sie für Ersatz sorgen. »Die können jedes Schiff anhalten und an Bord gehen.«

»Wen du alles kennst«, bemerkte Boi mit einem anerkennenden Blick und schüttelte belustigt den Kopf.

»Solange es dich nicht stört, mein König«, flötete sie und verwuschelte sein Haar.

»Erde an Hedwig …«

»Man wird doch noch mal …«

»Nachher. Jetzt nicht.« Trockau konnte auch streng sein. »Und was machen wir, wenn die Küstenwache mitmacht?«

»Unser Ziel ist es, das Bild zurückzubringen«, begann Hedwig wieder ganz bei der Sache laut zu denken, »aber genau das wird uns die Küstenwache nicht gestatten. Wir haben ja nichts, was uns berechtigen würde, das Bild einzukassieren.«

»Und was ist, wenn wir einen Sender am Bild anbringen?«, fragte Katharina, die bis hierher aufmerksam zugehört hatte. »Dann könnten wir es verfolgen und warten, bis es an Land ist, und es dort abgreifen.«

Diese Idee brachte ihr einen zustimmenden Blick von Trockau ein.

»Aber was machen wir, wenn das Bild eine Fälschung ist?«, fragte Boi absolut berechtigt.

»Dann haben wir mit Zitronen gehandelt«, gab Katharina zu. »Andererseits werden wir das erst feststellen können, wenn wir es vor uns haben.«

»Und was ist, wenn das Bild auf dem Schiff zwar echt ist, aber nicht an Land gebracht wird, sondern an Bord bleibt, weil es für dieses Plätzchen gestohlen wurde?« Hedwig war noch nicht richtig überzeugt.

»Dann«, improvisierte Trockau, »greift es sich Katharina bei einem nächtlichen Besuch an Bord.« Er wandte sich an Katharina: »Hast du schon mal einen Einbruch auf einem Schiff gemacht?«

»Nein. Aber einmal ist immer das erste Mal«, sagte Katharina mit erwachender Jagdleidenschaft. »Ich müsste irgendwie auf den Kahn kommen, um mich mal umzusehen und einen Plan zu entwickeln. Hedwig, meinst du, die Herren von der Küstenwache könnten mich auf dieses Schiff mitnehmen? Ich würde nur gucken. Und vielleicht noch den Sender anbringen. Aber nichts mitgehen lassen. Versprochen!«

Hedwig, die mütterliche Gefühle für die Tochter ihres Liebsten entwickelt hatte, auch wenn Katharina das mit Mitte dreißig nicht mehr so wirklich brauchte, schaute Boi an, der unmerklich nickte. Dann sagte sie: »Das ginge möglicherweise.«

»Und hätten sie für mich vielleicht auch eine kleine schicke Uniform? Vielleicht ein bisschen was Scharfes? Zum Ablenken der Herren Matrosen?«

Hedwig lachte. »Wie ich die Italiener kenne, werden sie dir in dieser Hinsicht gerne behilflich sein.«

Trockau gefiel diese Wendung des Plans nicht besonders. »Gut«, sagte er betont nüchtern. »Hedwig ruft den Vizeadmiral an und schaut, ob wir mit seinen Leuten irgendwie zusammenkommen. Und ich kümmere mich um diese junge Frau hier, die irgendwelche Matrosen verwirren will. Wie wäre es, wenn du das jetzt erst mal bei mir versuchen würdest?«

»Gerne, mein König«, grinste Katharina und zwinkerte zu Hedwig rüber, als sie Trockau an die Hand nahm und aus der Küche zog.

»Ach, Hedwig«, rief Trockau in der Tür stehen bleibend, »könntest du zwei Tickets nach Genua für Katharina und mich buchen? Morgen gleich die allererste Maschine. Ich glaube, da geht eine um acht Uhr fünfunddreißig.«

»Sei nicht immer so effektiv!«, maulte Katharina und zerrte ihn mehr, als dass sie ihn führte.

»Warum habe ich mich bloß auf dich eingelassen?«, hörten Hedwig und Boi sie zetern.

Trockau antwortete mit einer sehr ruhigen und tiefen Stimme: »Das ist die Unerfahrenheit der Jugend.«

Hedwig sah Boi an. »Ist es nicht schön, wenn man einen Partner im gleichen Alter hat?«

»Herrlich«, sagte Boi und gab ihr einen Kuss. »Dann schaltet sich nicht so schnell der Verstand aus. Oder hat unser genialer Chef etwa Ernst und August angerufen, dass sie nach Savona fahren sollen?«

»Nee. Das müssen wir jetzt wohl machen.«

»Und danach?«

»Vizeadmiral und Tickets.«

»Und danach?«

»Dann«, sagte Hedwig zärtlich, »beginnt unser römischer Abend.«

12
Zürich, Fortunagasse

Nach dem Go von Hedwig räumten die Zwillinge ihre wenigen Sachen, die sie ins Haus von Renzo Landolt mitgenommen hatten, wieder zusammen. Landolt druckste herum, dass es ja sehr schade sei, dass sie jetzt gehen müssten. Er hätte doch wirklich gerne gewusst, wie die ganze Sache ausgehe. Und dass er zurzeit eigentlich nichts Konkretes zu tun habe.

»Ja, dann kommen Sie doch einfach mit«, schlug August nonchalant vor.

»Ich weiß nicht, ob wir dazu nicht erst den Chef fragen müssten«, gab Ernst zu bedenken.

»Schmarrn, der hat zu tun, hat Hedwig gesagt. Und wenn Herr Landolt sein Hotel selber bezahlt, wird er schon nichts dagegen haben. Oder, Herr Landolt?«

»So sehe ich das auch«, gab der hocherfreut zurück. »Ich bin übrigens der Renzo.«

»August«, sagte der und reichte Landolt die Hand. »Und das ist Ernst. Sag mal, Renzo, wir sind ja heute schon zwei, drei Kilometer gefahren. Was hältst du davon, wenn du die erste Strecke übernimmst?«

»Gerne. Erst am Zürichsee lang bis Chur und dann über den Bernardino?«

»Du bist der Schweizer von uns dreien. Pack ein paar Klamotten zusammen, und dann düsen wir los.«

Als sie am Sihlhölzli von der Manessestraße auf die Autobahn nach Chur glitten, empfand Renzo Landolt ein tiefes Gefühl der Genugtuung. Er würde die nächsten Tage nicht an den üblichen Hotspots von Zürich auflaufen, sondern war zum ersten Mal auf die Abenteuerseite seines Berufes gewechselt. Das erfüllte ihn mit einer Aufregung, wie er sie seit langer Zeit nicht mehr gespürt hatte. Vielleicht bei dem einen oder anderen Flirt. Aber das hier war etwas anderes. Hier ging es richtig um was. Um gut oder böse.

Und nachdem er den Tempomat auf hundertfünfundzwanzig eingestellt hatte – die in der Schweiz zulässigen hundertzwanzig wollte er nicht über Gebühr überschreiten –, dachte er ungestört über das nach, was ihn die nächsten Tage erwarten würde. Ungestört? Ungestört! Die Zwillinge waren bereits auf der Höhe von Zürich Enge weggedöst.

Auf der lang gezogenen Strecke der A 13 dachte Landolt: Wenn Paul Cézanne das wüsste, was wir hier gerade machen. Er erinnerte sich an einen Text, in dem Cézanne schrieb, dass das unvoreingenommene Gehirn des Künstlers wie eine lichtempfindliche Platte sein solle, wie ein Registrierapparat für Sinnesempfindungen. »Aber durch Bäder wurde die lichtempfindliche Platte weise. Lange Arbeit, Meditation, Studium, Leiden und Freuden, das Leben haben sie zubereitet.«

Eben das würde Landolt jetzt erleben – das Leben. Nicht mehr abgeschirmt im Elfenbeinturm des Beraters, sondern live. Durchaus im Sinne Cézannes. Und um ein Werk von ihm zu retten. Landolt konnte nicht leugnen, dass er sich ziemlich grandios vorkam – und grinste.

Der dritte Tag

13

Savona, Osteria Bacco

Trockau und Katharina waren nach einer kurzen Nacht der Wiedersehensfreude und einem noch kürzeren Flug pünktlich mit der Alitalia um neun Uhr fünfunddreißig auf dem Flughafen Genua »Cristoforo Colombo« gelandet. Sie erreichten rechtzeitig den Volabus 100 zum Bahnhof »Genova Piazza Principe« und waren ohne Hektik um zehn Uhr fünfundfünfzig in den Intercity nach Ventimiglia eingestiegen, den sie eine halbe Stunde später in Savona wieder verließen. Mit dem Taxi brauchten sie sieben Minuten bis zur Osteria Bacco, wo sie im hinteren Teil der Schenke bereits erwartet wurden. Die drei aus Zürich sahen zwar frisch geduscht aus, machten aber trotzdem einen etwas zerknitterten Eindruck.

»Ciao«, sagte Trockau, als sich die drei zur Begrüßung erhoben. Katharina blieb bei aller Herzlichkeit, die sie sonst versprühte, in Anwesenheit Fremder immer distanziert. Und Renzo Landolt war für sie fremd. Diese abwartende, vorsichtig checkende Haltung stammte aus ihrem früheren Leben als professionelle Fälscherin und Diebin. Professionell war sie zwar heute noch, aber sie lebte nicht mehr davon, gutgläubige Menschen hinters Licht zu führen. Nein, sie war dank Trockau auf die Seite der Guten gewechselt und beklaute jetzt nur noch die Bösen. Und genau deswegen waren sie alle hier in dieser Osteria zusammengekommen.

Katharina lehnte sich auf ihrem Stuhl zurück und schaute zur Decke, wo unzählige Fußballtrikots, Montgolfieren, Modellfesselballons und Schiffsmodelle hingen und den Eindruck erweckten, dass hier ein Mann das Zepter führte, der verspielt und ein bisschen verrückt war. Eine sympathische Mischung, fand sie. Dann öffnete sie die Speisekarte und fragte: »Was essen wir? Ich habe einen Mordshunger.«

Das öffnete Renzo Landolts Herz, bei dem nach der Kunst und den schönen Frauen gleich das gute Essen kam.

»Also«, hob er an, »ich schlage vor …« Und dann folgte

eine komplette Speisenfolge, die allen das Wasser im Mund zusammenlaufen ließ.

Trockau sagte: »Gekauft.«

»Für mich auch«, sagte Katharina und klappte die Karte geräuschvoll zu.

»Dreimal«, sagte Ernst.

Nur August wollte, ganz kohlehydratabhängiger Nerd, der er war, einen großen Teller Rigatoni mit »Frutti di Mare«.

Nachdem Renzo – wie es sich für einen guten Schweizer gehört – das Ganze in fließendem Italienisch bestellt hatte, steckten sie die Köpfe zusammen.

»Wie ist euer Stand der Dinge?«, fragte Trockau.

»Du hast gestern das Foto von dem Raum an Bord gesehen?«, fragte August.

»Habe ich im Kopf.«

»Ich habe mir den Cézanne heute Vormittag«, fuhr August fort, »als die beiden noch ein bisschen gepennt haben, etwas näher angeschaut.«

»Hast du einen Screenshot davon?«

»Genau den wollte ich euch zeigen«, sagte August und holte den Laptop aus seiner Umhängetasche.

Trockau und Katharina betrachteten das Foto eingehend.

»Das könnte es tatsächlich sein«, sagte er. »Was meinst du?«

Katharina schaute lange auf das Bild. »Definitiv kann man das natürlich erst sagen, wenn man es aus der Nähe begutachtet hat, aber die Proportionen und Farben legen die Annahme nahe, dass …«

»Keine Politikeraussage«, fiel ihr Trockau ins Wort. »Sollen wir es riskieren oder nicht?«

»Auf jeden Fall riskieren«, kam es knapp zurück.

Trockau wandte sich an Landolt. »Was sagen Sie? Ist es das Bild, das wir suchen?«

»Es ist in jedem Fall eine nähere Inaugenscheinnahme wert.«

»Gut, dann geht Katharina nach dem Essen an Bord und schaut es sich an. Klapp den Deckel wieder zu, August. Wir wollen hier nicht mehr Aufsehen erregen als nötig.«

»Haben wir denn noch so viel Zeit?«, fragte Renzo Landolt. »Ich meine: Könnten die nicht in der Zwischenzeit auslaufen?«

»Das wird ihnen nicht so schnell gelingen«, grinste Katharina. »Nach einem Anruf von Hedwig beim Vizeadmiral der Guardia Costiera, das ist der oberste Chef der Küstenwache hier in Italien, hat die Capitanerie di Porto die ›Sea Goddess‹ wissen lassen, dass ein Verlassen des Hafens erst möglich ist, wenn eins der drei Costa-Kreuzfahrtschiffe ausgelaufen ist. Der Hafen sei zurzeit für private Schiffsbewegungen zu voll.«

»So sieht er aber auch wirklich aus«, gab ihr Ernst recht. »Wir wohnen in einem ziemlich neuen Hotel direkt im Hafen. Ist wohl für Kreuzfahrtgäste gebaut. Auf jeden Fall sehen wir von unserem Fenster aus das Hafenbecken an der Mole 2 und 3, wo auch die ›Sea Goddess‹ liegt. Der Hafen ist mit diesen Costa-Kloppern total zugeparkt. Das sind ja vielleicht Trümmer. Wie Parkhäuser auf dem Wasser. Wie die überhaupt schwimmen können und nicht absaufen, ist mir völlig schleierhaft.«

»Gestern Abend muss noch eins von diesen Monstern reingekommen sein«, sagte Trockau. »Das haben sie dank Hedwig wohl so anlegen lassen, dass dazwischen kein Durchkommen ist.«

»Warum ist die Küstenwache so freundlich zu uns?«, fragte Landolt irritiert und bewundernd zugleich.

»Das«, sagte Katharina mit Respekt in der Stimme, während sie amüsiert die Augenbrauen hochzog, »müssen Sie Hedwig fragen. Was sie mit ihren Beziehungen alles schafft, ist mehr als erstaunlich.«

»Werden denn große Schiffe den kleinen gegenüber bevorzugt?«, fragte Landolt.

Katharina verkniff sich einen Kommentar zum Thema »groß–klein«, weil der zulasten des nicht sehr großen Schweizers gegangen wäre, und antwortete stattdessen: »Klar, sie zahlen schließlich ganz andere Liegegebühren als die Kleinen. Geld regiert nun mal die Welt.«

»Und die Kunst«, ergänzte Landolt. Allerdings dachte niemand am Tisch weiter über den tieferen Wahrheitsgehalt dieses Satzes nach, weil inzwischen der »Primo Piatto« aufgetragen wurde. Und damit war das Gespräch über den Fall vorerst unterbrochen, weil bei Anatol Balthasar Trockau und seinem Team die eherne Regel galt: No business bei Tisch! Und so schwätzten sie über alles Mögliche, nur nicht über ihren Auftrag.

Am Ende zahlte Trockau wie der Padre Padrone für alle. Dann trennten sie sich.

Katharina ließ sich vom Wirt ein Taxi rufen, während sich Trockau und die drei Übrigen ins Hotel aufmachten, um am Computerbildschirm Katharinas Auftritt auf der »Sea Goddess« zu verfolgen.

»Lungomare Mateotti Quarantotto. La Capitanerie di Porto«, sagte Katharina zum Fahrer, als sie in das Taxi einstieg. Und da sie sich dort nur vorfahren ließ, weil das besser aussah, als wenn sie zu Fuß ankommen würde, gab sie dem Fahrer ein sehr sportliches Trinkgeld. Sie wollte nicht, dass er wegen der kurzen Strecke Theater machte. Sie musste jetzt einen ruhigen und seriösen Auftritt hinlegen.

Mit federndem Schritt ging sie durch das braune Sicherheitstor, an dem ein gelbes Schild angebracht war: »ZONA MILITARE. DIVIETO DI ACCESSO«. Sie betrat mit erhobenem Haupt den sienafarbenen Zweckbau, auf dem in blauen Lettern »GUARDIA COSTIERA« stand.

Als sie das Gebäude wieder verließ, trug sie zu ihrer schmalen dunkelblauen Tuchhose, die sie schon in Rom angezogen hatte, weil sie ihre langen Beine sowie deren sehenswertes oberes Ende vorteilhaft betonte, eine blaue, etwas zu enge Uniformjacke mit Schulterstücken und eine weiße Schirmmütze mit dem Wappen der italienischen Küstenwache. Auf der Nase hatte sie eine Ray-Ban-Pilotenbrille und um den Mund einen leicht spöttischen Zug. Sie machte was her in diesem Outfit. Wie beabsichtigt.

Begleitet wurde sie von einem jungen Leutnant, ebenfalls

in Uniform, mit dem sie in einen dunkelblauen Dienstwagen der Capitanerie stieg und auf die andere Seite des Hafens fuhr.

Dort, an der Mole 2, fragte der Leutnant den Captain der »Sea Goddess« über die Gangway hinweg, ob sie an Bord kommen dürften. Sie durften. Natürlich.

Der Leutnant begründete ihren Besuch sehr geschickt und verwickelte den Captain in ein nautisches Gespräch über die Probleme ihrer Abreise.

Katharina hingegen wanderte, die Hände auf dem Rücken, über das Achterdeck und versuchte, einen Blick durch die großen Fenster in den Salon zu werfen. Aber die Fenster waren durch Jalousien verschlossen.

Sie schlenderte zu der Tür, die vom Achterdeck in den Salon führte, und war sich des Risikos bewusst, das sie einging. Was würde sie tun, wenn in dem Salon der Korse war? Sie wusste es nicht. Aber zum Zögern hatten sie keine Zeit. Sie holte tief Luft, drückte die Türklinke beherzt herunter … und sah: Der Salon war leer.

Ruhig, aber zielsicher marschierte sie über den sandfarbenen Teppichboden auf das Bild zu, das sie auf den Screenshots als Cézanne ausgemacht hatten. Die verdunkelten Fenster waren zwar heikel für ihr Eindringen in den Salon gewesen, aber für das Bild waren sie gut, weil sie es vor den Sonnenstrahlen schützten.

Sie stand jetzt nur wenige Zentimeter vor dem Bild. Die Farben waren pastos aufgetragen, wie es Cézanne in dieser Schaffensperiode zu tun pflegte. Die Ausstrahlung war grandios. Trotzdem konnte sie nicht entscheiden, ob er echt war oder nicht. Jetzt hieß es, nicht lange zu fackeln. Mit einem beherzten Griff winkelte sie das Bild von der Wand ab und schob eine flache Platte von der Größe eines Euro von hinten zwischen Leinwand und Spannrahmen.

Bilderrahmen kann man wechseln, dachte sie. Die sind nur Dekoration. Aber der Spannrahmen ist das Skelett, über das das Bild gespannt ist. Hier ist unser sendender Freund bestens aufgehoben.

Sie warf einen kurzen Blick von vorne auf die Leinwand: Die flache Scheibe drückte sich nicht durch und war nicht erkennbar. Zufrieden ließ sie das Bild wieder los.

Seitdem Katharina im Salon war, verfolgten die vier im Hotel auf dem Bildschirm jeden Schritt von ihr. Jetzt hielten sie die Luft an: Katharina hatte gerade den Sender angebracht, als sie gedämpfte Schritte auf dem Niedergang hörten, der das untere Deck mit dem Salon verband.

Katharina wich einen Schritt von dem Bild zurück, ging ein wenig in die Knie, legte den Kopf schief, den rechten Zeigefinger an den Lippen.

»Was machen Sie da?«, fragte eine keineswegs freundliche Stimme. Der Korse!

»Entschuldigen Sie, aber ich hasse es, wenn Bilder schief hängen. Und Ihres hing schief. Deshalb habe ich es geradegeschoben.«

Der Korse schaute sie feindselig an.

Ehe er etwas sagen konnte, sagte Katharina: »Guardia Costiera, Colonello Bramante.« Sie streckte ihm die Hand hin.

Er ergriff sie und hielt sie fest: »Sie sind aber sehr jung für einen Colonello!«

Die vier am Bildschirm im Hotel reagierten unterschiedlich. Ernst zog hörbar die Luft zwischen den Zähnen ein. Renzo murmelte in einem Singsang-Ton: »Scheiße«, weil er nicht wusste, wie kaltblütig Katharina sein konnte. August war ganz auf das Funktionieren des Laptops konzentriert. Und Trockau blieb cool, voller Vertrauen auf Katharinas Improvisationstalent.

»Tja«, sagte Katharina und entzog dem Korsen leicht pikiert ihre Hand, »ich gehöre der amerikanischen Coastguard an.« Damit wechselte sie zum Englischen, weil sie spürte, dass ihr Italienisch schnell an seine Grenzen stoßen würde. »Ich nehme gerade an einer internationalen Kooperation mit Italien teil …« Sie merkte, wie er sie von oben bis unten musterte, und entschied sich, ein bisschen Gas zu geben. »Ich bin mit meinem Kollegen aber nicht hier, um Ihnen etwas über mich zu erzählen. Sondern wir sind hier, weil uns ein paar Ungereimtheiten bei Ihnen aufgefallen sind.«

»Wie?«

»Haben Sie eine Aufstellung der Waren und Güter, die Sie an Bord mit sich führen?«, fragte Katharina kühl, der nicht entgangen war, dass der Korse bei ihren letzten Worten von »Angriff« auf »Vorsicht!« umgeschaltet hatte.

»Ich denke schon.«

»Heißt das, Sie wissen es nicht?« Katharina kniff die Augen zusammen. »Ich – an Ihrer Stelle – würde sie mir ganz schnell zeigen.«

»Okay. Warten Sie hier, ich hole die Papiere.«

Damit lief er den Niedergang hinab. Katharina machte wieder zwei Schritte auf den Cézanne zu, klappte ihn nochmals ein Stück hoch und schob den Sender tiefer zwischen das Gewebe und den Spannrahmen, weil sie bei dem Gespräch gesehen hatte, dass er sich doch ein wenig durch die Leinwand abgedrückt hatte. Dann hängte sie das Bild wieder gerade, hielt ein Lineal daran, das sie aus der Innentasche ihrer Jacke gezogen hatte, und schaute aufmunternd zu dem Laptop hinüber, der auf der Anrichte gegenüber dem Tisch aufgeklappt stand.

August verstand sofort und machte einen Screenshot, mit dem sie nachher die Größe des Bildes ermitteln und mit den Originalmaßen vergleichen konnten.

Als sie die Schritte des Korsen hörte, steckte sie den Maßstab in die Uniformjacke zurück und setzte sich betont aufrecht an den Tisch. Eine Augenbraue hochgezogen. Ganz die strenge Lehrerin, die darauf wartete, dass der unartige Schüler zurückkam.

Als der Korse mit den Papieren an den Tisch trat, schaute der Leutnant in Begleitung des Captains durch die Salontür vom Achterdeck herein. Katharina hieß den Korsen mit einer

Handbewegung warten, winkte dem Leutnant reinzukommen und fragte ihn, als er in der Mitte des Raumes angekommen war, laut und deutlich: »Bei Ihnen alles in Ordnung, Tenente?«

Der schaute sie fragend an und bemerkte ihre hochgezogene linke Augenbraue. Sie hatte ihm bei der Besprechung zuvor gesagt, das wäre ihr Signal, dass alles gut gegangen sei.

»Ja, wir haben alles besprochen«, antwortete er, dann ließ er einen italienischen Redeschwall auf sie niedergehen, den sie nicht verstand. Und auch nicht zu verstehen brauchte. Es war ein Text, der den Eindruck machen sollte, dass der Tenente den ausländischen Colonello besänftigen musste, nicht so streng mit italienischen Seeleuten umzugehen.

Der Korse wollte etwas sagen, aber der Captain sah ihn an und gab ihm ein Zeichen. Der Korse verstand und hielt den Mund.

Katharina erhob sich, während der Tenente weiter auf sie einsprach, warf einen missbilligenden Blick auf den Korsen, musterte ihn noch einmal von oben bis unten mit hochgezogener Augenbraue und ging dann an dem Captain vorbei. »Seien Sie froh«, zischte sie ihm zu, »dass ich hier nicht das Kommando habe. Sonst hätte ich den kompletten Kahn auseinandernehmen lassen.«

Kurz bevor sie den Salon verließ, drehte sie sich noch einmal um und sagte betont zickig: »Alla prossima volta!« Woraufhin der Captain hinter ihr hereilte, um sie an der Gangway formgerecht zu verabschieden. Der Tenente gab dem Captain die Hand und bat noch einmal um Verständnis. Dann eilte er Katharina hinterher, die wie die Königin von Saba die Gangway heruntergeschritten war und darauf wartete, dass der Tenente ihr den Wagenschlag öffnete.

Als sie in den Wagen der Küstenwache gestiegen und abgefahren waren, ging der Captain zu Roca in den Salon zurück.

»Wow«, sagte der Captain, als er die Tür zum Achterdeck hinter sich zuzog, »das war aber ein scharfes Teil.«

»Mir hat sie nicht gefallen«, antwortete der Korse düster und durchschritt den Salon.

»Aus dir hätte sie ja auch am liebsten Carpaccio gemacht. Wem gefällt das schon.« Damit drehte sich der Kapitän um, blieb am Niedergang stehen und sagte: »Wir können heute um dreiundzwanzig Uhr auslaufen.«

»*Ihr* lauft aus«, sagte der Korse. »Der Alte will das Bild endlich haben. Also bringe ich es ihm heute Nacht. Wie weit ist eigentlich die Kopie?«

»Geh runter und schau nach. Vielleicht ist er endlich fertig.«

14

Savona, Hotel im Hafen

Die vier in Zimmer Nummer 145 hatten die Luft angehalten, als Katharina den Salon verlassen hatte, und aufgeatmet, als sie sahen, wie der Korse und sein Kapitän nach kurzer Zeit wieder zurückkehrten.

»Das war knapp«, seufzte Landolt.

»Ja, so ist unsere Katharina«, sagte Ernst. »Die bringt Dinger, da können wir alle noch was lernen.« Er schaute aus dem Fenster auf den Hafen. »Eigentlich könnte man denken, dass diese Riesenpötte nicht jeder für sich fein vertäut am Kai liegen, sondern sich in einer Riesenkarambolage ineinander verbohrt hätten und den Hafen für immer blockieren.«

Auf Ernsts apokalyptische Perspektive des Hafengeschehens stieg keiner ein, und so blieb es eine Vision, die mehr mit Ernst selbst zu tun hatte als mit den Schiffen im Hafen.

»Habt ihr auch gehört, was der Korse zum Kapitän gesagt hat?«, fragte August in die Stille hinein.

»Was meinst du?«, wollte Landolt wissen.

»Erstens hat er von ›dem Alten‹ gesprochen. Zweitens hat er gesagt, dass der das Bild ›endlich‹ haben wolle. Und drittens, dass die an Bord offensichtlich eine Kopie angefertigt haben. Wovon wohl?«

In diesem Augenblick betrat Katharina das Hotelzimmer.

»Sie waren umwerfend«, strahlte Landolt sie an.

»Gentlemen«, sagte Katharina, »habt ihr hier einen Schnaps in der Minibar? Ich könnt jetzt einen vertragen.«

Sie setzte sich auf die Bettkante und kippte das kleine Fläschchen Chivas Regal, das Landolt ihr reichte, auf ex hinunter.

Als Trockau ihr die drei Punkte aus dem Gespräch zwischen dem Korsen und dem Captain aufzählte, das nach ihrem Abgang stattgefunden hatte, ließ sie sich rückwärts aufs Bett fallen.

»Es hat in der Tat an Bord nach frischer Farbe gerochen«, sagte sie und starrte an die Decke. »Aber ich habe gedacht, dass die irgendwo irgendwas streichen – wie auf allen Schiffen dieser Welt.« Sie machte eine Pause. »So ein Mist. Dem hätte ich nachgehen sollen. Jetzt müssen wir das Bötchen auf jeden Fall im Auge behalten.«

Mitten in Katharinas Worte rief Trockau: »Der Korse geht wieder an seinen Laptop. August! Achtung!«

Sie sahen, wie der Korse etwas schrieb und innehielt. Dann rief er durch den Salon: »Roberto, wie weit bist du?«

Katharina erhob sich und schaute jetzt wie alle anderen auch auf den Bildschirm.

»Unangenehmer Typ«, sagte sie gerade, als sie hörten, wie ein zweiter Mann den Salon betrat. Sie konnten ihn zwar nicht sehen, weil der Korse den Blick auf den Salon verstellte, aber sie hörten, wie er sagte: »Ich finde es nicht schlecht.«

»Es soll nicht ›nicht schlecht‹ sein, sondern zum Verwechseln ähnlich«, rüffelte ihn der Korse, drehte sich dabei vom Laptop weg und gab den Blick frei. Sie sahen jetzt einen älteren Mann in weißer Hose und T-Shirt, die beide mit Farben bekleckert waren. Er hielt ein Bild neben den Cézanne an der Wand, das genauso aussah, und grinste.

»Deswegen halte ich es ja neben das Original. Schau dir beide an und sag mir, ob du die Kopie erkennst.«

Der Korse erhob sich, ging zu den Bildern und schaute sich beide aus der Nähe an. Erst das an der Wand, dann das in der Hand. Wieder das an der Wand. Dann wieder das in der Hand. Noch mal das an der Wand.

»Ich bin ja kein Profi«, sagte er, »aber du hast recht: Es ist nicht schlecht.«

»Nee«, sagte Roberto. »Es ist zum Verwechseln ähnlich!«

»Meinetwegen«, murmelte der Korse. »Du hast ja auch lange genug daran rumgefummelt. Wie lange bist du überhaupt schon fertig damit?«

»Schon lange.«

»So? Und warum hast du es mir nicht früher gezeigt?«

»Du hättest nur zu fragen brauchen.«

»Hoffentlich merkt der Schweizer nix. Hast du auch wirklich Farben genommen, die es zu Cézannes Zeiten gegeben hat?«

»Alles korrekt.«

»Und hast du die Rückseite auch kopiert? Du weißt, daran erkennen diese Typen 'ne Menge!«

»Keine Sorge. Altes Holz und die gleichen Markierungen und Notizen wie beim Original. Ich bin doch kein Anfänger.«

»Dann ab mit dir. Pack beide Bilder ein. Und markier das echte.« Dann ging der Korse wieder auf den Laptop zu, um weiterzuschreiben.

August konnte jetzt lesen, was in der Mail stand: *Wann sollen wir liefern? Wir sind in den Hafen von Savona gefahren, um von hier aus besser zu Ihnen zu kommen. Ghjuvan.*

»Komischer Name«, sagte August, der mit den anderen mitgelesen hatte. Er hatte sich immer noch nicht daran gewöhnt, dass die Beobachteten ihn selbst nicht sehen oder hören konnten. Deswegen sprach er meistens leise, solange er jemanden auf seinem Bildschirm sah.

»Das ist ein alter korsischer Vorname«, sagte Renzo ebenfalls leise. »Es gibt einen Volkssänger auf Korsika, der so heißt.«

»Dann ist das bestimmt ein Deckname«, warf Trockau ein.

»Und an wen schreibt der Korse diese Mail?«, fragte Renzo.

»An eine E-Mail-Adresse … cabdavo@geneve.ch«, sagte August. »Kann Cabdavo ein Name sein? Oder eine Firma?«

»Anwaltskanzlei heißt auf Französisch *cabinet d'avocats*«, sagte Renzo, der als Schweizer in drei Sprachen firm war. »Ist dieser Roca doch ein Anwalt?«

»Na komm, sieht so ein Anwalt aus?«

»Vielleicht ist ›der Alte‹ ein Anwalt in Genf …«, mutmaßte Ernst.

Im Salon betrachtete Roberto selbstverliebt seine geleistete Arbeit: »Sag mal … was ist, wenn uns der Alte auf die Schliche kommt?«

»Wird er schon nicht«, antwortete Roca. »Oder war er ein einziges Mal hier bei uns auf dem Schiff?«

»Nee.«

»Eben. Das ist eine Landratte. Der traut sich nicht aufs Wasser. Hier sind wir sicher.«

Der Mann in den bekleckerten Sachen kam jetzt auf den Laptop zu und beugte sich über die Schulter des Korsen.

»Jetzt«, rief Katharina mit gedämpfter Stimme. »August, schnell ein Screenshot! Ich will mir den Typen genauer anschauen.«

August machte das Bild just in dem Moment, als der Korse und Roberto nebeneinander auf den Laptop starrten.

»Was glotzt du hier auf meine Arbeit?«, sagte der Korse übellaunig. »Ich stör dich ja auch nicht an deiner Staffelei.«

»Hey Alter, mach dich locker.«

In diesem Moment erschien eine neue E-Mail von cabdavo auf dem Bildschirm des Korsen: *Wir treffen uns auf der Schweizer Seite des Passes in Bourg-Saint-Pierre, hinter der verwitterten Talstation der Seilbahn ›Super St. Bernhard‹. Ich erwarte Sie um vier Uhr morgens dort. Fahren Sie NICHT durch den Tunnel, sondern über den Pass. Sonst verpassen wir uns.*

»Gute Nachrichten?«, fragte die bekleckerte Hose.

»Vielleicht für dich«, antwortete der Korse. »Ich muss heute über diesen dämlichen Großen St. Bernhard fahren. Mitten in der Nacht. Der Alte hätte sich auch einen angenehmeren Ort aussuchen können.«

»Sei froh, dass er dir überhaupt so weit entgegenkommt.«

»Egal. Pack beide Bilder ein.«

»Das hast du schon gesagt.«

»Ist deine Kopie schon trocken, oder kann der Schweizer gleich den Braten riechen?«

»Ich habe dir doch gesagt, dass das Bild schon lange fertig ist. Alles in trockenen Tüchern. Keine Bange.«

»Und? Kann ich die Bilder nachts im Dunkeln auseinanderhalten?«

»Das mit dem Rahmen ist das Original. Und die Kopie tue ich in deinen Koffer. Dann sieht sie der Alte nicht. Das wirst du dir ja wohl merken können. Warum willst du eigentlich die Kopie auch gleich mitnehmen?«

»Dann haben wir sie schon mal in der Schweiz, wenn wir sie diesem Zürcher andrehen. Ich deponiere den Koffer vielleicht in einem Bahnhofsschließfach oder bei der Gepäckaufbewahrung. Dann schicken wir ihm den Aufbewahrungszettel, und er kann sich den Schinken selbst abholen.«

15

Savona, Hotel im Hafen

Trockau musste eine Entscheidung treffen, wie es weitergehen sollte.

»Ich fasse mal zusammen«, begann er. »Der Typ, zu dem unser Korse jetzt fährt, scheint der Auftraggeber zu sein, weil er den Original-Cézanne bekommt. Die Kopie wollen der Korse und seine Kumpels auf eigene Rechnung verkaufen. An unseren Renzo.« Hier grinste Trockau und sagte zu Landolt: »Da hat er aber schlechte Karten, oder?«

»Das sehe ich auch so«, grinste Landolt zurück.

»Also, diesen Auftraggeber sollten wir uns auf jeden Fall anschauen und möglichst vorher dem Korsen das Bild abnehmen. Das könnte zwar knifflig werden, aber no risk, no fun. Bei dieser Risiko-Tour müssen nicht alle dabei sein. Deshalb teilen wir uns auf.« Trockau sah in die Runde. »Katharina, August und ich fahren mit dem Wagen der Zwillinge, verfolgen den Korsen bis zur Übergabe und versuchen, an das Bild ranzukommen. Ernst und Renzo, ihr nehmt euch morgen früh einen Leihwagen und fahrt zurück nach Zürich. Und noch eine Bitte, an dich, lieber Ernst: Wechsle August jetzt bei der Wache am Laptop ab, damit er vor der Abreise noch eine Mütze voll Schlaf bekommt.«

»Geht klar, Chef!«

»Stopp, Chef«, warf August ein, während seine Finger die Tastatur bearbeiteten. »Ehe ich schlafen gehe, schicke ich noch schnell meine Spezialsoftware an diese cabdavo-Adresse. Dann kann ich da demnächst auch mal ein bisschen schnüffeln gehen.«

»Gut, alle anderen auf die Zimmer und ausruhen. Wir wissen nicht, was heute Nacht auf uns zukommt.«

Damit löste sich die Runde auf, und jeder ging auf sein Zimmer. Trockau und Katharina hatten das letzte Zimmer bekommen, das tagsüber von Abreisenden eines Costa-Kreuzfahrtschiffes genutzt worden war und am nächsten Morgen für neue Gäste der Carnival-Cruises reserviert war. Aber sie brauchten es ohnehin nur wenige Stunden. In ihrer Kleidung legten sie sich aufs Bett und dösten sofort weg.

Um zweiundzwanzig Uhr dreißig klingelte das Telefon.

Nach wenigen Minuten saßen alle zur Lagebesprechung bei Ernst am Laptop, der ihnen berichtete: »Also, die ›Sea Goddess‹ legt gleich ab. Beide Bilder sind in einem Auto auf dem Quai verstaut. Das kann ich natürlich nicht sehen, weil der Korse inzwischen den Laptop eingepackt hat, aber ich sehe den Standort des Originals dank Katharinas Sender und durch Augusts Ortungssoftware. Der Korse wird mit den Bildern jetzt vermutlich gleich losfahren. In welchem Auto, kann ich nicht sehen, das müsst ihr herausfinden. Deswegen solltet ihr jetzt sofort aufbrechen und an der Hafenausfahrt warten, bis er kommt. Jetzt werden ja wohl nicht mehr so viele Autos das Hafengelände verlassen.«

Er atmete einmal tief durch. »Ich hab mir die Strecke auf der

Karte angeschaut. Es sind dreihundertvierzig Kilometer von hier bis zum Treffpunkt mit dem Auftraggeber.«

Wenig später saßen die drei in ihrem Mercedes am Hafenausgang und warteten. Trockau hinter dem Steuer, August neben ihm, den Laptop zusammengeklappt, damit der Lichtschein sie nicht verriet. Katharina döste auf der Rückbank im Fond.

Ein heller Subaru fuhr durch das Tor aus dem Hafen. Der Wachmann kam nicht mal zur Kontrolle aus seinem Wachhäuschen, sondern grüßte nur von innen und winkte ihn durch. Trockau schaute angestrengt in den vorbeifahrenden Wagen und erkannte das Profil: die prominente Nase und die wulstigen Lippen. Das war der Korse!

Trockau ließ den Motor an und fuhr dem Subaru mit reichlich Abstand hinterher. Zunächst ohne Licht in dieser mondlosen Nacht; erst als er auf die viel befahrene Via Antonio Gramsci einbog und von einigen entgegenkommenden Fahrzeugen mit der Lichthupe angeblinkt wurde, schaltete er die Beleuchtung ein.

In gemessenem Abstand folgte er dem Korsen. Es war von Vorteil, dass August und die jetzt wache Katharina ihm halfen, den Wagen im Blick zu behalten. So konnte Trockau sich auf den Verkehr konzentrieren, der selbst um diese Zeit noch ein wenig chaotisch anmutete.

»Bella Italia«, murmelte er, als er einem Cinquecento ausweichen musste, dessen Fahrer wild zu seinem Beifahrer gestikulierend die Spur wechselte, ohne in den Rückspiegel zu schauen.

Sie fuhren über den Corso Svizzera, passierten das Viadukt auf der Autobahn nach Genua, um sie danach gleich wieder zu verlassen und auf die A 6 Richtung Turin in nördliche Richtung abzubiegen.

Und wieder murmelte Trockau »Bella Italia!«, als er begriff, wie diese dreispurige Sparautobahn funktionierte: Die Spur in der Mitte war mal für die nördliche, mal für die Gegenrichtung als Überholspur eingerichtet.

Damit der Korse nicht merkte, dass sie ihm folgten, ging

Trockau auf Distanz. Bisweilen holte er auf, um sich danach wieder zurückfallen zu lassen. Einmal fuhr er sogar von der Bahn ab, tankte und zog an der Mautstelle ein neues Ticket, um die Verfolgung auf der A 6 erneut aufzunehmen.

Sie konnten sich diese Manöver leisten, weil sie das Ziel des Korsen kannten. In den Bergen würde es schon schwieriger werden, ihm unbemerkt zu folgen. Da würde Trockau ihm näher auf die Pelle rücken müssen. Und irgendwo da wollte er dem Korsen das Bild abnehmen. Wie er das anstellen würde, wusste er noch nicht. Er würde improvisieren.

Von der herrlichen piemontesischen Landschaft, die rechts und links der Autobahn lag, bekamen sie nichts mit, so konzentriert waren alle.

Als sie kurz vor Turin auf die Tangenziale einbogen, schaute August auf seinen Laptop und sagte: »Ich glaube, er ist von der Autobahn runter.«

Trockau nahm das Gas weg, damit August mehr Zeit hatte, diese Vermutung zu überprüfen.

»Wie heißt die nächste Ausfahrt?«, fragte er.

»Warte mal … Er ist laut meiner Karte hier, zwischen der Ausfahrt ›Statale‹ und ›Debouchè‹, von der Autobahn verschwunden.«

»Wie? Der hat zwischen zwei Ausfahrten die Autobahn verlassen?«

»Sieht so aus«, sagte August etwas ratlos, als sich Katharina aus dem Fond vernehmen ließ: »Autobahnraststätte, Jungs! Pinkelpause!«

»Jetzt nicht«, sagte Trockau ganz in Gedanken.

»Nicht ich, der Korse«, kam es wieder von hinten.

»Wie?« Trockau stand immer noch auf der Leitung.

»Äh, ja, das könnte sein, Chef. Der Korse hat auf einer Raststätte angehalten.«

Jetzt begriff auch Trockau. Sie fuhren langsam weiter. Als sie an der Raststätte Nichelino Nord vorbeifuhren, starrte August konzentriert auf seinen Laptop: »Jep, hier ist er gerade.«

»Prima, dann fahren wir die nächste Ausfahrt raus und warten dort auf ihn«, entschied Trockau.

Wenig später war das Signal des Korsen auf Augusts Laptop wieder in Bewegung, und sie beendeten ihre kleine Pause.

»Auch Eierdiebe müssen mal aufs Klo«, grinste Trockau.

»Hör bloß auf, sonst kannst du gleich die nächste Raststätte anfahren und deiner Liebsten aus dem Wagen helfen«, knurrte Katharina aus dem Fond.

»Eben hattest du doch die Gelegenheit …«

»Mitten in so 'nem Industrieviertel? Also wirklich! Das könnt ihr Jungs vielleicht machen.«

August hielt seinen Kommentar in letzter Sekunde zurück und sagte nicht, was er sah: Es gab keine Raststätte mehr bis zum Großen St. Bernhard. Hoffentlich ging das gut …

Sie umrundeten auf der Tangenziale die piemontesische Kapitale Turin, die historisch gesehen Italiens erste Hauptstadt nach der Vereinigung zu einem Reich im Jahr 1861 gewesen war.

»Warst du schon mal in Turin?«, fragte Trockau und versuchte, Katharina im Rückspiegel zu sehen, was ihm aber nicht gelang, weil es stockdunkle Nacht war und kein Gegenverkehr Katharinas Gesicht erhellte.

»Nein. Ich kenne es nur von der Autobahn her und finde den Gedanken nicht sehr attraktiv, mir diese Stadt von innen anzusehen.«

»Das Zentrum ist ein Traum. Vierzehn hochherrschaftliche Paläste haben sich die Savoyer hier bauen lassen. Und das, obwohl die Stadt nur vier Jahre Hauptstadt war. Danach wurde es übrigens Florenz. Also Hauptstadt. Ehe sie sich dann doch für Rom entschieden. Wir müssen mal hierherfahren. Das Essen ist phantastisch.«

»Eigentlich logisch«, sagte Katharina und schaute ins Dunkel der Nacht. »Turin ist doch die Hauptstadt des Piemont, oder?«

»Jep.«

»Dann muss man hier gut essen und trinken können. Also abgemacht. Das nächste Reiseziel ist Turino.«

An der Ausfahrt Settimo Torinese kam wieder eine Mautstation. An solchen Stellen musste Trockau aufpassen, dass der Korse sie nicht bemerkte. Also begann er den Abstand zum Subaru schon weit vor der Mautstation zu vergrößern. Während sie sich der Station näherten, sah August auf seinem Laptop, dass der Korse bereits die Abzweigung in Richtung Aosta nahm. Sie folgten in gebührendem Abstand.

Hinter Aosta – sie hatten neunzig Prozent ihrer Fahrt bereits hinter sich, wie Google erst August und dann August seine Mitfahrer wissen ließ – verließ der Korse die A 5 und nahm die Abzweigung zum »Grande San Bernardo«. Kurven und Tunnel wechselten sich jetzt ab.

Als sie das karge Örtchen Saint-Oyen passierten, las August aus Wikipedia vor: »Die Gemeinde zählt zweihundertsechzehn Einwohner und liegt auf einer mittleren Höhe von tausenddreihundertdreiundsiebzig Metern. Von 1939 bis 1946 trug das Dorf den italianisierten Namen Sant' Eugendo.«

»Wer hätte das gedacht«, sagte Katharina aus dem Fond leicht gereizt.

»Danke, August, aber ich bin nicht müde«, sagte Trockau versöhnlich. »Hier in den Bergen musst du mich nicht vor dem Einschlafen bewahren.«

Nach einem guten Kilometer gabelte sich die Straße: Geradeaus ging es zur Tunneleinfahrt und rechts zum Pass.

»Wo ist er?«, fragte Trockau und hielt am Straßenrand an.

»Er hat den Weg verpasst«, antwortete August mit einem Grinsen.

»Was?«

»Er hat den Weg ver-Pass-t.«

»August, bitte keine müden Scherze zu dieser Stunde.«

»Ich dachte, du bist fit, Chef.«

»Also rechts?«

»Ja bitte! Er ist vor uns. Allerdings nicht mehr so weit. Vierhundert Meter vielleicht. Du kannst noch ein bisschen Abstand halten. Jetzt kommt erst Saint-Rhémy-en-Bosses, danach geht's zwei Kilometer geradeaus. Da muss er uns ja nicht unbedingt im Rückspiegel sehen. Danach beginnt der kurvenreiche Aufstieg, da solltest du näher an ihn rankommen.«

»August, wenn du keine müden Wortspielchen mit mir treibst, bist du ein brillanter Guide, wenn ich das mal sagen darf.«

»Danke, Chef.«

Sie fuhren durch eine karge Landschaft, die sich immer nur für Sekunden im Licht der vorbeihuschenden Scheinwerfer offenbarte. Felsen wechselten mit grünen Stellen ab, Geröllfelder mit sprudelnden Wasserläufen und dazwischen immer wieder Leitplanken in unterschiedlich verrostetem Zustand.

Wenig später passierten sie einen Betonbau, aus dem silbern schimmernde Rohre herausragten, die das Licht der M-Klasse reflektierten. Es waren Lüftungsöffnungen des Tunnels, der sich unter ihnen durch den Berg bohrte. Im Licht der Scheinwerfer sah Trockau jetzt, dass sie die Baumgrenze erreicht hatten.

»August, wie weit ist er vor uns?«

»Warte mal … so circa dreihundert Meter.«

»Dann klapp deinen Laptop zu und haltet euch fest. Kein Baum und kein Strauch bieten uns nun noch Deckung. Ich werde ihn jetzt jagen!«

Damit trat Trockau das Gaspedal durch. Hundert, hundertzwanzig, hundertfünfzig Stundenkilometer. Auf der geraden Strecke kam er dem Korsen gefährlich nah. Als der ihn heranrasen sah, gab auch er plötzlich Gas.

Der Mercedes war durch die umfangreiche Ausrüstung von August schwer; außerdem saßen sie zu dritt in dem Wagen, und die M-Klasse war deutlich höher als der Subaru. Deshalb hatte sie einen höheren Schwerpunkt. Der Subaru des Korsen dagegen war flacher, hatte nur einen Passagier und verfügte offensichtlich über Vierradantrieb, denn er fuhr wie auf Schienen um die Kurven.

Dem Korsen gelang es immer wieder, Strecke zwischen sich und Trockau zu bringen.

Trockau kam es vor, als ob der Korse Erfahrung als Bergrallye-Fahrer hätte, so souverän jagte er um die Kurven.

Jetzt machte die Straße eine uneinsehbare Rechtskurve zwischen zwei Felsen hindurch.

Trockau nahm das Tempo raus. Diese unübersichtliche Stelle war ihm zu gefährlich. Was, wenn ihnen hier ein Fahrzeug entgegenkam. Gut, es war unwahrscheinlich zu dieser Stunde. Trotzdem. Er ging vom Gas.

Er nahm die Rechtskurve moderat und sah … den Subaru mit aufgeblendeten Scheinwerfern am Straßenrand! Aus der Motorhaube trat Dampf aus, und quer über dem gesamten Auto lag ein … Tier. Der Wagen war mit einem kapitalen Steinbock kollidiert.

Und der Fahrer?

Sie fuhren hinter dem Subaru an den Straßenrand und löschten das Licht. August griff ins Handschuhfach und gab Trockau eine Taschenlampe.

Der stieg aus und näherte sich vorsichtig dem Wagen. Er leuchtete ins Fahrerfenster. Der Korse saß bewegungslos in seinem Sitz. Körperlich unversehrt, aber offensichtlich bewusstlos.

Trockau winkte Katharina und August heran.

»Los, er ist bewusstlos. Nehmt das Original aus dem Kofferraum.«

»Sollten wir ihm nicht helfen?«, fragte Katharina.

»Das machen wir schon noch«, sagte Trockau, der in manchen Fragen durchaus gnadenlos sein konnte. »Lass uns erst mal das Bild in Sicherheit bringen und über die Grenze fahren.«

»Und wenn er Hilfe braucht?«

»Die kriegt er ja, aber ich möchte erst mal *uns* in Sicherheit bringen. Dann ist er dran.«

Die beiden öffneten den Kofferraum, der weder beschädigt noch verschlossen war.

»Katharina, weißt du noch, wo du den Sender versteckt hast?«

»Ja, wenn du von hinten auf das Bild schaust, habe ich ihn

zwischen Leinwand und Spannrahmen unten links reingeschoben.«

»Fummel den Sender wieder raus und steck ihn an die gleiche Stelle bei der Kopie. Die ist im Koffer.«

Damit hoben Trockau und August das Original, das Trockau auf höchstens fünfzig mal sechzig Zentimeter schätzte, aus dem Kofferraum und hielten es Katharina so hin, dass sie mit Zeige- und Mittelfingern gut zwischen die Rückseite der Leinwand und den Spannrahmen langen konnte. Mit der Zunge zwischen den Lippen zog sie die einen Euro große Scheibe heraus.

August flitzte mit dem Cézanne zur M-Klasse, während Trockau den Koffer des Korsen zu öffnen versuchte. Der Verschluss hakelte zunächst, aber er bekam ihn auf. Er hob die Kopie aus dem Koffer, und Katharina steckte den flachen Sender erneut zwischen Leinwand und Spannrahmen.

»August«, rief Trockau mit gedämpfter Stimme, »pack das Bild in die Decke, die im Mercedes liegt!«

August versuchte jedoch, das Bild im Licht der Kofferraumbeleuchtung erst mal aus seinem Rahmen zu nehmen. Denn er erinnerte sich, dass der Korse Original und Fälschung am Rahmen auseinanderhalten wollte. Mit sehr viel Fingerspitzengefühl und dosierter Kraft schaffte er es tatsächlich, ohne die Farbe auf der Leinwand zu beschädigen. Dann legte er den rahmenlosen Cézanne auf die Ausrüstung, die hinter der Rückbank gestapelt stand, und packte ihn in eine weiche Decke ein. So war er an der Grenze von außen nicht sichtbar.

Katharina konnte es sich als Frau vom Fach nicht verkneifen, im Licht der Taschenlampe einen Blick auf die Arbeit des Fälschers zu werfen, als Trockau noch einmal zur Fahrerseite ging und nachsah, ob der Korse immer noch bewusstlos war. Er war es. Jetzt hieß es, den Kofferraum wieder zu schließen und das Weite zu suchen – als plötzlich August neben ihnen stand.

»Hast du das Bild im Kofferraum verstaut?«

»Ja, und den Rahmen abgemacht.«

»Was?«

»Na, der Korse erkennt doch das Original nur daran, dass es noch im Rahmen ist.«

»August, du bist genial«, sagte Katharina und gab ihm einen Kuss.

Sie drückten die Kopie in den Rahmen, legten das Bild im Kofferraum zurück auf den Koffer, hüllten ihn – wie zuvor das Original – in die Decke und schlossen den Kofferraum. Dann huschten sie in ihren Wagen zurück.

»Was ist jetzt mit dem Korsen?«, fragte Katharina, als Trockau den Motor anließ, das Licht einschaltete und Richtung Schweiz losfuhr.

»Der sitzt bewusstlos in seinem Fahrersitz und hat hoffentlich nichts von der kleinen Tauschaktion mitbekommen.«

»Aber sollten wir jetzt nicht endlich Hilfe holen?«

»Sobald wir über die Grenze sind. August, such mal in deinem Laptop die Nummer vom Hospiz der ›Söhne vom heiligen Bernhard‹ raus. Das ist der offizielle Name des Klosters hier oben. Das sind übrigens die ›Väter der Bernhardiner‹ … also der Hunde«, sagte er mit Blick zurück zu Katharina, die ihn sorgenvoll anschaute. »Wenn du die Telefonnummer hast, ruf dort an und melde den Wildunfall. Aber erst wenn wir schon in der Schweiz sind. Es könnte sein, dass hier bald einiger Rummel ausbricht. Dann möchte ich über alle Berge sein – und zwar über diese hier.«

Als sie an die Grenze kamen, sahen sie, dass der italienische Zollposten nicht besetzt war.

Der Schweizer Zöllner auf der anderen Seite döste vor sich hin. Er winkte den Mercedes mit dem Berliner Kennzeichen einfach durch.

Die Deutschen, dachte der Zöllner, sehen um diese Uhrzeit doch gar nichts von der Schönheit unsrer Berge. Und schüttelte den Kopf.

Erst eine halbe Stunde später, als er durch die Rettungsmaßnahmen des Hospizes richtig wach war, fragte er sich, warum ihm nicht aufgefallen war, dass normale Touristen durch den

Tunnel fahren. Aber da war es schon zu spät und »die Deutschen« fast im Tal und auf dem Weg nach Zürich.

Trockau fuhr auf der Passhöhe den kleinen See entlang, der von der Staatsgrenze durchquert wurde. Er trug den originellen Namen »Lago del Gran San Bernardo« und lag wie ein tiefschwarzes Loch in einer gespenstisch beleuchteten, kärglichen Landschaft. Sie wurde von dem merkwürdig verlorenen Licht des Hospizes und den orangefarbenen Dampflampen der Zollstation trübe erhellt.

»Huh, hier wollte ich jetzt aber nicht aussteigen müssen«, sagte Katharina mit einem leichten Gruseln. »Irgendwie unheimlich mit diesen düsteren Bergen ringsum.«

»Das hat sich der Auftraggeber bestimmt auch gedacht, als er den Pass vorschlug. Unten im Tunnel ist alles hell erleuchtet. Aber hier oben kann man besser im Dunkeln munkeln.«

»Wir müssen gerade reden«, sagte Katharina. »Ein verunglücktes Auto ausräumen!«

»Moment: Wir haben nur geklaute Kunst wieder an uns genommen. Im Auftrag ihres rechtmäßigen Eigentümers.«

»Erklär das mal einem, der uns beobachtet hat.«

»Hat aber keiner!«

»Hoffentlich!« Und dann fügte sie hinzu: »Sollten wir jetzt nicht langsam mal anrufen, damit der Korse Hilfe bekommt?«

»August, klingel die Chorherren raus und sag ihnen, dass du einen Wildunfall gesehen hast und der Fahrer vielleicht Hilfe braucht. Ungefähr einen Kilometer von der Grenze entfernt, auf der italienischen Seite. Und nimm vorher die Kennung aus deinem Handy.«

»Chef!«, sagte August vorwurfsvoll. »Dachtest du, ich hätte die überhaupt drin? In unserem Business?« Und während er die Nummer eingab, murmelte er: »Also wirklich nicht. Ich bin doch kein Depp!«

16

Italien, an der Unfallstelle des Korsen

Der Korse erwachte mit einem gewaltigen Brummschädel. Ihm war schwindelig und übel obendrein. Was war passiert? Er konnte sich nicht richtig erinnern. Was war mit seiner Windschutzscheibe? Die war ja völlig eingedrückt. Und was lag da überhaupt auf der Kühlerhaube?

Vorsichtig stieg er aus und schaute sich den Steinbock an, der mausetot quer über der schwer beschädigten Kühlerhaube lag. Er begriff gar nichts. Wie spät war es überhaupt? Seine Uhr zeigte halb fünf! War nicht irgendwann die Bildübergabe? Er klopfte die Jackentaschen ab, holte sein Handy heraus und wählte die gespeicherte Nummer.

»Warum sind Sie nicht da?«, kam es kalt aus dem Hörer. »Ich stehe hier seit einer geschlagenen halben …«

»Ich hatte einen Wildunfall«, ging der Korse dazwischen.

Totenstille in der Leitung.

»Und? Was ist mit dem Bild?«

»Was soll damit sein?«

»Ich will wissen: Ist es beschädigt?«

Der Korse wankte auf wackeligen Beinen zum Kofferraum. Da lag es in eine Decke eingehüllt auf seinem Koffer. »Alles okay.«

»Wie weit sind Sie von der Grenze entfernt?«

»Es kann nicht mehr als ein Kilometer sein. Ich war schon fast an der Grenze, als es diesen dumpfen Schlag getan hat.«

»Bleiben Sie, wo Sie sind. Lassen Sie niemanden an das Bild. Stellen Sie sich meinetwegen bewusstlos. Aber kein Wort zu irgendwem. Ich bin gleich da.«

Der Korse stieg wieder in sein Auto, schloss die Augen – und spürte, dass es seinem schmerzenden Kopf guttat, ein bisschen wegzudösen. Die kleine Verfolgungsjagd vor dem Unfall war durch die Gehirnerschütterung gelöscht.

17

Italien, an der Unfallstelle des Korsen

Der gepflegte Vintage-Jaguar glitt durch die mondlose Nacht. Sein Fahrer, Jean-Philippe Janus, Anwalt in Genf, hielt konzentriert nach einem Wagen am Wegesrand Ausschau. Dann sah er ihn am Straßenrand auf der gegenüberliegenden Seite. Janus kreuzte die Fahrbahn und hielt mit seiner Fahrertür neben der des Subaru. Auf dessen Motorhaube lag immer noch der Steinbock. Der Korse hatte ihn also nicht belogen. Sein Glück, dachte Janus grimmig.

Er stieg aus, klopfte an die Scheibe der Fahrertür, woraufhin der Korse die Augen aufschlug.

»Holen Sie Ihre Sachen aus dem Wagen«, wies ihn Janus barsch an. »Alle. Und legen Sie sie in meinen Kofferraum. Und das bitte schnell. Wir haben keine Zeit zu verlieren.«

Der Korse nahm als Erstes das Bild und überreichte es Janus, der es sich verkniff, unter die Decke zu schauen. First cut is the deepest, dachte er und behielt sich den ersten Blick für einen Moment vor, in dem er ihn auch richtig zelebrieren konnte. Ungeduldig sah er zu, wie der Korse erst seinen Koffer nahm und dann das wenige zusammensuchte, was noch im Wageninnern verstreut lag. Als er alles im Kofferraum des alten Jaguar verstaut hatte, legte er den Cézanne obendrauf. Dann verschloss Janus den Deckel.

»Jetzt zu Ihrem Wagen. Sie fahren ihn rückwärts an den nächsten Abhang. Dann steigen Sie aus, lassen den Schlüssel stecken und den Motor im Leerlauf. Wir schieben ihn dann mit meinem Jaguar den Abhang runter. Machen Sie schon. Los, los!« Janus schlüpfte hinter das Steuerrad des Jaguars und wartete, dass der Korse den Motor anließ.

Dessen erster Versuch schlug fehl. Auch der zweite. Und der dritte. Janus fürchtete schon, dass der Motor durch den Unfall irreparabel beschädigt war – als er beim fünften Versuch endlich ansprang. Der Korse blickte durch das unbeschädigte Rückfenster und setzte zurück.

Als Janus sah, wie zögerlich der Korse agierte, hätte er ihn am liebsten mit Schwung angeschoben. Unter normalen Umständen hätte er das auch gemacht, doch er konnte in der Dunkelheit nicht abschätzen, wie steil es den Abhang hinunterging. Wäre es hinreichend steil, hätte er normalerweise den Korsen gleich mit in den Abgrund gestoßen. Das hätte erstens den Vorteil, dass der Unfall überzeugender ausgesehen hätte, und zweitens hätte er so keinen Mitwisser gehabt. Aber was wäre, wenn der Abhang nur die Neigung eines Idiotenhügels aufwies? Dann hätte er einen Überlebenden – und Feind. Das konnte er nicht gebrauchen.

Vielleicht würde er ihn später entsorgen. Jetzt jedoch erst einmal nicht. Deshalb ließ Janus den Jaguar an, schaltete das Licht ein und fuhr neben dem Subaru her. So hatte der Korse Licht und konnte wenigstens sehen, wohin er seinen Subaru rückwärts lenkte. Einen Meter vor der Abrisskante blieb der Korse stehen, stieg aus und schaute hinunter.

Als Janus sich neben ihn stellte, sagte der Korse: »Geht hier ganz schön abwärts.«

»Das kann man in der Dunkelheit gar nicht richtig einschätzen. Aber je tiefer, umso besser«, sagte Janus. »Steigen Sie zu mir ins Auto.«

Er fuhr den Jaguar jetzt vorsichtig so an den Subaru heran, dass sich die Frontstoßstangen beider Autos berührten.

»Und der Steinbock?«, fragte der Korse.

»Der macht hoffentlich mein Auto nicht dreckig.«

»Ich meine, soll der mit in den Abgrund?«

»Was denn sonst?«

Janus gab kurz Gas und bremste sofort wieder ab. Der Jaguar beschleunigte den Subaru kurz, sodass er nach hinten über die Abrisskante wegrutschte und mitsamt dem Steinbock im Dunkel der Tiefe verschwand. Janus lauschte durch das geöffnete Seitenfenster hinaus.

Als er einen dumpfen Aufprall hörte, lächelte er mephistophelisch, setzte zurück und fuhr schwungvoll auf die Straße zurück – Richtung Schweizer Grenze.

Als sie der Grenzstation näher kamen, sahen sie mehrere Wagen, deren Fahrer zusammenstanden und erregt miteinander im Blinklicht eines Polizeiautos diskutierten. Janus ahnte, dass das ein Suchtrupp war, dem er erfolgreich zuvorgekommen war. Irgendjemand scheint den Unfall gemeldet zu haben, und wahrscheinlich gibt es wieder mal Kompetenzstreitigkeiten, dachte er geringschätzig, ob sich die Schweizer Hilfskräfte auf italienisches Territorium wagen dürfen.

Auf der italienischen Seite war allerdings wie bei seiner Hinfahrt immer noch niemand im Dienst, während bei den Schweizern hektische Betriebsamkeit herrschte.

»Irgendwas nicht in Ordnung?«, fragte er scheinheilig, als er die Scheibe runtergelassen hatte und seinen Pass aus dem Fenster hielt.

Der Zöllner, der zu der Gruppe redender Polizisten, Sanitäter und Bewohner des Hospizes geschaut hatte, beachtete ihn nicht weiter und winkte ihn durch. Erst als Janus weiterfahren wollte, rief er: »Stopp!«

Janus trat auf die Bremse, sodass der Jaguar, der gerade die Kühlerhaube gehoben hatte, um zu beschleunigen, nickte und stehen blieb.

Der Zöllner machte zwei Schritte zu ihm. »Excusez«, er lehnte sich zu dem offenen Seitenfenster hinunter, »haben Sie bei der Herfahrt einen Unfall gesehen?«

Janus schaute gekonnt ratlos erst den uniformierten Beamten, dann den Korsen an. »Haben Sie etwas gesehen?«, fragte er ihn. Der schüttelte nur den Kopf.

»Nein, wir haben nichts gesehen.«

»Merci vielmal und gute Fahrt!«

Beim Wegfahren hörte er den Beamten den anderen zurufen: »Also der hier hat keinen Unfall gesehen. Vielleicht ist alles falscher Alarm.«

Schweigend fuhren sie durch die Bergwelt des Wallis, während sich allmählich das fahle Licht des Morgens über die schroffen Berggipfel schob und die herbe Wildheit dieser großartigen Landschaft milchig erhellte. Majestätisch blickten die Dreitausender auf die beiden Ganoven hinab. Der eine ein akademisch gebildeter Verteidiger von Kriminellen, der andere ein Dieb, dem man noch andere üble Eigenschaften zutrauen mochte.

»Passen Sie auf, Ghjuvan«, begann Janus. »In der Aktentasche auf dem Rücksitz finden Sie ein Dossier. Das lesen Sie sich durch und nehmen sich die abgebildeten Bilder bei Ihrem nächsten Coup vor. Alles sehr teure Stücke. Und alle an einem einzigen Ort. Kein Museum, sondern ein Privathaus. Ich will, dass Sie nur die Bilder der Liste mitnehmen. Nichts anderes. Die Bilder befinden sich in Österreich. In einer Gegend, die Sie bestens kennen. Das sind sechs auf einen Streich. Die drei Angekreuzten bringen Sie ins Lager. Die anderen drei zu mir. Verstanden?«

»Alles klar.«

»Die übliche Methode: Baldowern Sie das Haus des Besitzers vorher aus. Und checken Sie den Fluchtweg genau ab. Na ja, Sie wissen ja, wie das geht. Wenn Sie Fragen haben, fragen Sie mich jetzt. Danach bin ich unerreichbar.«

»In Ordnung«, sagte der Korse und schaute in die Liste.

Janus war sich nicht sicher, ob der Mann nach diesem Unfall tatsächlich vernünftig beurteilen konnte, ob er alles richtig verstanden hatte. Aber es war ja auch nicht vorgesehen gewesen, dass dieser korsische Rennfahrer einen Steinbock rammte.

Janus fragte sich, ob er irgendetwas tun konnte, damit der Korse nicht noch mehr Fehler machte. Ihm fiel nichts Besseres ein als Geld. Er griff in die Innentasche seines Sakkos, holte einen Briefumschlag von der Größe einer Checkkarte heraus und reichte ihn dem Korsen.

»Sie sehen auf diesem Umschlag eine Zahl: 3797. Das ist der Code zu der Geldkarte in dem Umschlag. Auf dieser Karte sind fünfzigtausend Euro. Die können Sie sich an jedem Geldautomaten Europas auszahlen lassen. Vierundzwanzig Stunden am Tag. In kleinen Portionen, versteht sich. Aber Vorsicht: Wer die Karte und den Code hat, dem gehört das gesamte Geld, das darauf ist. Das Geld kommt übrigens von einem Konto, dessen Besitzer man nicht zurückverfolgen kann.«

»Ich hätte lieber Bargeld«, sagte der Korse. »Da weiß ich, was ich habe.«

»Das kann ich mir vorstellen«, grinste Janus. »Aber wenn Sie heute einen Leihwagen oder ein Flugticket bar bezahlen, machen Sie sich verdächtig. Mit dieser Karte hingegen nicht. Also, nehmen Sie sie. Abgesehen davon bekommen Sie heute in einer Bank nicht mehr ohne Weiteres fünfzigtausend Euro in bar. Selbst hier bei uns in der Schweiz nicht.« Und dann fügte er mit einer gewissen Wehmut hinzu: *»Times are changing.«*

Anschließend verfiel er in Schweigen, weil ihn ein Gespräch mit dem Korsen nicht interessierte. Der wusste jetzt, was er wissen musste, hatte sein Dossier und musste nur noch seine Arbeit tun. Nur? Er würde ihm beim Abschied noch ein paar passende Worte über die heutige Übergabe sagen – wenn er ihn an einer Bushaltestelle nahe der Stadtgrenze von Montreux absetzen würde. Von dort sollte er mit dem Bus in die Stadt fahren und sich ein Hotel suchen. Janus wollte nicht mit ihm gesehen werden. Als Anwalt hatte er im Gerichtssaal zu oft erfahren, dass es gerade die kleinen Fehler waren, die einem das Genick brachen. Sich mit dem Korsen zu zeigen wäre ein solcher Fehler gewesen.

Nachdenklich sah er auf die Straße. Sie schlängelte sich zwischen den scharfkantigen Felsen der Walliser Bergwelt hindurch, wie er es sonst im Gerichtssaal zwischen den Klippen der Anklage zu tun pflegte.

Der vierte Tag

18
Zürich, Rennweg

Das Widder Hotel am Zürcher Rennweg bohrte sich wie ein Dachsbau durch neun benachbarte Häuser und verfügte über neunundvierzig Zimmer. Das war nicht nur architektonisch originell, sondern hatte als Unterkunft den unbestreitbaren Vorteil, bloß hundert Meter Luftlinie von Renzo Landolts Heim in der Fortunagasse entfernt zu liegen.

Trockau wusste von früheren Besuchen, dass es keine Tiefgarage in diesem Hotel gab, durch die sie den Cézanne problemlos ins Zimmer hätten schaffen können. Aber da das Bild nur fünfzig mal sechzig Zentimeter maß, hatte er sich auf der Fahrt vom Großen St. Bernhard in Berns größtem Kaufhaus einen Koffer gekauft, in den es perfekt passte.

Vor dem Eingang des »Widder« nahm er diesen Koffer persönlich aus dem Wagen und gab die Wagenschlüssel dem Mann fürs Valet Parking.

Gemeinsam mit Katharina und August durchquerte er die Empfangshalle. Der Granitboden war so blitzblank poliert, wie man das von der sprichwörtlichen Schweizer Sauberkeit erwartete. Während Trockau und August die Anmeldeformalitäten erledigten, setzte sich Katharina in einen der schwarz-weiß gestreiften Hotelsessel, eine Hand auf dem Koffer, und beobachtete die ein- und ausgehenden Hotelgäste. Es war kurz vor elf, und in der Hotelhalle ging es ruhig zu, da die meisten Gäste schon ausgecheckt hatten.

Trockau kam strahlend von der Rezeption zurück. Er hatte die holzgetäfelte Suite mit dem kleinen Dachbalkon bekommen und freute sich, Katharina die damit verbundene kleine Überraschung zu präsentieren.

Als sie die Suite betraten, fiel Katharinas Blick zuerst auf den kleinen holzvertäfelten Living Room.

»Oh, der ist ja herrlich!«, sagte sie und durchschritt die Tür in das angrenzende Schlafzimmer. Von dort führten fünf Stufen zu einer weiteren Tür, die … auf eine kleine Dachterrasse führte.

Sie bot der staunenden Katharina einen grandiosen Blick auf die Kirche St. Peter, deren Turmuhr – so die Legende – das größte Zifferblatt Europas zierte. Ob Legende oder nicht, es war ein großartiger Ausblick, zumal über das Dach von St. Peter noch eine Daumesbreite der Zürichsee lugte. Katharina gab Trockau einen langen, innigen Kuss.

»So ein wiederbeschaffter Cézanne muss schließlich gefeiert werden«, sagte er lächelnd. »Auch wenn wir ein bisschen ruppig waren.«

»Sehr ruppig! Du böser alter Mann!«

Sie sprang die fünf Stufen ins Schlafzimmer hinunter und warf sich aufs Bett. »Das musst du an mir wiedergutmachen!«

»Muss ich's wieder gut machen?«

»Ich bestehe darauf.«

19

Genf, Anwaltskanzlei in der Grand Rue

Jean-Philippe Janus war trotz seines fortgeschrittenen Alters eine schillernde Persönlichkeit – auf der dunklen Seite der Welt. Als Strafverteidiger hatte er sich einen Ruf erworben, der einzigartig war. Einzigartig böse.

Er hatte diesen Ruf aus zwei Gründen angestrebt. Zum einen sicherte ihm sein übler Leumund große Aufmerksamkeit in den Medien – was seiner Eitelkeit wohltat. Daneben verschaffte ihm seine Aura des Bösen enormen Respekt in der Welt der Kriminellen. Das förderte die Geschäfte mit ihnen ungemein. Denn zu seinem Bedauern gab es nicht so viele wirklich große Verbrecher gegen die Menschlichkeit, die er hätte vor Gericht vertreten können. Nun gut, die hatte bis 2013 ohnehin sein Pariser Kollege Jacques Vergès verteidigt, den man international als »Anwalt des Teufels« kannte. Zu solchem Ruhm hatte es Janus noch nicht gebracht, doch genau das war sein Ziel. Seit Vergès 2013 gestorben war, spielte er mit dem Gedanken, sein

Nachfolger als Verteidiger der wahrhaft bösen Zeitgenossen dieser Welt zu werden. Bislang nur in seiner Phantasie. Bis es so weit war, wickelte er seine Alltagsgeschäfte mit einfachen Kriminellen ab.

Kurz vor neun rollte der dunkelblaue Jaguar über das Kopfsteinpflaster des Innenhofs der Grand Rue 22. Erst als das Garagentor ganz geschlossen war, öffnete Janus den Kofferraum und nahm den Cézanne vorsichtig heraus. Er konnte es kaum erwarten, ihn eingehend zu betrachten.

Behutsam trug er das Bild durch einen engen Treppengang aus Natursteinen hinab in einen ausgebauten Kellerraum.

Eine Klimaanlage, die wegen ihrer hohen Qualität sonst nur in Museen installiert wurde, sorgte dafür, dass Temperatur und Luftfeuchtigkeit der unterirdischen Räume konstant blieben. Der Kunstkeller von Jean-Philippe Janus war für die Handwerker eine kleine Herausforderung gewesen, alldieweil sie dafür Sorge tragen mussten, für jeden Raum ein anderes Klima zu schaffen. Dadurch lagerten alte Altarbilder, die auf Holz gemalt waren, ebenso optimal wie auf Leinwand gemalte Bilder oder Arbeiten aus Papier.

Janus trug das Bild in den Raum für »die Franzosen« und stellte es auf die Galerieleiste an der Wand – genau zwischen einen Picasso und einen Matisse.

»So«, sagte er zu den beiden Bildern, »jetzt habt ihr euren Meister zwischen euch. Und das ist erst der Erste von vieren.« Er zog sich einen Sessel heran und versank in stiller Betrachtung des Cézanne.

Während er das tat, liefen ihm stumm Tränen über die Wangen. Tränen der Rührung über die Schönheit dieses Werkes.

Es waren diese Momente, weshalb er die Malerei im Allgemeinen und Cézanne im Besonderen so sehr liebte. Im Zwiegespräch mit der »Landschaft von 1870« spürte er eine verschüttete Seite in sich, um die er im Laufe seines Lebens einen Schutzwall gezogen hatte. Er schützte ihn nicht nur vor den Angriffen und Nachstellungen der finsteren Seelen, mit denen er zu tun hatte. Er machte ihn auch einsam. Sehr einsam.

Hier unten, in der Stille seiner Sammlung, fühlte er sich sicher genug, diesen Schutzwall zu verlassen – und sich anrühren zu lassen von der Schönheit eines Cézanne. Janus wusste, dass er in solchen Momenten verletzlich war, aber auch weicher und lebendiger. Er begann, tiefer zu atmen und sich vitaler, ja jünger zu fühlen. Die psychischen Prozesse, die damit einhergingen, kannte er nicht und hätte ihnen als Erklärung auch keinen Glauben geschenkt, sondern sie als »esoterisch« abgetan. Ihm war nur eins wichtig: Solche Momente waren ein Jungbrunnen für ihn.

Es gehörte zur Tragik seines Lebens, dass er so tief und intensiv von einem Bild bewegt wurde, das zwar den Geist und die Handschrift Cézannes bemerkenswert gut wiedergab, aber dennoch eine Fälschung war – und überdies noch ein elektronisches Signal des Verrats sendete.

20

Zürich, Rennweg, Augusts Hotelzimmer

August vertrieb sich die Wartezeit, bis sein Bruder und Renzo Landolt aus Savona zurückgekommen waren, indem er den Standort des GPS-Senders am Cézanne in unregelmäßigen Abständen abfragte. Als er die Koordinaten protokollierte, fielen ihm zwei Dinge auf: Erstens: Das Bild wurde seit mehreren Stunden nicht mehr bewegt. Zweitens: Es befand sich laut der registrierten Koordinaten in Genf. Genauer: in der Grand Rue 22.

»Mitten im Zentrum«, stellte er murmelnd fest. »Ist das ein Museum oder was?«

Auf Google Maps fand er in der Nachbarschaft der Grand Rue ein Museum für überseeische Stammeskunst, eine Stiftung zu Ehren von Jean-Jacques Rousseau, dem großen Sohn der Stadt, und mehrere Restaurants.

August überprüfte die Daten noch einmal. Es blieb dabei: Grand Rue 22. Die Adresse war also entweder eine Firma oder eine Privatanschrift.

Als Nächstes versuchte er zu recherchieren, wer in der Grand Rue 22 lebte oder arbeitete. Dabei fand er heraus, dass die Schweiz eine besonders gut informierte Website hatte: www.tel.search.ch. Dort gab er die Adresse ein und fand eine Anwaltskanzlei: »Jean-Philippe Janus«, stand da zu lesen. Das passte ja ganz großartig mit der mysteriösen E-Mail-Adresse cabdavo zusammen. Auch wenn die vermutlich auf irgendeinem Server in Moldawien oder den Niederländischen Antillen angemeldet war: Cabdavo – Cabinet d'avocats, das französische Wort für Anwaltskanzlei. Renzo Landolt hatte recht gehabt.

»Besonders geistreich scheint der Alte ja nicht zu sein«, sagte er laut. Auf jeden Fall kannte er jetzt dessen Heimatadresse – mit Telefonnummer und allen anderen Koordinaten. Er würde ihn im Auge behalten.

So, dachte August, und jetzt gehe ich mal schauen, wie es in dem Computer von »cabdavo« aussieht. Auf seine Mail, die er am Vorabend vom Hotel in Savona abgeschickt hatte, war eine Standardantwort eingegangen, dass ein Termin nur nach telefonischer Vereinbarung möglich sei. Aber darum ging es August nicht. Er brauchte diese Antwort-Mail, damit sie ihm die Tür in den Computer der Kanzlei öffnete. Und genau die war jetzt offen.

»Dann wollen wir mal den berühmten Datensauger ansetzen«, sagte er, tippte ein paar Tasten, und schon flossen etliche Gigabyte Daten aus dem Kanzleicomputer auf eine externe Festplatte, die er kurz zuvor angeschlossen hatte.

Als er sich anschließend die Daten anschauen wollte, sah er … nichts. Zumindest nichts Sinnvolles. Nur endlose Kolonnen von kryptischen Zeichenkombinationen. Augusts erwartungsfrohe Stimmung sank. Er wollte bei der Besprechung mit dem Team am Nachmittag sein eigenes Erfolgserlebnis präsentieren. Nachdem sie in der Nacht zu dritt den Cézanne befreit hatten, wollte er das Ganze jetzt abrunden – durch Insiderinformationen aus den Computern der beteiligten Ganoven.

Aber wenn der eine schon alles verschlüsselt hatte, dann konnte er vielleicht über den Laptop des anderen etwas herausbekommen. Vielleicht saßen der Korse und der Alte bei einer Besprechung zusammen, und er konnte über den Laptop des Korsen zuhören oder den beiden sonst wie auf die Schliche kommen.

Das Signal vom Korsen kam klar und deutlich – aus Montreux. Das war auf der genau entgegengesetzten Seite des Genfer Sees! August ging der Sache weiter nach und fand heraus, dass sich der Korse in einem Hotel namens »Tralala Hotel« aufhielt. Das hieß wirklich so. Was machte er dort? Und warum waren Bild und Dieb jetzt durch zig Millionen Liter Wasser getrennt?

August wechselte die Informationsquelle, schaltete die Kamera am Laptop des Korsen ein und hatte Glück. Der Laptop war in Betrieb und aufgeklappt – und gewährte ihm einen Blick auf den schlafenden Korsen, eine DIN-A4-Mappe halb vor dem Gesicht.

»Neunundneunzig Prozent der Zeit bei Überwachungen bestehen aus Warten«, murmelte er und fragte sich, ob der Korse schon bemerkt hatte, dass der Cézanne, den er dem Anwalt angedreht hatte, die Fälschung war.

»Wohl nicht«, sprach August weiter mit sich selbst, um die Stille in seinem Hotelzimmer mit etwas Leben zu füllen. »Sonst ließe der den Korsen vermutlich nicht in Ruhe schlafen.«

Weil Ernst und Renzo immer noch nicht da waren, schaute August die neuen Mails des Korsen durch. Er hatte zwei geschrieben, die August trotz seiner bescheidenen Italienischkenntnisse verstand. Die Erste lautete: *Heute Nacht ist alles schiefgelaufen. Hatte eine Kollision mit einem Steinbock auf dem Scheißpass! Das Auto hat Totalschaden, und mir brummt immer noch der Schädel. Immerhin: Janus hat mich abgeholt und mir nicht den Kopf abgerissen. Auf jeden Fall hat er jetzt das Bild. ABER mein Koffer war leer. ROBERTO, DU IDIOT! Da sollte die Kopie drin sein! Du hast vergessen, mir das Bild mitzugeben! Ich hätte es jetzt diesem Zürcher Kunstfuzzi andrehen können!*

Die zweite Mail war eine Art Auftrag: *Signori, wir müssen nach Österreich. Sechs Bilder abholen. Alle sind in Hirschegg im Kleinwalsertal. Ihr kennt ja die Gegend. Es ist kein Museum, sondern ein Privathaus. Die Alarmanlage ist nur nachts scharf. Ein Besuch sollte tagsüber nicht schwer sein. Einfach rein, abräumen und raus. Wann könnt ihr dort sein? Erwarte schnelle Antwort. Maile euch später die Liste der Bilder.*

»*Das* ist ja interessant«, sagte August. Als Nächstes schickte er eine fingierte Mail an diese neue Adresse, die er für sich »Signori« nannte, in der Hoffnung, dass auch von dort – wie bei cabdavo – irgendeine Antwort kommen würde. Aber das war nicht der Fall. Dort blieb alles stumm.

August beschloss, sich die Daten des Anwalts noch einmal genauer anzuschauen. Er scrollte den Bildschirm runter und sah wie gehabt nur unzusammenhängende Zeichenreihen, die keinen Sinn ergaben. Seite für Seite.

Plötzlich hielt er inne.

Hatte ihm der Datensalat gerade ein Wunschbild vorgegaukelt? Oder hatte er tatsächlich ein sinnvolles Wort gesehen?

Er schaute die Seite noch einmal konzentriert an. Doch. Es stimmte. Da stand als Absender einer Mail … Georg Stahlberg.

»Das ist ja immerhin etwas«, sagte er leise. »Wer auch immer das sein mag.«

Er scrollte weiter die endlosen Seiten herunter, stieß aber auf nichts Sinnvolles mehr. Ehe er Gefahr lief, die Zahlenkolonnen auf die Wände seines Zürcher Hotelzimmers zu halluzinieren, oder ihm einfach schwindelig wurde, widmete er sich lieber noch einmal dem Computer des Korsen. Der stand weiterhin sperrangelweit offen.

Er nahm sich die Verlaufsliste vor und schaute, welche Seiten der Korse als Letztes im Netz aufgerufen hatte. Das war äußerst ergiebig, weil der Mann sie nach seiner ausgiebigen Recherche nicht gelöscht hatte, ebenso wenig wie den Cache-

Speicher. Demnach war der Korse ausgiebig auf Google Maps gewesen und hatte sich die Lage des Ifen Hotels in Hirschegg im Kleinwalsertal angeschaut. Noch häufiger war er auf Seiten gewesen, die etwas mit der Adresse »Am Sonnenhang 3« zu tun hatten. Die Oberseitestraße in Hirschegg hatte er sich an mehreren Punkten angeschaut, die Polizeiinspektion auf der Walserstraße 226 und eine Route über die Schwarzwassertalstraße in Richtung deutscher Grenze ebenso. August fand sogar einen Screenshot mit einem eingezeichneten Weg und der Anmerkung »eine Stunde dreißig«. Das sah nach einem Fluchtweg aus. Oder nach der Anfahrt zum Haus »Am Sonnenhang 3«.

Als er sich bei »Dokumente« umsah, stieß er auf Gold. Dort lag die Liste »Sechs Bilder von Cézanne.docx«. Mit genauer Spezifizierung der Bilder und je einer großformatigen Abbildung von:

1) *»Weibliche Badende, von einem Beobachter überrascht«, 1870 / 33 x 40*
2) *»Blick auf Auvers-sur-Oise, der Zaun«, 1873 / 44,5 x 34,5*
3) *»Selbstporträt vor rosa Hintergrund«, 1875 / 66 x 55*
4) *»Das Ewig-Weibliche«, 1877 / 43 x 53*
5) *»Badender mit ausgestreckten Armen«, 1877–78 / 33 x 24*
6) *»Porträt der Madame Cézanne«, 1885 / 46 x 38*

Am Ende der Liste stand: *Sonnenhang 3, A-6992 Hirschegg, Johan Jakob Löwenthal. Privathaus. Noch mal: Alarmanlage nur nachts scharf. Tagsüber freie Bahn. Gemailt 10:30.*

August machte die Beckerfaust und stieß ein lautes »Yeah!« aus. Das war *sein* Beitrag zur Lösung dieses Falles: die angekündigte Bestellliste.

21

Zürich, Fortunagasse

Ernst und Renzo, wie ihn jetzt auch Trockau und Katharina nannten, waren endlich in Zürich eingetroffen. Bis sie in der Fortunagasse angekommen waren, sich frisch gemacht und im Coop auf der Bahnhofstraße etwas fürs Abendessen eingekauft hatten, war es früher Abend geworden.

Jetzt waren alle in der Wohnung von Renzo versammelt, um die erfolgreiche Wiederbeschaffung des Cézanne zu feiern. Der Hausherr hatte für Katharina und Trockau gerade eine kleine Führung durch sein Heim beendet; es hatte ihm gutgetan, wie sehr die beiden sein »Häuschen« und seine Bildersammlung bewundert hatten.

Nachdem die für die Schweiz typischen kleinen Weißweingläser mit einem herrlich trockenen Aigle gefüllt waren, tranken alle auf die Anwesenheit des sechsten Gastes in diesem Raum: den Cézanne. Er stand auf einer Staffelei in der Mitte des Wohnzimmers und sorgte für die richtige Sieger-Atmosphäre.

Mitten in diese Hochstimmung hinein ließ August seine Bombe platzen. Nüchtern und unaufgeregt wie immer.

»Ich habe heute Nachmittag im Hotel ein bisschen mit meinem Laptop gespielt und drei Dinge herausgefunden«, begann er. »Erstens: Die Kopie des Cézanne befindet sich in Genf bei einem Rechtsanwalt auf der Grand Rue 22, der auf den Namen Jean-Philippe Janus hört. Das ist ziemlich sicher der ›Alte‹, wie ihn der Korse genannt hat.«

Als Trockau den Namen Janus hörte, schaute er von seinem Glas auf, und seine vergnügte Miene nahm den Ausdruck gespannter Aufmerksamkeit an.

»Zweitens«, fuhr August ungerührt fort, »ist der Korse in einem Hotel namens ›Tralala‹ in Montreux abgestiegen – das heißt wirklich so. Er ist also weit weg von dem Cézanne, den sowohl er als auch Janus für den echten halten. Ob der Anwalt Endabnehmer ist oder Zwischenstation, muss ich noch durch längere Beobachtung herausfinden.«

Inzwischen war es mucksmäuschenstill im Raum geworden.

»Drittens hat der Korse einen Auftrag erteilt, sechs weitere Bilder zu stehlen – und zwar im österreichischen Kleinwalsertal. Das heißt: Hier wird offensichtlich ein noch viel größeres Ding gedreht, als wir heute gelöst haben. Ich wollte deshalb wissen, ob Janus etwas damit zu tun hat. Deshalb bin ich heute Nachmittag in seinen Computer eingedrungen und habe einige zig Gigabyte an Daten herausgeholt, die leider alle verschlüsselt sind. Ich habe nur einen einzigen Namen als Absender einer Mail erkennen können: einen gewissen Stahlberg.«

»Wie bitte?«, rief Trockau. »Stahlberg? Georg Stahlberg?«

»Ja, genau.« August sah ihn verwundert an.

»Das ist der Finanzvorstand der Artecuritas!«

»Ach du Scheiße!«, rutschte es Ernst heraus.

Nach diesen Enthüllungen herrschte beklemmende Stille. Alle warteten, was Trockau dazu sagen würde. Dessen angestrengte Mimik spiegelte wider, was sich hinter seiner Stirn tat. Schließlich holte er tief Luft.

»Wenn dieser Janus tatsächlich derjenige ist, den ich meine«, begann er, »dann könnte die Wiederbeschaffung des Cézanne ein kleiner Fisch im Vergleich zu dem gewesen sein, was da augenblicklich geplant wird. Da hat August völlig recht. Machen wir jetzt alles richtig, können wir vielleicht einen ziemlich dicken Fall klären, und zwar noch bevor er zum Fall geworden ist. Wir laufen dabei allerdings Gefahr, dass wir Janus – sofern er auch dieses Mal der Hintermann des Korsen ist, was ich zwar annehme, wir aber noch nicht beweisen können – so sehr reizen, dass er uns mächtige Probleme bereitet. Und mit ›mächtig‹ meine ich nicht ›groß‹, sondern in der Tat ›mächtig‹. Denn der Mann hat ein Netzwerk, das man lieber nicht näher kennenlernen möchte.«

Trockau machte eine bedeutungsvolle Pause.

»Das Ganze gewinnt an Brisanz, weil Stahlberg möglicherweise beteiligt ist. Das könnte einen Zwei-Fronten-Krieg bedeuten. Und wir mittendrin.« Trockau dachte einen Moment nach, dann fuhr er fort: »Bis heute haben wir im Auftrag der

Versicherung gehandelt und unser Honorar dafür mehr als verdient. Ab jetzt sind wir nicht mehr im Dienst der Artecuritas, sondern machen ohne Auftrag weiter. Wem das zu heiß ist, kann an dieser Stelle aussteigen.«

»Chef, bitte …«

»Na hör mal, jetzt wird's doch erst spannend.«

»Also wirklich. Für wen hältst du uns!«

»Gut. Ich wollte es ja nur angeboten haben.« Trockau blickte August an. »Respekt, August, für das, was du herausgefunden hast. … Oder bist du noch gar nicht fertig?«, fragte er fast schon etwas sorgenvoll.

August räusperte sich. »Na ja, ich habe mich danach noch bei dem Korsen umgeschaut und etliche Internetaktivitäten entdeckt, die sich um das Kleinwalsertal drehen, genauer um ein Anwesen ›Am Sonnenhang 3‹ in Hirschegg und das sehr schön gelegene Ifen Hotel, von dem – zumindest legen das die Satellitenaufnahmen nahe – man das Haus am Sonnenhang beobachten kann. Außerdem hat der Korse eine Liste von sechs Cézannes in seinem Computer – mit der Anschrift ›Johan Jakob Löwenthal, Hirschegg, Am Sonnenhang 3‹.«

»Löwenthal? Johan Jakob Löwenthal?« Jetzt war es Renzo Landolt, der ungläubig dazwischenrief.

»Ja, genau. Kennst du ihn?«

»Das will ich wohl meinen. Löwenthal ist ein fanatischer Cézanne-Sammler. Bei ihm zu Hause hängen mehr als bloß sechs Cézannes. Ich habe mich schon gefragt, ob wir ihm nicht meinen heutigen Hausgast anbieten sollten.«

Trockau fand das – bei aller Brisanz der gerade entdeckten Wendung dieses Falls – eine gute Idee. So könnte er drei Fliegen mit einer Klappe schlagen: einerseits Löwenthal vor dem Korsen warnen und andererseits seine Dankbarkeit nutzen und ihm den römischen Cézanne anbieten. Vielleicht war ja für Conte noch mehr drin als die sieben Komma fünf Millionen seiner Bank. Und drittens wäre Renzo so mit von der Partie.

Also fragte er ihn: »Magst du zu Löwenthal mitkommen?«

»Sofort«, lautete die hocherfreute Antwort, bei der Renzo

fast ein bisschen rot wurde. »Aber was machen wir mit dem Cézanne von Conte? Einen weiteren ungesicherten Transport möchte ich dem Bild nicht zumuten.«

»Das ist richtig.« Trockau nickte. »Zumal wir erst mit Conte und der Versicherung sprechen sollten, bevor wir Löwenthal das Bild tatsächlich anbieten.«

»Das heißt: Wenn ich mitkomme, müsste ich den Cézanne in ein Schließfach geben.« Landolt machte ein unglückliches Gesicht.

»Hast du denn eins?«, fragte Trockau eher rhetorisch, weil er davon ausging, dass jeder Schweizer mindestens ein Schließfach habe.

»Ja, schon ... aber ...«

»Ist es nicht groß genug?«

»Doch ...«

»Aber?«

»Oh, wie ich es hasse!«

»Was? Schließfächer?«

»Solche Meisterwerke ... allein ... im Dunkel ... dieser kalte Stahl ...«

Trockau hob die Augenbrauen, senkte den Kopf und fragte sehr behutsam: »Hast du das Gefühl, dass sich der Cézanne im Dunkeln fürchtet?«

»Natürlich nicht. Aber ich habe trotzdem eine Abneigung gegen Tresore. Da wird so viel Kriminelles versteckt.«

»Hm.« Trockau behielt den therapeutischen Tonfall bei, weil er sich nicht sicher war, was er davon halten sollte. »Wozu hast *du* dann ein Schließfach?«

Landolt schaute ihn von der Seite an und kratzte sich am kahlen Schädel. »Auch wieder richtig.« Er blickte zu Boden, dachte nach und sah dann wieder Trockau an. »Also gut, aber nur kurz. Solche Bilder müssen atmen.«

»Alles klar. Ruf morgen früh deinen Banker an. Dann packst du den Cézanne in den Koffer und trägst ihn mit Ernst und August ganz unauffällig«, jetzt wechselte Trockau zu einer Art Gespensterstimme, »in die Finsternisssssss!«

Landolt grinste, weil er sich erkannt, verstanden und auf freundliche Art auf den Arm genommen fühlte.

»Und dann setzt ihr drei euch in den Mercedes und kommt nach. Katharina und ich fahren schon vorher los.«

In der jetzt entstehenden Pause schaute Trockau jeden Einzelnen bewusst an. Bis er den Eindruck hatte, dass die »Wir-haben-es-geschafft«-Stimmung vorüber war, die alle zu der kleinen Siegesfeier über den wiederbeschafften Cézanne von Giancarlo Conte zusammengeführt hatte, und alle wieder im Arbeitsmodus angekommen waren.

Landolt schritt sogar gleich zur Tat und wählte auf seinem Handy eine Nummer – die von Löwenthal. Er ließ ihn kurz wissen, dass er ins Kleinwalsertal käme, und verabredete sich mit ihm für morgen auf einen Kaffee bei ihm zu Hause.

»Um dreizehn Uhr bei Ihnen. Wunderbar. … Ich bringe übrigens zwei Freunde mit, wenn ich darf«, sagte er, bevor er sich verabschiedete.

»So«, sagte Trockau, »jetzt trinken wir alle aus, und dann geht's zurück ins Hotel. Morgen fahren wir ins Kleinwalsertal.«

Der fünfte Tag

22
Österreich, auf der B 19

Katharina lenkte den SUV, den Ernst und Renzo in Italien für die Rückfahrt gemietet hatten, während Trockau begeistert wie ein kleiner Junge aus dem Fenster schaute.

Sie waren bei strahlend blauem Himmel von Zürich über die A 1 Richtung Bodensee gefahren. In Lustenau hatten sie die Grenze zu Österreich passiert und waren nun auf einer malerischen Landstraße hinter Dornbirn unterwegs, die sich durch grüne Hügel wand.

Auf saftigen Wiesen standen verwitterte Holzhütten, die die Bauern in früheren Tagen zum Heuen gebraucht hatten. Hinter den Wiesen erstreckten sich weite Wälder die Berge hinauf und erstrahlten in einem Dunkelgrün, das an manchen Stellen ins Blaugrün wechselte. Oberhalb dieser urgesunden Landschaft erhoben sich graue Felsenspitzen, die teilweise noch mit Weiß aufwarten konnten.

Trockau freute sich über das Schiebedach des Leihwagens. Er hatte es ganz geöffnet, um die würzige Luft zu schnuppern. Hinweisschilder führten zu romantisch klingenden Flecken wie »Schneckenlochwald« und »Sibratsgfäll«. Trockau fühlte sich wie auf einem Schulausflug und begann zu singen: »Wohlan, die Luft geht frisch und rein, wer lange sitzt, muss rosten.« Das war zwar ein Lied aus dem Frankenland, aber ein anderes fiel ihm nicht ein, und so schmetterte er frohgemut: »Den allerhellsten Sonnenschein lässt uns der Himmel kosten.« Er richtete sich übermütig auf und blickte wie ein Panzerfahrer aus dem Schiebedach auf die Straße: »Jetzt reicht mir Stab und Ordenskleid der fahrenden Scholaren …«, er rutschte wieder auf seinen Platz, »ich will zu guter Sommerszeit ins Land der Walser faaaahren!«

Katharina hatte sich das Ganze amüsiert angeschaut, doch als er gerade bei »Valleri und valleraaaaa« war, runzelte sie ob der Lautstärke, in der er schmetterte, die Stirn. Das zweite »Valleri und vallera« fiel dann auch deutlich leiser aus. Und der Refrain »… ins Land der Walser fahren!« ging fast ganz in Fahrgeräuschen unter.

»'tschuldigung«, sagte Trockau und schaute beiläufig aus dem Fenster, »es ist gerade so über mich gekommen.«

»Alles klar«, sagte sie grinsend. »Du singst ja auch schön … und laut …«

»Sonst treffe ich die Töne nicht«, erklärte er und wusste, dass sie recht hatte. Aber manchmal überwältigte es ihn einfach – und dann musste es aus ihm raus. So wie jetzt. Jetzt war es draußen. Jetzt konnte er sich wieder der Fahrt widmen.

Es fiel ihnen erst auf, dass sie inzwischen in Deutschland waren, als sie das Schild »Oberallgäu« sahen, wie sich der südlichste Landkreis Deutschlands nannte. Er war die einzige Zugangsmöglichkeit zu der österreichischen Enklave Kleinwalsertal, die umgeben von den Allgäuer Alpen keine verkehrstechnische Anbindung an Österreich hatte. Und das, obwohl es Teil des Bundeslandes Vorarlberg war. Nur auf Schusters Rappen konnte man von hier aus über Berge mit kernigen Namen wie »Großer Widderstein« oder »Gottesackerplateau« nach Vorarlberg gelangen. Dazu musste man aber viel Erfahrung im Bergwandern und vor allem eine sehr gute Kondition mitbringen.

Trockau, der all das wusste, sagte zu Katharina, während er die malerische Landschaft weiter bestaunte: »Dieser Löwenthal muss ein kluger Mann sein. Das Kleinwalsertal ist nicht nur landschaftlich herrlich, es ist auch ziemlich geschickt, sich mit einer feinen Sammlung von Meisterwerken hierher zurückzuziehen. Hier muss man nur eine einzige Zufahrt bewachen, und genau da liegt die Polizeiinspektion Kleinwalsertal.«

»Schön und sicher«, gab ihm Katharina recht. Als Spezialistin für das Entwenden wertvoller Kunstgegenstände hatte auch sie mit Kennerblick die strategischen Qualitäten dieses Landstrichs erkannt.

»Habe ich dir übrigens erzählt«, sagte sie beiläufig, »dass ich von Zürich aus meinen Vater in Rom angerufen und ihm von unseren nächsten Schritten erzählt habe?«

»Nein«, sagte Trockau gedehnt, während Katharina der Ansage des Navigationsgerätes folgte. Er ahnte, dass gleich noch ein interessanter Nachsatz kommen würde.

»Er kennt diesen Löwenthal.« Pause. »Beruflich.«

»Wie ... ›beruflich‹?«

»Mehr wollte er mir nicht erzählen.«

»Dann wird uns Löwenthal auf jeden Fall empfangen.«

»Wieso? Wollte er erst nicht?«

»Na, bei älteren Herren mit teuren Kunstsammlungen weiß man nie. Da habe ich schon manchmal sehr kauzige Dinge erlebt«, sagte Trockau, als sie das Ortsschild »Hirschegg« passierten. »Jetzt kann es nicht mehr weit sein. Siehst du irgendwo ein Schild ›Ifen Hotel Kleinwalsertal‹? Muss hier gleich oberhalb der Straße sein.«

Nach der nächsten Biegung sahen sie den prominenten Rundbau über der Straße thronen. Die Wurzeln dieses legendären Hauses lagen in der Mitte der dreißiger Jahre des letzten Jahrhunderts. Als es in die Jahre gekommen war, wurde es abgerissen und an gleicher Stelle komplett neu errichtet. Seitdem setzte es mit allen Annehmlichkeiten der zeitgenössisch österreichischen Gastronomie seine Tradition als eine Art mondänes Wahrzeichen des Tales fort.

Katharina verließ die Hauptstraße, fädelte sich die engen Kurven der Oberseitestraße hinauf, bog nach dem Skiverleih rechts ab und fuhr vor dem großzügigen Hoteleingang vor. Trockau war angetan: Das Ensemble hob sich von der Bauernhausromantik der anderen Häuser und Hotels im Tal erfrischend ab und folgte der formalen Klarheit, die die wirklich schönen Bauten der frühen dreißiger Jahre kennzeichnete. Durch den Rundbau und das viele Holz, das die Gebäude wie mit orangebraunen Linien akzentuierte, wirkte es nicht streng, sondern solide und leicht zugleich – und repräsentierte aufs Gelungenste die innovative Architektur Vorarlbergs.

»Das Restaurant hat sogar einen Stern im Michelin«, sagte Trockau, als sie ausstiegen.

»So liebe ich das Arbeiten«, grinste Katharina.

Sie betraten die Eingangshalle, die zwar weit und großzügig

war, aber eher an ein Wohnzimmer erinnerte: Eine herrlich gemütliche Sofalandschaft im Landhausstil bot zwischen Bücherregalen aus Naturholz einen beschaulichen Platz, um durch bodentiefe Fenster den Blick über das weitläufige Tal schweifen zu lassen. Und statt dass von ihnen erwartet wurde, am Rezeptionscounter stehend die Ankunftsformalitäten »abzuwickeln«, wurden sie in ebendiese Sofalandschaft auf einen Kaffee eingeladen. Das gefiel Trockau und Katharina ganz besonders – was sie der jungen Frau von der Rezeption, einer echten Walserin mit strahlend blauen Augen, auch sagten.

Bei ihrem Kaffeeplausch erklärte sie ihnen, wo die Juniorsuite für die Zwillinge und das Einzelzimmer für Renzo lag, dann zeigte sie Katharina und Trockau die ebenerdige Formazza-Suite. Sie war mit ihren zwei Schlafzimmern eigentlich als Familiensuite gedacht, doch hatte Katharina Trockau bei der Fahrt darauf hingewiesen, dass sie – bei aller herzlichen Freundschaft zu den Zwillingen – nicht Wand an Wand mit ihnen schlafen wolle und ebenso wenig das Bad mit ihnen teilen mochte. Trockau hatte verständnisvoll genickt, weil auch er abends gerne mit Katharina allein sein wollte. Sie würden hier also zu zweit wohnen; im großen Wohnzimmer der Suite aber würden die gemeinsamen Sitzungen des Teams abgehalten werden können.

Während Katharina auspackte, ging Trockau zu den Zimmern der Zwillinge und Renzo, um zu schauen, wie sie wohnen würden. Er war mehr als zufrieden und wusste jetzt, dass hier alle äußerst angenehm untergebracht waren. Beim Rückweg zur Suite erkundigte er sich beiläufig an der Rezeption, ob inzwischen schon die kleine Reisegruppe aus Italien eingetroffen sei. Sie war es nicht. Auch keine aus Frankreich oder Korsika.

»Wir könnten aber mit Deutschen, Schweizern und zwölf Neuseeländern dienen«, hatte die Blauäugige mit einem Schmunzeln gesagt. Das war deutlich genug, weshalb sich Trockau diskret zu einem Kaffee auf eines der Sofas zwischen die Regalwände zurückzog. Eigentlich kein Wunder, dachte Trockau, warum sollten solche Kerle für ihre dunklen Geschäfte auch im besten Haus am Platze absteigen?

Als sich Katharina zu ihm gesellte und beide einen erfrischenden Grünen Veltliner bestellten, fragte sie ihn: »Wusstest du, dass das Hotel 1936 erbaut worden ist und als die Nazis Frankreich überfallen hatten, sie den französischen Botschafter hierher entsorgt und interniert hatten?«

»Na, da hat er es aber zumindest schön gehabt«, gab Trockau zurück.

»Schön schon, aber General de Gaulle befreite am Ende des Krieges das Ifen Hotel und damit auch den ehemaligen Botschafter der ›Grand Nation‹, um das Hotel dann«, sie lächelte listig, »zu seinem ›Hauptquartier‹ zu machen. Und weißt du, für wie lange?«

»Nein.«

»Für die Dauer eines Urlaubes: nämlich genau drei Wochen lang.«

»Das alte Schlitzohr!«

»Das würde ich auch so sehen. Aber es war eine Hilfe für das Haus. De Gaulles Anwesenheit ging damals durch die Presse und brachte das Hotel nach dem Krieg in aller Munde. Josephine Baker kam hierher, und auch Heinz Rühmann machte hier gerne Urlaub. Sogar einen Film hat er hier gedreht – der Rühmann, Heinz. Jawohl!«

»Kannst du mir verraten, woher du das alles weißt?«, fragte Trockau erstaunt.

»Das hat mir der nette Hoteldirektor Jaeger erzählt. Mit dem schönen Vornamen Nikolaus. So würde ich meinen Sohn übrigens auch nennen.«

»Wie bitte?«

»Keine Panik, Chef. Ich meine ja nur, dass mir der Name gefällt. Als ich mit dem Auspacken fertig war«, lenkte sie das Gespräch in unverfänglichere Bahnen, »habe ich ihn auf dem Weg hierher getroffen und gleich mal ein bisschen ausgefragt. Das Restaurant hat übrigens nicht nur – wie du vorhin gesagt hast – einen Stern. Es war sogar der *erste* Michelin-Stern in ganz Österreich und ist bis heute der einzige außerhalb von Wien und Salzburg.«

»Donnerwetter!«, murmelte Trockau ernsthaft beeindruckt. »Da müssen wir nachher gleich mal schauen, wann wir dort einen Tisch bekommen.«

»Wer hat uns eigentlich auf diese sehr erfreuliche Unterkunft aufmerksam gemacht?«

»Der Korse. Unfreiwillig allerdings. Weil er dachte, man könne das Haus am Sonnenhang von hier aus beobachten. In diesem Punkt lag er zwar falsch, wie ich in der Suite von Ernst und August gesehen habe – aber sonst lag er goldrichtig. Und August hatte alles gleich für uns gebucht.«

»Guter Mann, unser August.«

»Wenn man vom Teufel spricht ...«

Just in diesem Augenblick betraten die drei Nachzügler durch die gläsernen Türen das Hotel.

23

Kleinwalsertal, Am Sonnenhang

Johan Jakob Löwenthal war das, was man in der Zeit des Wirtschaftswunders einen »Industriekapitän« genannt hätte: einer, der die Ärmel hochkrempelte und loslegte. Die ersten Patente, mit denen seine spätere Firma im Bereich der Logistik weltweit erfolgreich wurde, hatte er selbst entwickelt. Es war sein Glaubensbekenntnis, anderen nur dann Anweisungen zu geben, wenn er das, was er von ihnen verlangte, selbst beherrschte. Dann sollten die Angewiesenen aber auch das tun, was er gesagt hatte. Denn er hielt sich für einen der wenigen, die wirklich wussten, wovon sie sprachen. Wenn er ehrlich war, hielt er sich sogar für den Einzigen. Aber das band er keinem auf die Nase.

Als er im Jahr 2005 zu dem Schluss kam, dass die Zeit reif dafür sei, sein Unternehmen an einen potenten Wettbewerber zu veräußern, steuerte er den Übernahmeprozess nach allen Regeln der wirtschaftlichen Cleverness. Dabei legte er größten Wert auf Korrektheit. Denn obwohl er den Löwenanteil des

Gewinns selbst behalten wollte, war ihm klar, dass auch das Gemeinwohl seinen Teil davon abhaben wollte – und sollte.

Deshalb gründete er eine Stiftung für junge Künstler. Löwenthal hatte zur Kunst schon immer ein besonderes Verhältnis gehabt. Er schätzte es, was die Großen der Zunft mit ihrer Arbeit erreicht hatten – nämlich die Änderung des Sehens.

Paul Cézanne war ihm von allen der Liebste; mit Picasso war Löwenthal der Meinung, dass Cézanne der Vater aller späteren Künstler war. Und das, obwohl Cézanne zeit seines Lebens keine nennenswerten Erfolge gefeiert hatte. Das brauchte er auch nicht, zumindest wirtschaftlich gesehen. Sein Vater – ein Banker – hatte ihm ein Vermögen hinterlassen, dank dessen er sich nicht mehr um die Probleme des Alltags kümmern musste, sondern sich ganz der Kunst hingeben konnte.

Ganz so üppig konnte es Löwenthal seinen Künstlern nicht einrichten, aber er wollte wenigstens einen kleinen Beitrag beisteuern. Deshalb mietete oder kaufte seine Stiftung Wohnraum, in dem junge Künstler für eine bestimmte Zeit ein Atelier bekamen. So konnten sie ihren eigenen Weg gehen, ohne sich um Alltagsprobleme wie das Auffinden und Bezahlen eines Ateliers kümmern zu müssen.

Außerdem kaufte er seit fünfzig Jahren Bilder des großen Cézanne. Rückblickend waren seine Erwerbungen immer in einer Art Balance aus gefordertem Preis und vorhandenem Vermögen gewesen: Vor fünfzig Jahren waren Cézannes Bilder zwar sehr viel günstiger gewesen als heute, doch hatte Löwenthal damals auch sehr viel weniger Geld zur Verfügung gehabt und musste sich deshalb anfangs krummlegen, um die Raten bei den Galeristen abzahlen zu können. Später wuchs dann sein Vermögen – und in etwa gleichzeitig stiegen auch die Preise für Cézannes.

Im Laufe der Zeit hatte Löwenthal es auf eine Sammlung von zwölf Bildern des Großmeisters gebracht. Eine Sammlung, um die ihn manches Museum beneidete.

Löwenthals Blick fiel auf das Telefon auf seinem Schreibtisch. Ein schwarzes Ungetüm aus Bakelit, dessen schwerer Hörer auf einer Gabel ruhte, unter der eine Wählscheibe die Möglichkeit bot, geduldig eine Nummer zu wählen. Er hatte darauf bestanden, dass das technische Monstrum in seinem Haus blieb und nicht einem dieser modernen Geräte Platz machte, mit denen man drahtlos aus allen Zimmern telefonieren konnte. Er erreichte mit dem alten Gerät alle, die er erreichen wollte. Das genügte ihm. Denn viel lieber als mit anderen Menschen zusammen war er mit seinen Cézannes allein.

Als dieses museale Telefon gestern Abend geklingelt hatte, war Renzo Landolt am anderen Ende gewesen. Ein pfiffiger junger Mann, der als Kunstberater genauso klug war wie selbstironisch. Löwenthal würde nie vergessen, wie er ihm bei ihrer ersten Begegnung seine Glatze erklärt hatte: »Wenn Kunst wirklich in der Vollendung des Weglassens besteht, dann bin ich am oberen Ende ein Meisterwerk.«

Dieser Satz hatte Löwenthal für ihn eingenommen, und er feilschte nicht mehr besonders hart beim Preis eines Cézannes weiter, den Landolt ihm vermittelt hatte. Nach erfolgreichem Abschluss hatte Löwenthal ihm angeboten, ihn besuchen zu kommen, wann immer er wolle. Morgen sollte also wieder ein solcher Besuchstag sein. Und Landolt würde zwei Freunde mitbringen.

Nun gut, dachte Löwenthal, ihm sollte ein wenig Abwechslung recht sein. Er hatte nur darauf bestanden, dass die jungen Leute pünktlich waren: »Ich erwarte Sie um dreizehn Uhr.«

Löwenthal ging auf die Terrasse seines Hauses am Sonnenhang und schaute über das herrliche Grün der Wiesen und Wälder. Es bedeckte die milden Hügel und schwang sich empor zu den beeindruckend hohen Bergen, bis Bäume zunächst Gesträuch und später Moosen Platz machten. Diese Berge waren ihm niemals bedrohlich erschienen, sondern immer als Schutz. Und als Grenze, hinter der eine lärmende Welt lag, die man entdecken konnte – wenn man wollte.

Er nahm einen Schluck von dem gut gekühlten Heiligensteiner Riesling, den er sich immer vom Heurigenhof Bründlmayer kommen ließ und schlürfte Luft dazu, damit sich das Bouquet aus Pfirsich und Passionsfrucht in seinem Mundraum entfaltete und die Geruchsrezeptoren animierte. Dann schluckte er das köstliche Nass hinunter. »Ein Wein muss animieren«, hatte er einmal einem jungen Künstler erklärt. »Tut er das nicht, können Sie ihn gleich in den Ausguss schütten. Oder auf Schnaps umsteigen.« Dieser unkonventionellen Meinung war er immer noch. Wie er überhaupt gern unkonventionell dachte und lebte. Auch in diesem Punkt fühlte er sich Cézanne verbunden.

Der suchte nicht mit Hilfe einer klassischen Malschule sein Ziel zu erreichen, sondern als Autodidakt. Cézanne war eigenwillig im besten Sinn gewesen. Er hatte einen »eigenen Willen« – und ein Ziel, das er erreichen wollte. Ohne Rücksicht auf Verluste. Das gefiel Löwenthal. Denn so hatte auch er immer gehandelt und würde es auch weiterhin tun.

24

Kleinwalsertal, Ifen Hotel

Inzwischen hatten sich die Neuankömmlinge zu Trockau und Katharina gesetzt und ihnen geholfen, den Grünen Veltliner zu leeren, als Trockau einen Blick auf die Uhr warf. »Zwölf Uhr dreißig«, sagte er, »sollten wir nicht langsam aufbrechen? Renzo, du hast gesagt, dass Löwenthal Pünktlichkeit schätzt. Außerdem wissen wir nicht, wann die Herrschaften von Napoleons Geburtsinsel hier aufkreuzen und ihm die Bilder klauen wollen.«

Also machten sich Trockau, Katharina und Renzo auf, um Johan Jakob Löwenthal aufzusuchen, dessen Haus nur unweit vom Ifen Hotel auf dem Sonnenhang lag. Sie verließen das Hotelgrundstück – »immerhin sportliche achtzehntausend Quadratmeter groß«, wie Katharina sie wissen ließ – und gingen die asphaltierte Straße bergan.

»Ich muss weniger Zigarren rauchen«, sagte Trockau, als er merkte, dass ihm die Steigung hinauf zum Sonnenhang mehr zu schaffen machte, als er erwartet hatte.

»Komm«, sagte Katharina, die selbst gerne diesem Laster frönte, »erstens hast du schon lange nicht mehr, und zweitens bist du doch ein Genussraucher. Da ist Rauchen nicht so schlimm.«

Trockau, der nicht ganz zwei Jahrzehnte älter war als sie, lächelte milde und dachte sich seinen Teil dazu. Er wollte ihr nicht widersprechen, da es ihm ganz recht war, wenn sie nicht den älteren Mann in ihm sah, sondern einen fast Gleichaltrigen. Zumindest hoffte er das. Und dabei sollte es bleiben. Sowohl bei der Hoffnung als auch bei dem Vorsatz, den Zigarren öfter zu widerstehen.

Am Ende der Oberseitestraße wandten sie ihre Schritte nach rechts auf den Sonnenhang. Vor ihnen tauchte ein großes Haus auf, dessen Sockel aus Natursteinen gemauert war. Darüber erhoben sich zwei Stockwerke aus dunkelbraunem, fast schwarzem Holz. Die schneeweißen Sprossenfenster standen im scharfen Kontrast dazu, wobei rechts und links der Fenster grüne Fensterläden den Gepflogenheiten der Region ihren Tribut zollten. Das Gleiche taten die mit Geranien bepflanzten Blumenkästen unterhalb der Fenster. Der leicht erhöhte Eingang war durch zwei Steinstufen zu erreichen, und über allem wölbte sich ein mächtiges Dach, dem man ansah, dass es im Winter wuchtige Schneelasten zu tragen hatte.

Die Einfahrt war gepflastert und der Rasen rechts und links davon gut gepflegt, wobei die alte hölzerne Schubkarre fast schon zu viel der Folklore war. Wenn noch ein Brunnen vor dem Haus geplätschert und Gartenzwerge den Rasen bevölkert hätten, wäre die Tarnung perfekt gewesen. Aber auch ohne diesen kleinbürgerlichen Firlefanz erwartete niemand in diesen Mauern eine Cézanne-Sammlung, die ihresgleichen suchte.

Trockau schritt voran, und ehe Landolt etwas sagen konnte, schaute er durch ein Fenster ins Innere des Hauses, erblickte aber kein einziges Bild.

»Was machst du denn da?«, fragte Katharina schockiert von seiner Indiskretion.

»Ich wollte nur schauen, ob man von der Straße aus irgendwas sehen kann.«

»Das hätte auch ich dir sagen können.« Landolt lachte. »Die Bilder hängen alle so, dass kein Sonnenlicht auf sie fällt und man sie durch keines der Fenster von der Straße sehen kann.«

»Sehr umsichtig«, sagte Trockau, und Katharina schaute ihn wie eine Ehefrau an, die sich für die skurrilen Schrullen ihres Mannes schämt.

Landolt sah auf die Uhr und stellte zufrieden fest, dass es Punkt dreizehn Uhr war. Energisch drückte er den Klingelknopf, und schon schwang die Tür auf, als ob der Hausherr dahinter gewartet hätte.

»Lieber Renzo Landolt, seien Sie mir willkommen. Schon allein, weil Sie sich gemerkt haben, dass ich ein Freund des Satzes bin: ›Pünktlichkeit ist die Höflichkeit der Könige.‹« Damit streckte Löwenthal dem Schweizer die Hand entgegen. Als er Katharina sah, sagte er: »Enchanté« und deutete – ganz Gentleman der alten Schule – einen Handkuss an.

»Katharina Boiern«, stellte sie sich vor. Als Löwenthal ihren Namen hörte, behielt er ihre Hand in der seinen, schaute sie lange an und fragte: »Heißt Ihr Vater Otto?«

Katharina war eine Frau, die trotz ihrer jungen Jahre schon sehr viel erlebt hatte. Mit Blick auf ihre große Erfahrung als Diebin konnte man sogar sagen, dass sie mit allen Wassern gewaschen war. Doch jetzt wurde sie rot. »Ja, er hat mir erzählt, dass Sie sich kennen«, sagte sie und hoffte, dass es souverän geklungen hatte, vermutete aber, dass das Gegenteil der Fall gewesen war. Sie befürchtete nämlich insgeheim, einem der vielen Opfer ihres Vaters gegenüberzustehen, der als Fälscher viele Jahre lang für Furore gesorgt hatte. Später warf man ihm vor, mindestens fünf Dutzend Bilder der großen Impressionisten und Expressionisten »nachempfunden« und alle über ein ausgeklügeltes Händlernetz zu Bargeld gemacht zu haben.

Es konnten ihm zwar nicht mehr als ein halbes Dutzend Fälschungen nachgewiesen werden, doch brachte ihm das immerhin noch vier Jahre Gefängnis ein. Eine schreckliche Zeit für einen Schöngeist wie Boi. Aber: Das war ihm eine Lehre gewesen. Danach war er sauber geblieben. Nicht zuletzt weil ihm Trockau durch die Mitarbeit in seinem Team die Chance geboten hatte, mit ehrlicher Arbeit Geld zu verdienen, indem er die Arbeiten anderer Fälscher entlarvte. Dennoch war es Katharina peinlich, wenn sie auf die Husarenstückchen ihres Vater angesprochen wurde. So auch jetzt.

Löwenthal hielt weiter ihre Hand und antwortete: »Ich freue mich, heute seine Tochter kennenzulernen.«

Damit ließ er ihre Hand los und begrüßte Trockau eher beiläufig. Trockau fragte sich, ob das ein guter Start für ihr Gespräch war, als Löwenthal mit den Worten vorausging: »Kommen Sie, ich habe eine kleine Erfrischung auf der Terrasse für uns vorbereitet.«

Als alle ein Glas Wein in der Hand hatten und sich zuprosteten, brachte Renzo das Gespräch auf die Cézanne-Sammlung. Wie er richtig vermutet hatte, ließ sich Löwenthal nur einmal und das auch nur kurz bitten und war schon mit federndem Schritt unterwegs.

»Ich bin kein Kunsthistoriker«, begann Löwenthal, »sondern ein Laie. Ein begeisterter Laie zwar, der sein Laientum mit eigenem Geld bezahlt hat, weshalb ich den Begriff ›Amateur‹ mehr schätze. Denn das kommt vom Lateinischen ›amare‹, also lieben. Ich liebe die Arbeiten von Cézanne eher, als dass ich sie erklären könnte. Verstehen kann ich sie sowieso nicht. Aber da bin ich nicht allein. Kunst kann man nie verstehen – nur fühlen, spüren … oder sie sagt einem gar nichts. Ich für meinen Teil liebe die Werke von Cézanne, weil sie zu mir sprechen.«

So weit der grundsätzliche Teil, dachte Renzo, der die Führung schon kannte.

»Wenn Sie so wollen, gibt es in meiner Sammlung Bilder aus der Zeit *vor* Cézannes vierzigstem Geburtstag – also vor 1879 – und Bilder danach. Wobei Cézanne selbst einmal gesagt haben soll, dass er die ersten vierzig Jahre seines Leben vertan hätte. Das finde ich überhaupt nicht«, sagte Löwenthal mit dem Selbstbewusstsein des Sammlers, der ein Bild nicht kauft, weil es eine gute Geldanlage ist, sondern weil es ihm gefällt und er es um sich haben will.

»Schauen Sie sich mein Lieblingsbild an – ›Weibliche Badende, von einem Beobachter überrascht‹ – aus dem Jahr 1870.« Er ging auf ein dunkel anmutendes Gemälde zu. »Die Farbe ist pastos aufgetragen, auf fast schwarzem Untergrund. Einige Pinselstriche – wie hingewischt – lassen die Leiber der Badenden geradezu physisch spürbar werden, obwohl man sie gar nicht wirklich erkennen kann. Der Eindruck der Körper, ihre Impression ist da. Mehr nicht. Aus meiner Sicht eine großartige Arbeit. Ihm erschien sie wohl nicht so gut.«

Ehe Löwenthal weiterging, warf er einen Blick auf Katharina, die sich das Bild aus der Nähe anschaute.

In dem Raum, der ihm offenbar als Wohnzimmer diente, führte er die drei Besucher zu einem Bild, das gegenüber dem Kamin hing. »Manche Leinwände standen jahrelang in seinem Atelier, weil er mit den Bewegungen oder Kompositionen nicht zufrieden war. Beim ›Ewig-Weiblichen‹«, er deutete auf das Bild über dem Kamin, »sieht man – oder besser, erscheint es mir –, dass er sich schwertat mit dieser menschlichen Bewegung. Wenn auch die Komposition sehr schön gelungen ist. Es ist von 1877. Also noch vor seinem vierzigsten Geburtstag. Wie auch das hier, ›Badender mit ausgestreckten Armen‹. An dem Thema ›nackte Menschen in einer idealisierten Umgebung‹ hat er sich ja ein Leben lang abgearbeitet. Erst in der Zeit nach vierzig, als Höhepunkt seiner künstlerischen Arbeit, hat er die großen Bilder der Badenden geschaffen. Die werden Sie bei mir aber nicht finden. Leider! Sie hängen alle in den großen Museen dieser Welt und sind für einen kleinen Sammler wie mich zu teuer. Ich habe eher Kleinformatiges und ein paar mittelgroße Landschaften.«

Jetzt warf er einen langen Blick auf Katharina, die diesen Blick nervös zur Kenntnis nahm.

Löwenthal ging eine kleine Treppe voraus in einen höher gelegenen Raum, der eine Art Erker hatte, von dem aus man einen herrlichen Blick über das Tal genoss.

»Hier sitze ich, wenn das Wetter nicht so schön ist. Im kurzen Walser-Frühling zum Beispiel, wenn es draußen noch zu kalt ist. Dann schaue ich mir Cézannes ›L'Estaque mit roten Dächern‹ an. Ein Bild, aus dem die Kraft der südfranzösischen Sonne spricht. Schauen Sie sich an, wie das Braun der Mauern mit dem Rot der Dächer eine wunderbare Harmonie bildet. Und dann das Meer. Wer einmal in Südfrankreich an der Küste war, sieht sofort, dass das Bild nur dort gemalt worden sein kann. Obwohl …«, damit wandte er sich seinen Besuchern zu, »… es wohl keinen Künstler gibt, der unabhängiger von seinen Vorlagen war als Cézanne. Er versuchte ja nicht so sehr das Objekt oder den Menschen zu malen, der vor ihm saß, sondern das Bild wiederzugeben, das in seinem Kopf von dem Menschen oder der Landschaft entstanden war. Das ist übrigens meine ganz persönliche Interpretation des Begriffes ›Impressionismus‹. Aber wie gesagt: Ich bin Amateur. Kein Profi. Und deswegen kann ich mir auch meine eigene Meinung leisten.« Wieder schaute er dabei Katharina an.

»Ich war übrigens noch nie in L'Estaque«, fuhr Löwenthal fort. »Würde auch nie auf die Idee kommen, diesen Außenbezirk von Marseille irgendwann einmal aufzusuchen, denn so schön, wie er hier bei mir hängt, kann er in Wirklichkeit gar nicht sein. Ich liebe dieses Bild einfach, und damit basta. Ach ja: An ihm können Sie wunderbar die Leichtigkeit erkennen, die Cézannes Bilder nach seinem vierzigsten Geburtstag erreichten. Bei dem Bild unten, in der Bibliothek – es heißt ›Mädchen mit Puppe‹ und ist von etwa 1902 –, spüren Sie diese Leichtigkeit noch mehr. So, und jetzt ist Schluss damit. Schauen Sie sich selbst um und lassen Sie sich von den Bildern selbst begeistern – und nicht von einem alten Zausel wie mir.«

Er trank sein Glas mit einem Schluck aus, ging die Treppe wieder hinunter und sagte über die Schulter: »Ich bin draußen auf der Terrasse.«

Trockau ging ihm nach und sagte: »Herr Löwenthal, kann ich Sie kurz sprechen?«

»Um was geht's?«

»Ich arbeite mit Ihrer Versicherung zusammen, der Artecuritas …«

»So, diesem Chaotenhaufen?«, unterbrach Löwenthal ihn und schaute ihn an, als ob er ihn zum ersten Mal sehen würde.

Trockau war aus dem Konzept geraten. »Wieso Chaotenhaufen?«, fragte er.

»Na, weil ich vor einem Jahr hier einen Einbruch hatte und die Typen bis heute nicht in der Lage sind, das Bild wieder aufzutreiben.«

»Das ist manchmal auch gar nicht so einfach«, sagte Trockau, »ich bin auch einer von diesen ›Typen‹, die Bilder wieder auftreiben. Und genau deshalb bin ich hier …«

»Haben Sie es denn gefunden?«

»Nein, Ihr Bild nicht … aber wir haben Hinweise, dass bei Ihnen eingebrochen und insgesamt sechs Bilder gestohlen werden sollen. Und deshalb würden wir diese Bilder gerne mit einem Sender versehen, damit wir sie – wenn sie tatsächlich gestohlen werden – verfolgen können.«

Löwenthal sah Trockau skeptisch an. »Sie sind also einer dieser Versicherungsschnüffler! Haben Sie denn eine gute Nase?«

Trockau nickte mit einem Lächeln. »Das wird behauptet. Ihr Einverständnis vorausgesetzt machen wir Ihre Bilder also schnell ein bisschen sicherer.«

»Sicherer werden sie damit wohl nicht. Ihre Chaotentruppe findet sie dann allenfalls schneller.«

»Oder so«, gab Trockau ihm recht und war froh, dass er mit Landolt hierhergekommen war. Allein hätte ihm der Alte vielleicht noch nicht mal die Tür aufgemacht.

Gemeinsam mit Katharina versah er die Bilder der Liste mit einem kleinen GPS-Sender, indem sie ihn wie bei dem Cézanne von Conte zwischen Spannrahmen und Leinwand schoben.

Währenddessen saß Löwenthal mit Landolt auf der Terrasse und genehmigte sich noch ein Glas Wein. Landolt hielt wacker mit, obwohl er nur mit einem flüchtigen Frühstück und ohne Mittagessen kaum eine vernünftige Unterlage dafür hatte.

»Auf welche Bilder haben es die Herren Diebe denn abgesehen?«, fragte Löwenthal, als Trockau und Katharina sich dazusetzten und er auch ihre Gläser auffüllte.

»Wir haben eine Liste.« Trockau reichte sie Löwenthal, der etwas umständlich eine Lesebrille aus der Brusttasche seines Hemdes zog.

»Ist ja interessant«, bemerkte er und blickte weiter auf die Liste. »Alle sechs Bilder haben etwas gemeinsam.«

Trockau horchte auf.

»Es sind genau die sechs, die versichert sind. Und … alle sind eher kleinformatig. Vielleicht denken die Diebe praktisch und wollen nur die, die man gut mitnehmen kann.«

Löwenthal blickte über die Lesebrille zu Trockau und faltete die Liste zusammen, ehe er die Brille wieder in die Hemdentasche steckte. Trockau fühlte sich irgendwie beobachtet. Nein, es war eher das Gefühl, dass Löwenthal ihn herausforderte. Doch warum? Er wollte ihm doch nur helfen. Aber vielleicht hatte sich die Artecuritas nach dem Diebstahl des Bildes vor einem Jahr nicht besonders kooperativ verhalten, und er, Trockau, musste das nun ausbaden. Er atmete tief und etwas resigniert wieder aus. So war sein Geschäft eben.

»Aber das Selbstporträt vor rosa Hintergrund«, sagte Löwenthal jetzt und stand auf, »das auch auf Ihrer Liste steht, habe ich Ihnen noch gar nicht gezeigt. Das müssen Sie sich auf jeden Fall ansehen.« Damit ging er wieder voran, und die drei trotteten hinterher wie folgsame Studenten ihrem Professor.

Katharina schaute Trockau an und sagte leise: »Das Bild haben wir doch eben in der Hand gehabt. Denkt der, wir machen so was mit geschlossenen Augen?«

Trockau lächelte und flüsterte zurück: »So sind wir alten Knacker nun mal.«

Sie quittierte diesen Kommentar mit einem boshaften Lächeln und knuffte ihn in die Rippen.

»Hier …«, sagte Löwenthal, als sie vor dem Bild im Wohnzimmer angekommen waren. Weiter kam er nicht, denn in diesem Augenblick wurde die Haustür aufgestoßen, und es klang, als ob mehrere Männer den Flur von Löwenthals Haus betreten hätten. Wer es war, konnten Hausherr und Gäste von ihrem Standort aus nicht sehen.

»Hallo?«, rief Löwenthal. »Wer ist da?« Energisch ging er in Richtung Flur.

Drei Männer in blauen Overalls, die die Aufschrift »SANITÄR HEIZUNG« trugen, betraten den Raum.

»Ganz ruhig. Nix Angst«, sagte der Kleinste der drei, die allesamt völlig unpassend zum Frühsommerwetter Skimasken trugen. Sie mussten sie im Flur hektisch übergezogen haben, denn derjenige, der gesprochen hatte, konnte nur mit Mühe durch die Augenlöcher schauen. Die Maske saß so tief, dass die Stirnpartie über seine Lider gerutscht war und er den Kopf in den Nacken legen musste, um überhaupt etwas sehen zu können. Er zupfte an seiner Vermummung herum, als er weitersprach: »Nix Angst. Einfach mache, was wir sage!«

Der Größte der drei hatte – und das beunruhigte Trockau – eine Beretta vom gleichen Typ in der Hand, wie sie auch von der amerikanischen Armee verwendet wurde. Trockau war deshalb der Erste, der die Gefahr richtig einschätzte und die Hände hob. Die anderen folgten seinem Beispiel, auch Löwenthal, dem das Wort offenbar im Halse stecken geblieben war und der jetzt mit offenem Mund verfolgte, was die drei Männer machten.

»Hände auf Rücken!«, befahl der mit der Pistole, während die anderen beiden mit Kabelbindern hinter Löwenthal und seine Gäste traten. Einem nach dem anderen wurden die Hände so fest auf dem Rücken zusammengebunden, dass von Katharina prompt ein empörtes »Aua!« kam.

Als alle fixiert waren, holte der Dritte einen Lappen aus der Tasche seines Overalls und eine Flasche aus der anderen, kippte Flüssigkeit in den Lappen und hielt ihn Katharina vor die Nase. Sie wollte sich wehren, holte Luft, um zu protestieren – und verlor umgehend das Bewusstsein. Der Kleinere fing sie auf und legte sie auf dem Teppich ab. Dasselbe machten sie mit Löwenthal, der neben ihr gestanden hatte. Trockau schaute zu Landolt, rümpfte kurz die Nase, schüttelte ganz leicht den Kopf – und hoffte, dass Landolt die Botschaft verstanden hatte, nämlich, die Luft anzuhalten. Dann war er auch schon dran – und sackte zu Boden, gleich gefolgt von Trockau.

Der Pistolenmann steckte seine Waffe in den Overall und vergeudete keinen weiteren Blick auf die leblosen vier. Trockau, der die Luft angehalten hatte und halbwegs klar bei Sinnen war, hatte schon als Kind geübt, ein Auge geschlossen zu halten, während er das andere einen Spalt weit öffnete. So behielt er die Diebe im Auge.

Alle drei zogen jetzt die Skimasken vom Kopf. Es sah komisch aus, wie sie mit zerstrubbelten Haaren zu Werke gingen. Angeführt wurden sie vom Pistolenmann. Trockau glaubte eine gewisse Ähnlichkeit mit dem Korsen erkennen zu können, hätte aber dafür den Kopf heben und genauer hinschauen müssen.

Der Pistolenmann ging durch die Räume, schaute auf eine Liste mit Fotos und zeigte genau auf die Bilder, die Katharina und Trockau zuvor mit Sendern versehen hatten. Seine beiden Gehilfen nahmen sie von der Wand, hüllten sie in Decken, die sie aus dem Flur geholt hatten, und legten Bild auf Bild.

Als sie ihre Beute zusammengesucht hatten, nahmen sie jeder rechts und links ein Bild unter den Arm und verschwanden im Flur und damit aus Trockaus Blickfeld. Er hörte, wie einer die Haustür öffnete, das Haus verließ und zurückkam. Die anderen hatten wohl im Flur gewartet, denn jetzt hörte Trockau, wie sie alle mit raschen Schritten das Haus verließen. Dann wurde draußen ein Kofferraumdeckel zugeschlagen und ein Motor angelassen.

Sie hauen ab, dachte Trockau. Genau in diesem Moment kam der Kleine noch einmal ins Wohnzimmer zurück. Er nahm die Flasche mit dem Betäubungsmittel und kippte sie auf den Teppich, auf dem Katharina und Löwenthal lagen.

»Buona notte!«, rief er höhnisch, dann eilte er hinaus und schloss die Haustür hinter sich.

»Renzo? Hören Sie mich?«, rief Trockau gedämpft, als er vernahm, wie der Wagen anfuhr.

»Bidde?«, kam es etwas nuschelig zurück.

»Hast du die Luft anhalten können?«

»’nbissen …«

»Steh auf und geh raus. An die frische Luft.«

»Okeii.«

Landolt hatte offensichtlich mehr abbekommen als Trockau. Dennoch war er ansprechbar.

Trockau kam auf die Beine. »Brauchst du Hilfe?«

»Nee«, murmelte Landolt. »Geht sch'n.«

Trockau stolperte in die Küche und öffnete, die Hände auf dem Rücken, umständlich Schublade für Schublade, bis er endlich die mit dem Besteck fand. Er fand ein kleines, scharfes Messer, mit dem er den Kabelbinder durchtrennen konnte, prägte sich dessen Lage ein, drehte sich um und versuchte es im Blindflug rücklings aus der Schublade zu fingern.

Als er es endlich zu fassen bekommen hatte, schob er vorsichtig die Messerspitze unter den Kabelbinder, um sie gegen das Plastik zu drücken. Das war gar nicht so einfach, weil seine Hände immer weniger Gefühl hatten. Fluchend und schwitzend schaffte er es endlich. Das Messer fiel zu Boden – und er war frei. Sich die Handgelenke reibend ging er mit dem Messer zurück ins Wohnzimmer.

Dort hatte Landolt seinen kugeligen Oberkörper unter Ächzen und Stöhnen so weit aufgerichtet, dass er sitzen konnte. Der nächste Akt war schwieriger, weil er jetzt seine kurzen Beine vor seinem prominenten Bauch anwinkeln musste. Als Trockau sah, wie er sich abrackerte, durchtrennte er rasch Renzos Fesseln, half ihm hoch und riss als Nächstes alle Fenster auf, damit das Betäubungsmittel, das vom Teppich in den Raum hinein verdunstete, seine lähmende Konzentration verlor.

»Raus mit dir«, sagte Trockau. »Und mach vorher alle Fenster auf, damit hier frische Luft reinkommt.«

Renzo tat mit wackeligen Schritten, was Trockau gesagt hatte. Währenddessen zerschnitt der die Fesseln von Katharina und Löwenthal. Trockau wollte Katharina ganz ritterlich auf die Arme nehmen und hinaustragen, doch es gelang ihm nicht, weil sie genau neben der Stelle lag, aus dem das Betäubungsmittel verdunstete. Als er sich zu ihr herunterbeugte, spürte er, wie die Dämpfe ihn benebelten.

»Renzo!«, rief er.

Der hatte auf einem der Terrassenstühle mehr gelegen als gesessen und dabei oft und tief Luft geholt, sodass er im Moment der Frischeste der vier war. Er stolperte zu Trockau, der sich inzwischen aus einem der Fenster in den Garten hinausgelehnt hatte, um frische Luft zu bekommen.

»Los, wir müssen sie hier rausschaffen.«

Trockau packte Katharina bei den Schultern, Renzo nahm ihre Füße, und so schleiften sie sie mehr, als dass sie sie trugen. Sie legten sie behutsam auf der Terrasse ab und wankten noch einmal ins Wohnzimmer.

Sie richteten Löwenthal zunächst in eine sitzende Position auf. Dann gingen sie in die Knie, schlangen sich jeder einen Arm um die Schulter und wuchteten ihn hoch. So schleppten die beiden ungleich großen Retter ihren Gastgeber in bedenklicher Schieflage aus dem Haus und setzten ihn in einen der Stühle. Weich wie eine Gummipuppe hing er darin und bewegte sich nicht.

Trockau ging zu Katharina, brachte ihren leblos wirkenden Körper in stabile Seitenlage und blieb bei ihr sitzen. Ihr Kreislauf verarbeitete die Dosis des Betäubungsmittels anscheinend schneller als Löwenthal, denn sie kam langsam zu sich.

»Wa'ssn los?«

»Komm, ich helf dir auf einen Stuhl.«

»Wie?«

Trockau setzte sie auf einen der Terrassensessel und fragte sich gerade, ob er für Löwenthal den Notarzt rufen sollte, als der die Augen öffnete.

»Igitt, is mir übel!«, stieß er hervor, und das Thema Rettungswagen war erledigt.

»Ich glaube, ich muss mich übergeben«, war sein nächster Satz, der erfreulicherweise folgenlos blieb.

»Puh, was war das denn?«, fragte Katharina und stöhnte leise.

Dann wieder Löwenthal: »Drecksäcke.«

»Wir müssen die Polizei alarmieren«, sagte Landolt, »die ist doch gleich hier unten im Tal. Vielleicht kriegen sie die Halunken noch.«

»Moment mal«, murmelte Löwenthal, und dann bekam er einen fast hysterischen Lachanfall, der in einem lauten Husten endete.

»Finden Sie das komisch?«, fragte Landolt etwas befremdet.

»Überhaupt nicht«, keuchte Löwenthal halb verzweifelt, halb wütend. Dann holte er tief Luft, ehe er – jetzt ganz ruhig – sagte: »An diesen Wänden hängen sonst nur Kopien. Angefertigt von einem Großmeister der Kopierkunst – Ihrem Vater.« Er blickte zu Katharina. »Wirklich außerordentliche Arbeiten, die Ihr Vater vor langer Zeit für mich gemacht hat. Bevor er auf die schiefe Bahn geraten ist, übrigens. Er ist ein absolutes Ausnahmetalent, Sie können stolz auf ihn sein.«

Katharina sah ihn argwöhnisch an.

»Aber an hohen kirchlichen Feiertagen«, fuhr Löwenthal fort, »oder wenn ich besonderen Besuch bekomme, ersetze ich die Kopien durch Originale, die sonst in einem sehr gut gesicherten Safe hier im Hause ruhen. Und genau das habe ich heute Morgen getan ...«

»Und jetzt haben diese Kerle Sie bestohlen«, stellte Katharina fest.

»Exakt«, sagte Löwenthal grimmig. »Wenn ich gewusst hätte, dass Otto Boierns Tochter zu Besuch kommt, hätte ich Originale und Kopien gemischt und Sie gefragt, ob Sie etwas bemerken. Aber einem Renzo Landolt gegenüber«, er schaute Renzo an, der verlegen lächelte, »wollte ich mit Originalen glänzen, sonst hätte der mich vielleicht für einen Banausen gehalten.«

Zu Trockau gewandt sagte Löwenthal: »Danke übrigens. Ohne Sie läge ich jetzt wohl noch immer im Wohnzimmer und wäre Gefahr gelaufen, dort zu verschimmeln, weil meine Haushälterin für zwei Wochen in die Sommerferien gefahren ist. Und nichts für ungut, was ich eben über Ihre Versicherung gesagt habe.«

Trockau antwortete bescheiden: »Na ja, wenn die Diebe erst mir den Lappen vors Gesicht gehalten hätten, dann hätte ich für Sie nichts mehr machen können.«

»Aber wissen Sie was?«, fragte Löwenthal. »Warum hier rumsitzen und Trübsal blasen? Ich würde mich gerne mit einem kleinen Essen bei Ihnen bedanken. Können Sie schon wieder feste Nahrung zu sich nehmen?«

Die drei schauten sich an und fanden, dass das wohl noch ein bisschen früh sei.

»Vielleicht später«, sagte Katharina so charmant, dass der alte Löwenthal nicht gekränkt sein musste.

»Gut«, befand er. »Dann lade ich Sie – sagen wir, für übermorgen Abend ins Ifen Hotel zu einem Sterne-Essen ein, und wir trinken einen auf den Schreck.«

»Geben Sie uns noch einen Tag mehr, dann gerne«, sagte Katharina, und Löwenthal willigte ein.

»Wie Sie mögen. Dann am Mittwoch. Ich werde alles Nötige veranlassen.«

Die schnelle Erholungszeit des Johan Jakob Löwenthal imponierte den drei Jüngeren zwar sehr. Dennoch ließ sich Trockau nicht davon abbringen, dass Katharina noch eine Weile bei ihm bleiben sollte, um ihm dabei zu helfen, die Versicherung und die Polizei über den Raub zu informieren. Katharina war damit einverstanden. Nicht weil sie vor Löwenthal schlecht ablehnen konnte, sondern weil sie hoffte, noch etwas Positives über ihren Vater zu hören.

Währenddessen gingen Trockau und Renzo zügig talwärts, dem Ifen Hotel entgegen. Es galt jetzt, die Verfolgung der Sender aufzunehmen.

25

Kleinwalsertal, Ifen Hotel, Suite von Ernst und August

August, der sich nach der Ankunft ein bisschen aufs Ohr gelegt und sich danach einen Espresso Doppio genehmigt hatte, während sich Ernst im »Theo's« die geschäumte Orangen-Fenchelsuppe und das gegrillte Forellenfilet an Rote-Bete-Schaum zu Gemüte geführt hatte, saß jetzt am Tisch in Trockaus Formazza-

Suite und war eins mit seinem Laptop. Hinter ihm standen Trockau, Renzo und Ernst. Seit dem Diebstahl bei Löwenthal waren fast zwei Stunden vergangen.

»Siehst du, wo die Bilder sind, August?«, fragte Trockau.

»Hmhm«, machte der vage.

»Und? Wo sind sie?«, hakte Ernst nach.

»Offenbar sind sie getrennt worden.«

»Getrennt?«

»Ja. Ein Punkt wandert auf der Autobahn von Chur kommend sehr nahe am unteren Zürichsee entlang.«

»Und wo sind die anderen fünf?«, fragte Trockau.

»Es gibt nur noch *einen* zweiten Punkt. Wenn mehrere Sender nebeneinander senden – zum Beispiel aus dem Kofferraum eines Autos oder weil drei oder vier Bilder gemeinsam in einem Raum sind –, dann erscheinen sie bei mir auf dem Bildschirm als ein einziger Punkt. Die Software kann das nicht präziser auflösen. Deshalb kann ich nur sagen, dass die sechs Bilder aufgeteilt worden sind.«

»Das habe ich verstanden«, sagte Trockau, »und wo ist der zweite Punkt?«

»Hier im Tal.«

»Hier im Tal? Die sind noch nicht über alle Berge, sondern hier?« Renzo konnte es nicht fassen.

»Anscheinend ist ein Teil in die Schweiz gefahren und der andere ist hiergeblieben.«

»Den in der Schweiz dürfen wir nicht aus den Augen verlieren«, sagte Trockau. »Wenn der uns wieder nach Genf zu Janus führt, ist der Knabe fällig. Aber zum Naheliegenden: Kannst du sagen, wo genau sie hier sind?«

»Die sind auf irgendeinem Berg, wenn ich das richtig sehe. Gibt's hier eine … wart mal … ›Kanzelwand‹?«

»Was jetzt? Ist der Punkt im Tal oder auf der Kanzelwand?«, wollte Ernst etwas beckmesserisch wissen.

»Kanzelwand!«

»Die werden doch mit den Bildern nicht in einer Seilbahn durch die Gegend gondeln«, meinte Ernst.

»Ich weiß auch nicht, wie sie da raufgekommen sind, aber seit dem Raub ist ja schon einige Zeit vergangen.«

»Sei du mal halb betäubt, August«, sagte Trockau, »rette dann noch deine Mitstreiter – und marschier am Ende auch noch den ganzen Weg hier runter.«

»Das sollte auch kein Vorwurf sein«, sagte August, »sondern nur der Versuch einer Erklärung, dass die Knaben eine Menge Zeit hatten, sich aus dem Staub zu machen.« Die Stimmung war leicht aufgeheizt. »Ist ja auch egal. Die Signale kommen jetzt aus einer dieser Hütten.« Er zeigte auf die Stelle bei Google Maps. »Wenn die Karte richtig ist, dann ist das die …«, er beugte sich zum Bildschirm vor, drückte auf die Zoomtaste und las, »Zwerenalpe.«

»Sind da nur die Bilder oder auch die Typen?«, fragte Ernst – und sollte es sofort bereuen.

August, der nicht unfroh war, seinen Bruder als Blitzableiter für seine eigene Spannung zu gebrauchen, drehte sich auf dem Stuhl um: »Wo sind die Sender angebracht?«

»An den Bildern.«

»Und nicht an den …?« Augusts Stimme war jetzt fordernd wie die eines ungeduldigen Lehrers, der eine etwas begriffsstutzige Klasse vor sich hat.

»… Typen.«

»Eben. Woher soll ich also wissen, ob die Typen neben den Bildern stehen oder nicht?« Damit drehte er sich mit Schwung zurück zu seinem Laptop.

»Das heißt«, versuchte Ernst die kleine Schlappe wieder wettzumachen, »wir müssten selber nachschauen gehen?« Kaum hatte er das gesagt, merkte er, dass er seinem Bruder den Ball jetzt sogar auf den Elfmeter-Punkt gelegt hatte.

»Nicht ›wir‹«, verwandelte August denn auch genüsslich die Chance. »*Du* gehst nachschauen!«

»Ich?« Ernst schaute unsicher in die Runde. Allein wäre er mit einem solchen Auftrag völlig überfordert.

»Sehr gute Idee, August«, sagte Trockau. »Ernst haben die Typen noch nie gesehen. Uns schon. Aus nächster Nähe sogar.

Deswegen wäre es wirklich sehr gut, wenn du da oben raufmarschiertest. Sozusagen als Wanderer. So ein typisch neugieriger Deutscher, verstehst du. Einer, der seine Nase in jeden Kuhstall steckt und seinen Kommentar zu allem abgibt.«

August hielt seinen Blick feixend auf den Bildschirm gerichtet, was Ernst nicht entging. Da hatte er sich ja was Schönes eingebrockt.

»Ich würde ihn nicht allein da hochschicken«, gab Renzo zu bedenken. »Wenn diese Typen noch da sind, braucht er unbedingt Verstärkung.«

»August, was meinst du?«, fragte Trockau. »Würdest du mit hochgehen?«

Jetzt feixte Ernst, was wiederum August nicht entging.

»Nur wenn Ernst meine Hilfe wirklich braucht«, sagte er.

Der ließ sich nicht lange bitten, denn beide wussten in lichten Momenten, dass sie zusammengehörten und erst zusammen so richtig gut waren.

Also sagte Ernst: »Bruderherz, du weißt, zusammen sind wir unschlagbar. Steh mir also bei, damit wir nachher sagen können ›Zum Sieg! Zum Sieg! In Staub mit allen Feinden Brandenburgs!‹«

Mit der Antwort, die August darauf gab, hatte Ernst allerdings nicht gerechnet. »Aber mit dem ›Prinz Friedrich von Homburg‹ wirst du da oben nicht viel ausrichten können. Ich denke, ich werde dazu einige spezielle Werkzeuge in den Rucksack packen müssen.«

»Mein Bruder«, rief Ernst erstaunt, »du kennst deinen Kleist?«

»Nö, aber ich höre dir zu. Und du wiederholst dich gern.«

»Gut, gut«, lachte Trockau, »es wäre ganz hilfreich, wenn ihr euren Bruderzwist auf die Anwesenheit im Tal beschränken könntet. Oben am Berg brauchen wir euch in Topform. Und ehe ihr aufbrecht, sollte August Renzo kurz in die Handhabung des Laptops einweisen, damit er den Schweizer Punkt weiter verfolgen kann.«

Ernst und August würden als Touristen getarnt mit der Gondelbahn auf die Kanzelwand fahren, um von dort zur Zwerenalpe hinüberzuwandern. Wenn an den Hütten ein Auto stand, würden sie wieder umdrehen. Wenn nicht, sollten sie – sehr vorsichtig – nachschauen, was da oben los war.

Sie liehen sich beim Hotel zwei Rucksäcke, die für wandernde Gäste bereitgehalten wurden, und August packte eine ganze Reihe von Gerätschaften ein. Ernst ließ das unkommentiert. Am Ende zwängten sie sich in eine Art Wanderermontur, die den Eindruck verstärkte, dass hier zwei unerfahrene Großstädter ihre Naturerlebnisse in der Bergwelt des Kleinwalsertals suchten. Dann schulterten sie die Rucksäcke und machten sich auf den Weg – entschlossen, den Korsen in brüderlichem Schulterschluss zu zeigen, wer bei diesem Raub Hammer und wer Amboss war.

26

Kleinwalsertal, Ifen Hotel, Wellnessbereich

Jetzt hieß es für Trockau warten. Eine Disziplin, die ihm nicht besonders lag. Deshalb war er entschlossen, sich abzulenken.

»Und bist du nicht willig«, sagte er zu seinem Spiegelbild in der Suite, »dann brauch ich Gehalt!« Er machte eine theatralische Pause und fuhr mit hochgezogenen Augenbrauen und leicht irrem Blick fort: »Salz … gehalt!«

Katharina grinste. »Bist du dir sicher, dass du keinen Schaden durch das Betäubungsmittel genommen hast?« Sie wuschelte ihm durchs Haar.

»Ich habe einen Blick ins Hausprospekt geworfen, was man hier alles machen kann«, antwortete er. »Da braucht man ja einen Monat, um das alles auszuprobieren.«

»Darf ich dich als deine persönliche Ifen-Hotel-Referentin darauf hinweisen, dass dieses Haus satte zweitausenddreihundert Quadratmeter Wellnessbereich hat. So viel Raum muss man ja auch bespielen. Stell dir mal vor, es ist Herbst, und hier hängt die eine oder andere Wolke im Tal und geht nicht weg. Da ist es doch saugemütlich, wenn man massiert und gepeelt und mit warmen Steinen behandelt wird. Dazwischen immer ein Tässchen heißen Tee vor dem Kamin … Ich stell mir das sehr romantisch vor. Wir müssen hier mal im Herbst hin.« Sie kraulte ihm den Rücken. »Findest du nicht auch?«

»Also ich gehe *jetzt* – nicht erst im Herbst – zu meiner Ablenkung vom Geschehen am Berge, und zwar in das Sole-Klang-Becken. Da soll das Wasser eine Salzkonzentration von zwanzig Prozent haben. Und danach …«, er schaute in das Hotelprospekt, »genieße ich eine Ganzkörpermassage mit warmen Ölen.«

»Hört, hört! Hast du die Wellness für dich entdeckt?«

»Pah, das habe ich schon gemacht, als es noch ›Ayurveda‹ hieß und du noch in die Windeln … na, du weißt schon. Außerdem steht hier in dem Prospekt: ›… wenn die Energiezonen und -punkte mit Leichtigkeit und Hingabe behandelt werden, wird es geweckt: das unbeschreibliche Gefühl von Harmonie und Gelassenheit.‹ Das ist genau das, was ich jetzt brauche: Gelassenheit.«

»Ich könnte doch auch deine Energiezone …«, gurrte Katharina ihm ins Ohr.

Nach einer kurzen Bedenkzeit schlug er mit spitzbübischem Grinsen vor: »Was hältst du davon, wenn sich erst jeder von uns mit Öl und wir dann gemeinsam die Energiezone …?«

»Sehr gute Idee, mein Großer!«

Und so stieg Trockau erst einmal in das riesig wirkende, kreisrunde Solebecken, schloss die Augen und – stand nicht, saß nicht, lag nicht. Er spürte eigentlich überhaupt keine Berührung an irgendeiner Stelle seines Körpers. Er schwebte irgendwie im Wasser. Schwerelos. Umgeben von blauem Licht und leisen Sphärenklängen. Als er die Augen schloss, entschwand auch noch die Zeit auf rätselhafte Weise.

Seine Arme, die er breit ausgestreckt hatte, bewegten sich bei jedem Einatmen zum Kopf hin aufwärts und beim Ausatmen in Richtung seiner Füße abwärts. Einfach so. Ganz ohne sein Zutun. Ebenfalls ohne sein Zutun tauchten in seinem Hirn Fragen zu dem merkwürdigen Diebstahl am Morgen auf.

Wer hatte den Dieben die detaillierten Informationen gegeben? Janus war der Auftraggeber, daran bestand kein Zweifel … aber die Details? Könnte sie Stahlberg geliefert haben?

Trockaus Kopf lag tief im Nacken. Haare und Ohren waren mit warmem Wasser bedeckt. Nur Nase und Mund ragten heraus.

Was hätte Stahlberg davon, wenn bestimmte Bilder gestohlen würden? Schließlich war nicht die gesamte Sammlung geklaut worden, sondern nur ausgewählte Bilder. Nach welchen Kriterien waren sie »ausgewählt« worden? Löwenthal hatte gesagt, sie seien alle kleinformatig und versichert gewesen. Stahlberg wusste, welche Bilder bei ihm versichert waren. Er hätte also die Details liefern können. Problemlos. Aber zu welchem Zweck? Er war bei der Artecuritas der Mann für die Finanzen. Solche Leute hatten ein erotisches Verhältnis zu Geld und blieben am liebsten drauf sitzen. Die gaben nichts her.

Bach drang leise an Trockaus Ohr.

Es sei denn, das Geld floss in die eigene Tasche.

Es war eine der Goldberg-Variationen, die Johann Sebastian Bach für seinen Schüler Johann Gottlieb Goldberg geschrieben hatte, damit dieser sie dem russischen Botschafter zu später Stunde und inneren Erbauung vorspielte. Trockau entschleunigten ihre Klänge aber nicht, sondern sie beflügelten seine Gedanken.

Welche Rolle hatte die Zwerenalpe? Warum brachten die Diebe einen Teil der Bilder dort hinauf? War es eine Entsorgungsstation? Wo die Bilder vernichtet wurden – zum Beispiel weil es gar keine Originale waren? Die angeblich von Boi angefertigten Kopien hatte Löwenthal ihnen nicht gezeigt. Was wäre, wenn Löwenthal von dem Überfall gewusst hätte und gerade die gestohlenen Bilder Kopien waren, die er zuvor ausgetauscht hatte? Oder wenn er überhaupt gar keine Originale mehr hatte, weil er sie nach dem Kopieren durch Boi verscherbelt hatte? Dann müsste die Versicherung ordentlich in die Kasse greifen – für Fälschungen. Und Johan Jakob Bach … äh … Löwenthal hätte einen schönen Reibach gemacht. Aber hatte er das nötig?

Trockaus Brust stieg mit jedem Einatmen wie eine Vulkaninsel aus dem warmen Wasser empor – und kühlte dabei unangenehm ab. Am liebsten hätte er das Atmen irgendwie eingestellt. Und hätte nur wie ein Embryo im warmen Wasser der Unendlichkeit geschwebt. Atemlos. Und leicht.

Wo war hier eigentlich oben? Da, wo er die Luft mit der Nase einatmete? Logisch. Aber er fiel doch irgendwie rückwärts nach hinten? Immer weiter ins Wasser hinein. Wieso tauchte dann nicht die Nase irgendwann auch ins Wasser unter? Oder war er gar nicht im Wasser, sondern schwebte im All? In einem weißen Raumanzug durchs dunkle Blau der Ionosphäre?

»Herr Trockau!«

Hatte er da eben seinen Namen gehört? Mitten in der Weite des Weltalls? Das konnte ja wohl nicht sein …

»Herr Trockau!«

Doch!

»Ja?« Trockau öffnete die Augen, sah das Blau der Kuppel über sich und hob den Kopf aus dem Wasser, der ihm plötzlich furchtbar schwer vorkam.

»Herr Trockau, Sie sind eine halbe Stunde im Wasser. Länger ist es nicht vorgesehen, sonst schlafen Sie ein. Am besten kommen Sie jetzt raus und entspannen sich ein bisschen im Ruheraum«, sagte die nette junge Frau aus dem Spa vom Rand des Bassins aus.

Schade. Gerade jetzt, wo er bereit war, sich von den irdischen Fragen abzukoppeln, und zur Erkundung des Alls ansetzen wollte. Im Zeitlupentempo der Schwerelosigkeit drehte sich Trockau vom Rücken in die Bauchlage. Er bewegte sich zwar langsam, aber kam trotzdem schneller voran als sonst. Schwerelosigkeit eben! Oder doch Salzgehalt? Vielleicht war es tatsächlich besser, jetzt das Becken zu verlassen und auf den Boden der Wirklichkeit zurückzukehren.

Als er die Stufen aus dem Wasser emporstieg, legte sich die

Schwerkraft mit zwingender Endgültigkeit auf seine Schultern. Mit jeder Stufe mehr. Oben angelangt, blieb er stehen. Er fühlte sich zehnmal so schwer und atmete tief durch. Dann stellte er sich unter die warme Dusche. Lange blieb er so stehen. Das warme Wasser pladderte auf sein Schädeldach und perlte an ihm hinab, sammelte sich an seinen Füßen und rauschte in den schmalen Schlitz im Steinboden.

Als er das konzentrierte Alpensalz nach einer gefühlten Ewigkeit abgespült hatte, schlüpfte er in den bereitgelegten schneeweißen Bademantel und schlurfte in den lichten Ruheraum. Er setzte sich in einen der riesigen Korbsessel in Kokonform, die von der Decke hingen – und schwebte erneut. Trockau zog die Beine an und ließ sich hängen.

Was war ihm eben noch durch den Kopf gegangen? Er wollte sich von Löwenthal die Kopien zeigen lassen. Und schauen, ob sich August nicht in Stahlbergs Mails einklinken könnte. Überhaupt: August. Es hieß erst einmal abzuwarten, was die Zwillinge dort oben herausfinden würden … Genau.

27

Kleinwalsertal, Riezlern, Kanzelwandbahn

In der Talstation der Kanzelwandbahn hatten Ernst und August eine Hin- und Rückfahrkarte gelöst. Anstehen mussten sie nicht, da sich der Ansturm der Touristen an diesem Tag in Grenzen hielt; sie hatten sogar das Glück, eine Gondel für sich allein zu bekommen.

Ernst, der zur Höhenangst neigte, setzte sich auf die Bank, die in Fahrtrichtung zeigte, und schaute starr bergauf. Wann immer die Bahn über die Rollen eines Mastes ratterte und dabei deutlich ruckelte, schloss er die Augen und atmete tief durch.

»Ist schon gut, dass wir hier allein sind«, sagte August, der am Fenster stand und entspannt hinunterschaute, »dann sieht wenigstens keiner, wie du leidest.«

»Danke … dass du … mitgekommen bist«, stammelte Ernst und atmete nach jedem Wort tief durch.

»Klaro, Bruderherz. Du bist zwar ein Großmaul, aber deine anderen Schwächen muss das Team ja nicht auch noch kennenlernen.«

Ernst lächelte gequält. Zu mehr war er nicht in der Lage. August versuchte indes, ihm Mut zuzusprechen: »Die Fahrt dauert fünfzehn Minuten, und davon ist schon … mehr als die Hälfte rum. Nur noch sechs Minuten, dann bist du wieder draußen.« Dann schwieg er rücksichtsvoll, um Ernst für den Rest der kurzen Luftreise die Möglichkeit zu geben, sich ganz auf die Aufrechterhaltung seines inneren Gleichgewichtes zu konzentrieren. Derweil schaute er sich die immer grandioser werdende Bergwelt an und genoss den phantastischen Fernblick.

Als die Gondel einen Wald passiert hatte, sah August eine Ansammlung von fünf Hütten. »Das da unten muss die Zwerenalpe sein«, sagte er.

»So …«, kam es zaghaft von Ernst, der noch immer starr geradeaus blickte. Dann ratterte die Bahn erneut über Rollen. Dieses Mal, weil sie an der Bergstation angekommen waren.

Als sich die Tür öffnete und August voranschritt, während Ernst leicht grünlich im Gesicht hinter ihm herwankte, sagte der Mann von der Bahn: »Nimmsch zersch amol a Schnäpsle, dänn gaid's wiidr.«

»Vielleicht eine gute Idee«, sagte Ernst kleinlaut und lenkte seine Schritte tatsächlich zur Panoramaschenke. August ging davon aus, dass er dabei keinen brüderlichen Beistand brauchte, und setzte sich draußen auf eine Bank. Er lehnte sich an die braungraue Schindelwand, hielt das Gesicht in die Sonne und genoss die herrliche Mischung aus frischer Bergluft und wohliger Wärme.

Nach einiger Zeit – für Augusts Gefühl blieb Ernst ziemlich lange in der Schenke – hörte er zwei Italiener miteinander reden. Er blinzelte unter den fast geschlossenen Augenlidern hervor. Es war ein älteres Paar, das auf einen Angestellten der

Bergstation einradebrechte, ob er ihnen zwei Tickets ins Tal verkaufen könnte.

»Ja, wia seid dänn ihr zwei da uffa koo?«, wollte der Angestellte wissen. Die beiden verstanden ihn natürlich nicht, redeten aber weiter wortreich auf ihn ein.

August hörte sich das innereuropäische Sprach-Spektakel eine Zeit lang amüsiert an. Dann stand er auf, ging zu den dreien und streckte dem Paar seine Karten hin.

»Nehmen Sie unsere Karten. Mein Kollege hat Höhenangst. Ich glaube, es ist besser, wenn wir zu Fuß ins Tal gehen.«

»Oh, mille grazie«, bedankte sich die Frau überschwänglich. Obwohl sie mit Sicherheit nichts verstanden hatte, interpretierte sie die entgegengestreckten Karten richtig, während der Mann an ihrer Seite nur finster lächelte. Als sie August Geld für die Karten geben wollte, machte der nur eine abwehrende Handbewegung und lächelte verbindlich zurück. Die beiden bedankten sich noch mal, wandten sich der nächsten Gondel zu, winkten und schwebten glücklich strahlend talwärts.

Als Ernst – wieder mit normaler Gesichtsfarbe – aus der Panoramaschenke trat, schaute ihn August kritisch an. »Wie viele hast du getrunken?«

»Drei. Eine Williamsbirne, eine Marille und einen Enzian. Jetzt geht's wieder.«

»Aber nicht auch noch einen Jagertee. Oder?«

Darauf gab Ernst keine Antwort, sondern blickte über die Brüstung auf die Wiesen am Fuße der Kuhgehrenspitze, die sie am Morgen aus ihrem Zimmer von der anderen Seite aus gesehen hatten. »Müssen wir da runter?«

»Ja, aber die Zwerenalpe liegt noch weiter unten am Berg.«

»Das macht mir nichts aus, solange wir festen Boden unter den Füßen haben.«

»Ich habe übrigens unsere Bergbahntickets verschenkt.«

»Wie bitte? An wen?«

»An ein italienisches Rentnerpaar.«

»Warum?«

»Damit du nicht noch mal in die Gondel musst.« August

schaute seinen Zwillingsbruder noch etwas genauer an. »Vielleicht hättest du nur einen Schnaps trinken sollen – statt drei.«

»Ein bisschen Bewegung wär jetzt nicht schlecht.«

»Das denk ich auch. Für dich.«

So machten sie sich auf den steilen Weg hinab zur Zwerenalpe und taten so, als ob sie zwei Touristen aus dem Flachland wären. Was ihnen sehr überzeugend gelang.

28

Genf, Telefonat in der Anwaltskanzlei von Jean-Philippe Janus

»Wo waren Sie den ganzen Tag, Janus? Ich versuche Sie seit zwei Stunden zu erreichen.«

»Ah, mon président. Ich war bei Gericht und habe mich dann mit einem Experten für internationale Fragen getroffen«, erwiderte Janus, auch wenn er leicht ungehalten war, dass er sich vor diesem Mann, der sich Präsident nennen ließ, rechtfertigen sollte.

»Ist der Eigentumstransfer mit den Cézannes schon gelaufen?«

»Ja, heute Vormittag.«

»Jetzt ist es vier.«

Janus schaute auf die Uhr. »Stimmt.«

»Wer hat den Zeitpunkt entschieden?«

»Ich.«

»Lief alles wie geplant?«

»Bis auf eins …«

»Was?«

»Die Jungs haben statt der verabredeten sechs Bilder nur drei mitgenommen.«

Es kam Janus vor, als ob sein Ohr, an das er den Hörer hielt, durch das Schweigen des Präsidenten kälter würde.

»Drei?«

»Ja, sie wurden wohl gestört und mussten schneller aufbrechen. Da hat sich jeder nur ein Bild geschnappt, und damit konnten sie unerkannt türmen.«

»Ist … das die Wahrheit, Janus?«

»So wahr ich mit Ihnen spreche.«

»Ich habe andere Informationen erhalten.«

»Aha?« Janus schaltete auf Alarmstufe dunkelorange.

»Dass die transferierten Bilder mit … Ortungssendern ausgestattet sind.«

Nach einer kleinen Pause fügte der Präsident so leise hinzu, dass Janus fast in den Hörer kriechen musste, um ihn zu verstehen, wodurch die vier Worte noch gefährlicher klangen: »Und zwar alle sechs.«

Dann hörte Janus nur noch ein »Klick«.

Aus der Alarmstufe dunkelorange war signalrot geworden. Janus rief den Korsen an.

»Es gibt eine Planänderung. Die Cézannes von heute sind alle mit Peilsendern versehen. Wo sind die Bilder jetzt?«

»Da, wo die anderen auch sind. Im Lager.«

»Merde! Fahrt sofort hin und sucht nach den Sendern!«

»Aber wir sind schon weit hinter Zürich in Richtung Bern auf dem Weg zu Ihnen. Mit den drei Cézannes!«

»Umdrehen! Sofort umdrehen! Bringt die drei Cézannes nicht zu mir, sondern verstaut sie zusammen mit den anderen Bildern im Depot. Aber vorher müssen die Sender aus den Bildern raus. Da will uns jemand auffliegen lassen. Los. Los. Jetzt heißt es rasch handeln.«

Janus ließ sich in seinen Schreibtischstuhl sacken. Hier lief gerade etwas verdammt schief. Er musste reagieren, konnte es aber nicht. Der heutige Tag war bis weit in den Abend mit Terminen voll, und morgen Vormittag hatte er einen Termin nach dem nächsten bei Gericht. Er würde frühestens am nächsten Tag um vierzehn Uhr in Genf loskommen. Bis dahin musste er die Katastrophe fernmündlich steuern.

29
Autobahn Zürich–Bern

Ghjuvan Roca hatte nach dem Coup bei Löwenthal auf dem Parkplatz der Gondelbahn zur Zwerenalpe auf seine drei Cousins gewartet, die Bilder für Janus eingeladen und war mit Pepe, dem Kleinsten seiner Cousins, nach Genf aufgebrochen. Jetzt war er auf der Autobahn zwischen Zürich und Bern und musste nach dem Anruf von Janus umdrehen. Während er die nächste Ausfahrt suchte, um zurückzufahren, rief er Giacobbu und Paul, seine beiden anderen Cousins, an. Die waren nach dem Umladen auf die Zwerenalpe gefahren, hatten die Bilder dort deponiert und sich im Anschluss wie verabredet zügig Richtung München aus dem Staub gemacht.

»Wo seid ihr?«

»Am Münchner Flughafen. Wir haben gerade den Wagen abgegeben und checken gleich ein.«

»Wo sind die Bilder?«

»Im Lager. Warum?«

Roca überlegte, ob er sie umdirigieren sollte. Aber bis die beiden wieder im Kleinwalsertal waren, würden Pepe und er auch dort sein können. Es machte also keinen Sinn, die beiden von München zurückzubeordern.

»Alles klar, kommt gut heim.«

Jetzt musste er Gas geben, um diese verdammten Peilsender zum Schweigen zu bringen.

30
Kleinwalsertal, Zwerenalpe

Ernst und August waren den Hang zur Alpe hinuntergestiegen, wobei Ernst von Schritt zu Schritt munterer und lebendiger wurde. Der Anfall von Höhenangst schien vergessen, und die Wirkung der kräftigenden Obst- und Kräuterbrände setzte ein.

Bald sahen sie die fünf Hütten und die kleine Kapelle, die die Zwerenalpe ausmachten. Sie duckten sich dicht gedrängt an den Berg. Im Näherkommen erkannten sie, dass es sich dabei keineswegs um baufällige Hütten handelte, die ihre beste Zeit hinter sich hatten, sondern jede für sich einen eigenen Charakter hatte und allesamt gepflegt, ja einladend und gemütlich wirkten.

»Vielleicht ist da auch eine Alphütte, in die man einkehren kann«, sagte Ernst mehr zu sich als zu seinem Bruder.

»Ein kühles Getränk wäre zwar nicht schlecht«, erwiderte August, »aber du solltest definitiv was Alkoholfreies trinken.«

Der Weg wand sich in einer engen Kurve an den Hütten vorbei und schlängelte sich den Berg hinab ins Tal. Ernst besah ihn sich skeptisch.

»Ob dieser Weg mit dem Auto befahrbar ist? Der sieht ziemlich steil aus.«

»Bruderherz«, hob August in einem Ton an, der Ernst signalisierte, dass er jetzt etwas Wesentliches zum Leben im Allgemeinen und zu den Bergen im Besonderen zu hören bekommen würde. »Wenn eine Gondelbahn einen Berg hinaufführt, dann gibt es daneben immer einen Weg, auf dem Fahrzeuge fahren können, die es braucht, um den Betrieb der Bahn gewährleisten zu können.«

»Verstehe«, lenkte Ernst ein, »die Seilbahn muss ja irgendwie gebaut worden sein.«

»Und gewartet werden«, legte August nach.

»Dann können sie also mit dem Auto hier raufgefahren sein«, stellte Ernst fest.

Als sie nur noch wenige Meter von den Hütten entfernt waren, fragte er: »Siehst du ein Auto?«

»Nö.«

»Und Menschen?«

»Bis jetzt nicht.«

»Dann setz dich zu der kleinen Kapelle und tu so, als ob du rasten würdest. Vielleicht kannst du ja einen Blick auf deinen Laptop werfen und herausfinden, in welcher der Hütten das

Bilderlager ist. Ich gehe den Weg weiter und schau mich ein bisschen um.«

August fand Ernsts Ratschlag ausgesprochen sinnvoll, weil es seine Füße gewohnt waren, unter einem Schreibtisch ihren Tag zu verbringen und nicht in Wanderschuhen auf fremden Bergen.

Doch anstatt sich vor der Kapelle niederzusetzen, hatte er eine andere Idee. August drückte die Holztür auf und betrat die kleine Marienkapelle. Auf einer Steinplatte las er: »Bergkapellen sind zu Stein gewordene Dankgebete. Laut Überlieferung wurde diese hier im 17. Jahrhundert errichtet. Eine Viehseuche hatte das Walsertal befallen, von der nur die Zwerenalpe verschont blieb. Möge der Vorbeikommende in stiller Andacht verweilen.«

»'tschuldigung«, murmelte August zu der Marienfigur und gab seine ursprüngliche Idee auf, hier drin seinen Laptop auszupacken. Er verließ die Kapelle wieder und setzte sich – wie es sein Bruder vorgeschlagen hatte – draußen vor die Pforte in die Sonne. Der Laptop brauchte hier oben einige Zeit, bis er alle Verbindungen aufgebaut hatte, weshalb August die Wartezeit überbrückte, indem er die fünf Hütten betrachtete, die nebeneinander an den steil abfallenden Hang gebaut waren. Die Dächer von vier der fünf Hütten waren neu und aus Blech. Anscheinend hatte sich das hier oben im Winter bewährt und dafür gesorgt, dass die Schneelast von den Dächern rutschen konnte. Nur eine Hütte trug ein altehrwürdiges Schindeldach, auf dessen grauem Holz Farbproben angebracht waren. Als ob hier ein Dauertest gemacht würde, welche Farbe am widerstandsfähigsten den Unbilden des Bergwetters standhielt.

Die Hütte lag direkt unterhalb des Kapellchens und war die erste, wenn man aus dem Tal den Berg zur Kanzelwand hinauffuhr. Abgesehen von dem Dach war sie am besten in Schuss: strahlend weißer Mauersockel, goldgelbe Schindeln an den Mauern, nagelneue Fenster samt Fensterläden. Vor allem aber kamen aus dieser Hütte – so zeigte Augusts Laptop inzwischen an – die Signale der Cézannes. Daran bestand kein Zweifel.

August packte seinen Laptop wieder in den Rucksack und

schlenderte zu der Hütte hinüber. Sie hatte einen entscheidenden Vorteil: Man konnte mit dem Auto heranfahren und problemlos be- und entladen. Andererseits wurde man bei der An- und Abreise von den anderen Hütten aus auch gut gesehen. Aber hier oben bleibt sowieso nichts geheim, sagte sich August, als er auch schon Ernst um die Nachbarhütte biegen sah.

Sein Bruder sprach erst, als er neben ihm stand, und dann sehr verhalten: »Ich habe da oben, in der letzten Hütte, einen verwitterten Alpbauern gesprochen. Obwohl man das wohl nicht sprechen nennen kann … Vielleicht wenn er die Zähne dringehabt hätte. Aber egal. Er hat mir erzählt, dass sich hier – in dieser ersten Hütte – anscheinend ein paar Städter eingemietet haben. Ein ›Kunstmaler‹ und seine Kollegen seien das, hat er gesagt. Und die würden unregelmäßig hier aufkreuzen und immer Baumaterial anliefern, weil sie die Hütte renovieren wollen. Er meinte, er wüsste gar nicht, was die noch renovieren wollten. Da sei doch alles bestens in Schuss.«

»Das heißt«, fasste August nüchtern zusammen, »dass die heute nicht das erste Mal hier waren.« Und nach einer Denkpause: »Das klingt ja vielversprechend.«

»Genau. Dann lass uns doch mal schauen, ob wir in die Hütte einsteigen können.«

Sie gingen zur Eingangstür, die zu ihrer Beruhigung auf der den anderen Hütten abgewandten Hausseite lag. So konnte August ungestört mit den Dietrichen hantieren, die er für diesen Fall eingepackt hatte.

»Hoffentlich kommt jetzt keiner vorbei«, sagte Ernst.

»Mach mir keinen Stress. Ich bin dein Elektronenhirn, nicht dein Einbrecher«, antwortete August leicht nervös. Trotzdem machte es nur wenig später »knack«. Jetzt brauchte er nur noch die Klinke zu drücken, und die Tür in das dunkle Haus öffnete sich.

Es roch nach einer Mischung aus altem Holz, würzigem Heu und wenig frischer Luft. August hielt Ernst von innen die Tür gerade so weit auf, dass der hinter ihm hineinschlüpfen konnte. Dann verriegelte er sie von innen.

Die Vorhänge an den Fenstern waren zugezogen, sodass nur sehr gedämpft Licht ins Innere drang.

»Wir sollten uns an die Dunkelheit gewöhnen«, schlug Ernst mit leiser Stimme vor, als ob sie Räuber und Gendarm spielten. August dagegen kramte wortlos in seinem Rucksack und holte eine Taschenlampe hervor.

Sie verließen den kleinen Vorraum und betraten ein geräumiges Wohnzimmer mit einem Ofen aus grün glasierten Kachelsteinen, den eine Holzbank umgab. In der Mitte des Raumes stand ein grobschlächtiger Holztisch. An einer Tür, die aus dem Wohnzimmer ins Freie führte, lehnte ein nagelneuer Stromgenerator von Honda.

»Schau mal an«, sagte August, »ein EU 20i. Gutes Teil. Hat sich ein Freund von mir für seinen Wohnwagen gekauft. Gar nicht mal billig. Gute tausend Euro. Hat aber den Vorteil, dass er ziemlich leise ist.«

»Mit was für überflüssigem Wissen du dein Hirn belastest«, sagte Ernst und schüttelte den Kopf.

»Ja, zum Beispiel mit der Frage, wozu die hier oben so einen Luxusstromgenerator brauchen … wenn sie angeblich so selten da sind.«

»Dann lass uns mal weiterschauen. Vielleicht finden wir irgendwo die Antwort.«

Neben dem Kachelofen ging eine nagelneue Holztür zu einer Stiege, deren Stufen nach unten führten.

»Hey, die haben hier oben sogar einen Keller«, stellte August fest und stieg, ohne eine Reaktion von Ernst abzuwarten, die Taschenlampe im Anschlag in die dunkle Tiefe.

Knarzen begleitete sie, als sie in die überraschend trockene Luft des Untergeschosses hinabtraten. Dort standen mindestens zwei Dutzend schmale Kisten, die hier offensichtlich an einer Werkbank mit einer Kreissäge vom Baumarkt auf Maß gefertigt worden waren.

»Da siehst du, wofür die den Generator brauchen«, sagte August. »Um hier heimlich, still und leise diese Transportkisten zu bauen.«

Drei kleinformatige Bilder hatten noch keine Kiste, sondern lagen in Decken eingepackt auf einem Tisch.

Ehe sie hier unten etwas anrührten, sagte August: »Fotografier bitte mal den Raum.«

»Warum?«

»Mach einfach.«

Ernst tat wie ihm geheißen.

Anschließend schlug August eine der Decken auseinander. »Sind das die Bilder von Löwenthal?«

Jetzt war der Kunsthistoriker gefragt. Ernst kramte die Liste mit den Löwenthal-Cézannes aus seiner Tasche, schaute sich das Bild an und nickte. »Sieht so aus.«

»Und wo sind die anderen?«

Ernst begann, in verschiedene Kisten hineinzuschauen. »Das ist ja der Hammer. Hier ist ein Picasso. Und … noch ein weiterer Cézanne. Und hier ein Nolde. Ich werd verrückt. Wir müssen alle Kisten öffnen und jedes Bild von vorne und hinten fotografieren, um später herauszufinden, wo diese Bilder gestohlen worden sind.«

»Tja, Ernesto, dann geh mal aus dem Weg, damit ich mich an die Arbeit machen kann. Nur damit das klar ist: Ich mache die Kisten so auf, dass du fotografieren kannst. Und ich verschließe sie auch wieder. Wenn du mit deinen beiden linken …«

»Alles klar, Don Augusto!«, unterbrach ihn sein Bruder. »Fang einfach an.«

Während August behutsam die Verschläge öffnete, stieg Ernst noch einmal nach oben und spürte zum ersten Mal ein leichtes Kribbeln im Bauch. Was, wenn die Typen jetzt hier aufkreuzten? Vielleicht waren sie bloß unten im Tal Lebensmittel einkaufen und wollten dann hier auf den nächsten Auftrag warten. Oder sie kämen gleich zurück, um alle Bilder abzuholen. Und hatten sie deswegen schon in Kisten verpackt …

Ernst polterte die Stiege hinunter und kam atemlos unten an. »August, was ist, wenn die Kerle zurückkommen?«

»Dann sollten wir hier fertig sein«, sagte der ganz ungerührt.

»Ich habe acht Kisten geöffnet. Du kannst anfangen zu fotografieren.«

Und so arbeiteten die beiden Hand in Hand, redeten fast nichts, und Ernst hatte keine Zeit mehr, sich überflüssige Gedanken zu machen. Er prüfte auf dem Screen jedes Foto, machte bisweilen auch Detailaufnahmen von den Signaturen oder der Pinselführung; als Kunsthistoriker wusste er, worauf er Wert legen musste und woran man die Echtheit eines Bildes erkennen konnte.

Die Bilder, die hier versammelt waren, zeugten von erlesenem Kunstgeschmack. Ein Degas war genauso dabei wie ein Bild aus der Rembrandtschule. Ob es von dem großen Holländer selbst war, konnte Ernst auf Anhieb nicht sagen. Das würde sich aber herausfinden lassen. Drei prachtvolle Noldes fotografierte er, eines von dessen Südseereise und zwei Sonnenuntergänge am Meer. Picassos waren am häufigsten vertreten: gleich achtmal; aber der Mann war ja auch unglaublich produktiv gewesen.

Jetzt bekam Ernst sogar einen Vincent van Gogh zu sehen und einen Gauguin. Wie viel Geld lag denn hier oben versteckt? Die Bilder würden in einer Auktion locker einen dreistelligen Millionenbetrag erzielen.

Immer nachdem Ernst fotografiert hatte, verschloss August die Verschläge wieder sorgfältig. Ohne Lärm zu machen, drückte er die Nägel mit dem Hammerkopf in ihre alten Löcher zurück. Die Brüder arbeiteten so lautlos, dass es beinahe gespenstisch wirkte.

Ehe August die Bilder zurück in ihre Kisten packte, schob er in jedes Bild zwischen Leinwand und Spannrahmen einen seiner GPS-Sender, von denen er zwei Rollen in seinem Rucksack dabeihatte. Das dauerte zwar einige Zeit, aber die beiden wussten ja nicht, ob die Bilder zusammenblieben oder bald in alle Winde verkauft werden sollten.

Ernst notierte die jeweilige Codenummer der Sender und die dazugehörenden Fotonummern. So konnten sie notfalls jedes Bild einzeln verfolgen.

Als sie nach einer guten Stunde fertig waren, war August in Schweiß gebadet.

»Zeig mir mal die ersten Fotos, die du ganz am Anfang von dem Raum gemacht hast«, sagte er. »Dann können wir alles wieder so hinstellen wie zuvor.«

»Aaah!« Ernst ging ein Licht auf. »Bruderherz, du bist doch manchmal ein kluges Kerlchen.«

Die letzten Handgriffe gingen beiden flott von der Hand.

Als sie nach getaner Arbeit zusammen oben im Wohnzimmer standen, schulterten sie die Rucksäcke und gingen zur Eingangstür der Hütte.

Vorsichtig schob August den Riegel zur Seite und öffnete die Tür behutsam einen Spalt. Er horchte hinaus ... und hörte nichts. Jetzt öffnete er die Tür ein bisschen weiter, um hinausschauen zu können. Immer noch nichts.

Hintereinander schlüpften sie hinaus – und blieben wie angewurzelt stehen. Zuerst blendete sie das helle Sonnenlicht so, dass sie nichts sehen konnten. Und dann, als sie etwas erkennen konnten, sahen sie eine riesige Kuh, die sie mit mahlenden Kiefern anschaute. Die beiden Städter hatten keine Ahnung, was sie jetzt tun sollten. Und auch die Kuh blickte überrascht.

»Siehst du die Hörner?«, fragte Ernst starr vor Schreck.

»Sind ja nicht zu übersehen«, antwortete August gepresst.

»Haben wir sie erschreckt?«

»Keine Ahnung.«

»Wie reagieren erschreckte Kühe?«

»Siehst du doch. Die guckt.«

»Und wie guckt die?«

»Genauso wie du, wenn ich mich nicht irre. Bleib also einfach still.«

Das Braunvieh schaute sie noch eine Weile mit unergründlichem Blick an und beschloss nach einer kleinen Ewigkeit, die beiden schreckstarren Zweibeiner für uninteressant zu halten und sich schmackhafteren Themen zuzuwenden. Der nächstgelegenen Wiese nämlich.

»Puuuuh ...«

»Los, Bruderherz, ich verschließe die Tür und dann nichts wie weg. Vielleicht kommen nach der Kuh ja die Korsen.«

31

Kleinwalsertal, Ifen Hotel, Formazza-Suite

Katharina lag nach der Massage mit warmem Öl, bei der Trockau selig eingeschlafen war, wie eine orientalische Odaliske in weiße Tücher gehüllt und mit Turban um die gewaschenen Haare auf dem großen Bett ihrer Suite, schaute auf den Berg »Kuhgehren« – sie fand den Namen zu putzig – und telefonierte. Mit ihrem Vater Otto in Rom.

»Euch geht's wohl ganz gut ohne uns?«, fragte sie gerade.

»Ja, Prinzessin«, so nannte Otto Boiern seine Tochter am liebsten, »es ist prachtvoll hier. Wir wohnen weiterhin bei Giancarlo – wie herrlich sein Haus ist, weißt du ja. Von dort flanieren wir durch die Museen, trinken Kaffee in den Straßencafés, und wenn sich der Tag neigt, dann nehmen wir irgendwo einen Campari Orange und schnabulieren in einer Trattoria irgendwas Feines.«

»Klingt nicht so, als ob ihr unbedingt zu uns stoßen wolltet.«

»Nein. Wenn ihr uns nicht dringend braucht, bleiben wir am liebsten hier.«

»Und Giancarlo Conte ist auch gut drauf?«

»Seitdem ihr seinen Cézanne wiedergefunden habt, strahlt er den ganzen Tag wie ein Honigkuchenpferd. Und als euer Schweizer – wie heißt er noch …?«

»Renzo.«

»Ja. Als dieser Renzo in seinem Telefonat mit Giancarlo angedeutet hat, dass sich für das Bild unter Umständen in einer Auktion in New York elf Millionen erlösen ließen, war er ganz aus dem Häuschen.«

»Aber er soll nicht schon anfangen, das Geld auszugeben!«

»Natürlich nicht. Aber wenn du erst null in der Kasse hast

und dann auf einmal so viele Millionen in Aussicht, dann hebt das die Stimmung ungemein.«

Das konnte Katharina natürlich verstehen. Deshalb kam sie zum eigentlichen Zweck ihres Anrufs. »Dad?« So nannte wiederum sie ihren Vater am liebsten. »Wir haben von Johan Jakob Löwenthal erfahren, wieso du ihn kennst.«

»Na, dann habe wenigstens ich nichts verraten. Ich musste ihm damals nämlich schwören, unser Geheimnis nicht preiszugeben.«

»Warum musstest du das schwören?«

»Weil die Sicherheit seiner Cézannes damit stand und fiel. Ich war der Einzige, der wusste, dass die Bilder nicht echt sind.«

»Hast du denn die Originale gesehen?«

»Prinzessin, du bist vom Fach! Also was soll die Frage? Nach den Originalen habe ich die Bilder kopiert.«

»Und musstest du auch altes Holz und alte Leinwände aus Cézannes Zeit verwenden?«

»Ich sollte zuerst nicht. Vor allen Dingen als Löwenthal hörte, was das kostet. Aber als ich das erste Bild fertig hatte – also alles wie beim Original, vorne wie hinten –, hat er mir den Auftrag gegeben, alle so aufwendig zu kopieren.«

»Hast du es so weit getrieben, dass es auch zu Verwechslungen hätte kommen können? Oder … sollen?«

»Nein. Sollen nicht. Können. Schon eher. Das wollte ich beweisen. Und das war ja auch Löwenthals Auftrag gewesen. Aber ich wollte trotzdem ein Erkennungszeichen an ›meinen‹ Werken anbringen …«

»Und hast du das getan?«

»Ja.«

»Und das wäre?«

Ihr Vater schwieg.

»Oder musstest du schwören«, unterbrach sie sein Schweigen, »das auch nicht zu verraten?«

»Nein. Das kennt nicht einmal Löwenthal.«

»Und? Dad? Woran kann ich erkennen, dass du der Schöpfer warst und nicht Paul Cézanne?«

»Jetzt aber nicht schimpfen«, bat er.

»Dad?!«

»Ich habe sie auf der Rückseite signiert.«

»Mit deinem Namen?«

Otto Boiern druckste herum. »Nein, mit ›P.C.‹.«

»Dad!!!«

»Ich habe doch gesagt, nicht schimpfen.«

»Ja, aber …«

»Cézanne hat, wenn er ausnahmsweise ein Bild signiert hat, nie mit P.C. gezeichnet. Immer mit Cézanne. Und zwar vorne drauf. Deswegen dachte ich, so kann man die Kopie vom Original unterscheiden, und gleichzeitig fällt es nicht jedem gleich auf, dass ich das Bild gemalt habe.«

»Dad? Wem sollte es denn ›nicht auffallen‹, dass du das Bild gemalt hast? Anderen Sammlern?«

»Nein. Den Dieben … Die Sicherheit der Originale steht und fällt doch damit, dass man die Kopie als solche nicht erkennt. Oder?«

»Ja gut, aber …«

»Deswegen dieser Mummenschanz mit der Signatur.«

»Und wo genau hast du diese Initialen angebracht?«

»Auf der Rückseite der Leinwand unten rechts.«

»Und das hast du mit allen Kopien so gemacht?«

»Mit allen.«

»Ehrlich?«

»Ich schwöre es. Beim Leben von Hedwig.«

Das, fand Katharina, war nun ein ziemlich harter Schwur, der sie überzeugte.

Trockau, der während der Wellnessbehandlung recht rasch in Morpheus' Arme gesunken war, danach jedoch in Katharinas Armen und bei ihrer Konzentration auf seinen »Energiepunkt« zu einer energetischen Sonne geworden war, kam aus dem Bad und stand nun strahlend in der Schlafzimmertür, um zu sehen, mit wem seine Liebste die ganze Zeit telefonierte.

Katharina fragte gerade noch einmal: »Und ihr wollt wirklich nicht zu uns stoßen? Es ist göttlich hier.« Dabei schickte sie einen verliebten Blick zu Trockau, der ihn mit wohliger Souveränität erwiderte, zu ihr kam und sie auf die Stirn küsste.

»Wenn ihr uns nicht braucht, dann eher nicht«, antwortete ihr Vater.

»Also sehen wir uns zu Hause in Berlin.«

Nachdem sie das Gespräch beendet hatte, erzählte sie Trockau, der sich neben sie gelegt hatte und sie erneut auf die Stirn küsste, von Bois Signatur auf den Löwenthal'schen Cézannes.

»Was habe ich doch für eine kluge Frau! Jetzt können wir uns von Löwenthal noch einmal seine Cézannes zeigen lassen und ihm dabei diskret auf den Löwen-Zahn fühlen.«

»Ich habe dir doch gesagt: Du glaubst nicht, was ich alles rausfinde, wenn ich erst mal zu recherchieren anfange ... Soll ich noch mal bei dir recherchieren?«

»Wenn du was rauskriegst, was du noch nicht kennst ...«

In diesem Moment klingelte das Telefon.

Erst als es zum dritten Mal schellte, griff Trockau zu. »Ja?«

»Ich bin's – Renzo. In meinem Heimatland hat sich etwas verändert. Die drei Cézannes, die bislang ein Punkt waren, der sich um Zürich herum in Richtung Südwesten bewegt hatte, sind jetzt zu drei Punkten geworden, die in Abständen von einigen hundert Metern an der Autobahn unbeweglich sind.«

»Was bedeutet das?«

»Ich vermute, dass sie die Sender entdeckt und während der Fahrt aus dem Fenster geworfen haben!«

»In welche Richtung?«

»Aus dem Fenster. Auf irgendeine Wiese ...«

Trockau musste grinsen. »Du verstehst mich falsch: Du hast gesagt, dass sie die Sender nacheinander aus dem Auto geworfen haben. Haben sich die Punkte in Richtung Bern bewegt oder in Richtung Zürich?«

»Zürich.«

»Mist. Sie kommen zurück!«

32

Auf der Autobahn A 13 Sargans–Bodensee, auf der Höhe Sargans

»Pepe, wie liegen wir in der Zeit?«

»Ich denke, wir sind in zwei Stunden da.«

»Das ist gut. Das ist sehr gut.« Roca war stolz auf seine Fahrkünste. Er hatte ordentlich aufs Gas gedrückt und ziemlich viel Zeit wettgemacht. Das Dumme war, dass sie auf ihrem Weg vom Kleinwalsertal zu Janus phantastisch durchgekommen waren. Und das mussten sie jetzt alles wieder zurückfahren. Roca sah sich gezwungen, manchmal Slalom zu fahren, weil die Schweizer brav hundertzwanzig fuhren, und das auch beim Überholen. Manchmal musste er bis auf wenige Zentimeter auffahren, damit sie endlich die linke Spur räumten; einmal musste er sogar rechts überholen. Aber es ging nicht anders. Es war schon schlimm genug gewesen, dass er auf dem Pass Mist gebaut hatte. Diese Scharte musste er wieder auswetzen.

Jetzt war schon wieder so ein Langweiler vor ihm. Roca fuhr dicht auf, um ihn zu verscheuchen.

»Ghjuvan«, sagte Pepe mit ängstlicher Stimme, »was macht der Typ da vor uns?«

Roca sah es im gleichen Augenblick und glaubte seinen Augen nicht zu trauen.

Der Fahrer des Wagens vor ihnen hatte seinen linken Arm aus dem Fenster gestreckt, in der Hand ein mobiles Blaulicht, das er jetzt auf das Dach setzte. Zu allem Überfluss winkte er Roca mit dem Arm, rechts ranzufahren.

»Merda!« Durch Rocas Gehirn blitzten mehrere Gedanken auf einmal. Aber er hatte das Gefühl, dass er seit dem Unfall am Pass nicht mehr so flink im Kopf war. Was sollte er jetzt tun? Weiterfahren? Dann würden sie ihn verfolgen und spätestens an der Grenze stellen. Das war keine gute Idee. Schließlich hatte er die Cézannes im Kofferraum.

»Merda, Merda, Merdaaaaaaaaaa!« Er drosselte die Geschwindigkeit und fuhr an den rechten Fahrbahnrand.

Die Männer aus dem Wagen vor ihm ließen sich Zeit mit

dem Aussteigen. Erst nach gefühlten Minuten waren sie bei ihnen angelangt. Roca ließ die Scheibe herunter.

»Verstehen Sie Deutsch?«, fragte einer der beiden Männer.

»Si.«

»Wir beobachten Sie schon eine ganze Zeit. Sie haben uns zweimal zu schnell überholt – einmal mit sechsundzwanzig Stundenkilometern zu viel, einmal mit einunddreißig.«

»E veru? Tute mire leide. Wisse Sie, wir musse zu eine Notfall.«

»Einem Notfall. So, so.«

»Si, meine Donna iss sehr kranke, und da wollte iche prestu zu ihr fahre.«

»Das ist natürlich sehr fürsorglich von Ihnen. Haben Sie Ihren Fahrausweis und die Wagenpapiere für uns?«

Roca händigte ihm die Papiere aus. Der Polizist in Zivil warf einen kurzen Blick darauf und gab sie an seinen Kollegen weiter, der damit in deren Wagen verschwand.

»Wo ist denn Ihre Frau, zu der Sie so dringend müssen?«

»Inn Austria.«

»Und wo im schönen Österreich?«

Rocas Geduld wurde auf eine harte Probe gestellt, und er konnte sich nur mühsam zügeln.

»Inn Innsbruck.«

»Sind Sie denn oft in Innsbruck?«

Was wollte dieser Typ denn noch alles wissen?

»Ich wille nich mache Tempo, aber sage Sie mire einfach, welche Strafe ich muss zahle. Dann ich fahre auch ganze pianu. Aber jezze nicht mehr lange rumstehe … Sie wisse, ich musse zu meine Donna!«

»Wollen wir das nicht alle? Aber das berechtigt Sie nicht, auf Schweizer Straßen zu fahren wie bei der Formel 1.«

»Ich akzeptiere zu zahle Euro …«

In diesem Moment trat der andere zivile Streifenbeamte zu ihnen. »In der Nacht von vorgestern auf gestern ist ein in Italien geliehener Wagen der Marke Subaru auf dem Grand San Bernardo einen Abhang runtergestürzt, der auf den Namen dieses Herrn geliehen war.«

»Und was sagen Sie dazu?«, fragte jetzt wieder der Erste.

»Das isse stupidu«, stieß Roca hervor und machte damit den entscheidenden Fehler: nämlich die Autorität der eidgenössischen Beamten anzuzweifeln.

»Finden Sie? Dann fahren Sie doch bitte mit uns auf die Wache, damit wir der Sache gemeinsam auf den Grund gehen können. Vielleicht behalten wir Sie auch über Nacht bei uns, bis alles endgültig geklärt ist. Bei uns können Sie auch gleich Ihre Buße entrichten, die sich übrigens auf etwa tausend Franken belaufen dürfte. Vielleicht sogar etwas mehr.«

»E veru?«, rutschte es Roca heraus.

»Ja, in der Schweiz gilt in Verkehrsfragen die Devise ›Zero Tolerance‹. Aber wir kommen Ihnen gerne entgegen. Sollten Sie nicht so viel Geld in unserer Währung mit sich führen, nehmen wir auch Kreditkarten. Ich darf Sie noch auf Folgendes hinweisen: Sollten Sie uns nicht folgen, werden wir die Landesgrenzen schließen und eine Fahndung nach Ihnen auslösen. Vielleicht sogar Hubschrauber einsetzen, für deren Einsatz Sie später natürlich finanziell aufkommen müssen. Haben Sie das alles verstanden?«

Kleinlaut antwortete Roca: »Si.«

33

Von der Zwerenalpe auf dem Riezleralpweg talwärts

»Danke, August, dass du die Gondelbahntickets verschenkt hast«, sagte Ernst, als sie den Riezleralpweg mit elastischem Schritt talwärts marschierten. Er meinte das keineswegs ironisch, sondern wirkte wirklich erleichtert. »Jetzt muss ich mich nicht wieder in dieser Konservendose durch die Lüfte schaukeln lassen.«

»Und zum Glück dauert der Weg bis zum Hotel bergab nur eine gute Stunde«, erwiderte August, der wie sein Bruder kein erfahrener Wanderer war. »Ich habe nachgeschaut, bevor wir im Hotel aufgebrochen sind. Jetzt ist es kurz nach fünf. Um sieben sind wir spätestens wieder im Ifen Hotel.«

Hier sollte sich August irren, denn gänzlich unerwartet klingelte sein Handy.

»Ja?«

»Wo seid Ihr?«, fragte Trockau.

»Auf dem Heimweg.«

»Und was habt Ihr da oben gesehen?«

»Da gebe ich dir mal Ernst, der kann dir das besser beschreiben.«

»Chef? Die Beute da oben ist der Wahnsinn. Acht Picassos, drei Noldes, sogar ein van Gogh und ein Gauguin sind da oben. Du glaubst es nicht.«

»Originale?«

»Soweit ich das beurteilen konnte: ja.«

»Bleibt, wo ihr seid. Wir kommen mit zwei Autos und räumen die Hütte aus.«

34

Von der Zwerenalpe auf dem Riezleralpweg talwärts

Es war inzwischen merklich kühler geworden, und Ernst und August saßen wie zwei Kinder, die sich verlaufen hatten und auf ihre Eltern warteten, am Wegesrand.

Trockau fuhr in der M-Klasse voraus, Katharina kam mit dem in Italien geliehenen SUV hinterher. Beide Wagen fuhren langsam die steilen Serpentinen hoch und mit normalem Tempo die ungefährlichen Streckenabschnitte.

Als sie bei den beiden angekommen waren, stieg Ernst im hinteren Wagen bei Katharina ein, während August bei Trockau mitfuhr.

»Warum räumen wir die Hütte aus?«, fragte August, als er neben Trockau saß.

»Jetzt oder nie«, antwortete der und behielt für sich, dass die

Korsen ebenfalls auf dem Weg hierher waren, um August nicht zu beunruhigen.

»Aber da wird der Nachbar uns vielleicht …«

»Für den fällt mir schon was ein.«

August war nicht wohl bei der Sache, trotzdem sagte er: »Du bist der Chef.«

Den Rest der Strecke frästen die beiden schweigend den Berg hinauf. An der Zwerenalpe bemerkte August, dass der Wagen vollkommen leer war. Genauso wie der SUV.

»Wo ist meine Ausrüstung?«

»In unserer Suite. Renzo und drei Jungs vom Hotel haben uns geholfen, beide Wagen leer zu räumen.«

Diese Auskunft war zwar präzise, schien August aber nicht wirklich zu befriedigen.

»Wie seid ihr hier reingekommen?«, lenkte Katharina seine Aufmerksamkeit auf ein Thema, bei dem sie sich als erfahrene Diebin auskannte.

»Mit dem Dietrich.«

»Na dann, August, walte deines Amtes!«

August knackte das Schloss dieses Mal schneller als beim ersten Mal und bekam dafür einen anerkennenden Klaps von Katharina auf die Schulter. Dann tasteten sie sich in die Hütte hinein, die im Licht des frühen Abends düster wirkte, zumal sie die Vorhänge nicht öffnen konnten. Schließlich sollte keiner sehen, dass sie da waren. Doch das war schon geschehen.

Trockau, der als Letzter in die Hütte gehen wollte, sah ihn als Erster: den Mann mit der Taschenlampe, der gerade um die Hausecke kam.

»Was düad ihr dänn da?«

»Sie kommen wie gerufen.« Trockau ging auf den Mann zu. »Wirklich, Sie schickt der Himmel. Unsere Taschenlampe ist kaputt, und wir sollen für unsere Freunde das alte Zeug abholen, das sie hier im Keller deponiert haben.«

Damit streckte er dem Mann seine Hand hin. »Entschuldigen Sie, ich habe mich noch gar nicht vorgestellt. Wolfgang Meyer, ich bin Arzt in Oberstdorf. Deswegen kommen wir auch so spät. Ich musste gerade noch einen Patienten besuchen, als wir schon auf dem Weg waren.«

»Wolfgang Meyer?«, fragte der Mann ungläubig. »So an Dokdr han i z' Oberschdorf no gar nia gsee.«

Trockau schaute ihn amüsiert an. »Das würde mich auch wundern«, lachte er, »ich bin Frauenarzt!«

»Ah, an söttiga send Sie«, sagte der Mann, und Trockau war sich nicht sicher, ob das freundlich gemeint war. War es aber. Denn jetzt streckte ihm auch der Älpler die Hand hin. »Wolfgang, i bii dr Sepp. Mir am Berg hälfed anand.«

Er ging mit seiner Taschenlampe voran, und Trockau dachte: Oder so!

Als Sepp ins Wohnzimmer leuchtete, sah er die drei mit vor Schreck geweiteten Augen im Kegel seiner Taschenlampe und hielt das Licht sofort auf den Boden.

»Ka Angst«, sagte er, »i bii dr Nochbuur.« Er schaute sich ungeniert um. »Also, d' Italiener, dia da dia Hütta renoviered, werfed z' Nacht alleg an Generator a. Dä muass da nämad stoo.«

»Ja«, sagte August. »Hier, der gute Honda EU 20i«, er ging auf das Gerät zu, »den habe ich für die Jungs im Baumarkt gekauft.«

»Dä lüüchded aib ond dänn kaan i ja wiiedr goo.«

»Prima«, sagte Trockau. »Wir sind ja zu dritt, da sind wir schnell fertig mit Ausräumen.«

»Genau. So a schneidige Maika muass ia need auch noo apacka!«

Katharina lächelte. Schneidige Maika! Was war das denn? Dabei sah sie ihn so charmant an, dass Sepp den Blick gar nicht mehr von ihr abwenden wollte. Ehe er zu lange stieren konnte, fragte August, ob er ihm mit seiner Lampe das Stromkabel und den Anschluss zeigen könnte, mit dem der Generator die Lichtanlage im Haus speisen sollte.

Als es hell im Hause wurde, sagte der Sepp: »So, jetz bruuched'r mi nömma. Pfüat na!«

»Moooment!«, rief August. »Unsere Freunde haben mir gesagt, dass ich den Generator draußen stehen lassen soll, wenn wir hier fertig sind. Er sei ein Geschenk an dich. Weil du immer so nett warst und uns heute geholfen hast. Sie brauchen ihn jetzt ja nicht mehr.«

»Ja, des send abr köörige Buaba. Da säg i ned nei. I hool an dänn spädr. Pfüad na!«

Und damit war er genauso schnell verschwunden, wie er gekommen war.

»Aufi geht's, Buam«, sagte Trockau – des Walserischen völlig unkundig – mit einem breiten Grinsen. »Wo sind die Bilder?«

Sie machten im Keller Licht und begannen ihren ganz speziellen Kunsttransport.

Nach einer Dreiviertelstunde zog August den Stecker aus dem Generator, ließ ihn draußen stehen und klebte einen Zettel daran: »Danke für deine Hilfe. Den kannst du besser gebrauchen als wir.«

Als sie ins Tal fuhren, sagte Trockau: »Jetzt hoffe ich mal, dass sich der Sepp vom Berg nicht unsere Kennzeichen aufgeschrieben hat.«

»Deswegen hab ich ihm ja den Generator geschenkt.« August drehte sich um und schaute zur Hütte hinauf. »Hab ich's mir doch gedacht«, sagte er. »Der ist schon dabei, das Ding in seine Hütte zu tragen. Das lässt der sich nicht entgehen!«

»Das war sehr raffiniert, mein Lieber. Wenn die Korsen heute Abend kommen, ist die Hütte nicht nur leer, sondern auch dunkel.«

»Wie? Die sind hierher unterwegs?«

»Wenn wir Pech haben, kommen sie uns jetzt entgegen.«

Der sechste Tag

35

Sargans, Polizeistation

Trockau und sein Team hatten dieses Pech nicht. Das der Korsen dagegen wollte nicht abreißen.

Roca und Pepe verließen nämlich erst am nächsten Morgen die Wache der Polizei in Sargans – völlig übernächtigt, weil sie auf harten Stühlen, den Kopf an die Wand gelehnt, mehr schlecht als recht vor sich hingedöst hatten. Die Polizisten hatten sie nicht »eingesperrt«, sondern nur so lange »dabehalten«, bis der Zusammenhang mit dem Unfall auf dem Großen St. Bernhard geklärt war. Die Buße war am Ende sogar fünfstellig ausgefallen, weil Roca auch noch die Bergungskosten für den Subaru bezahlen musste. Er hatte bei jeder Frage kleinere Brötchen gebacken, um zu verhindern, dass die Schweizer Polizei auch noch seinen Wagen durchsuchte. Er befürchtete, dass die Cézannes ihm sonst das Genick gebrochen hätten.

Am Ende war er mit einem Polizisten zu einer nahe gelegenen Bank gefahren, hatte sich mit der Geldkarte von Janus den geforderten Betrag auszahlen lassen und ihn der Polizei zähneknirschend ausgehändigt. Was Janus zu dieser Verzögerung sagen würde, wollte er sich überhaupt nicht ausmalen.

Als sie wieder im Auto saßen, sagte Roca: »Ich möchte, dass du mich nie wieder auf diese Fahrt ansprichst. Ist das klar?«

»Mache ich, Ghjuvan.«

Dann fuhren sie mit korrekten hundertzwanzig schweigsam zur österreichischen Grenze.

36

Kleinwalsertal, Ifen Hotel, Junior-Suite 239

August saß seit Sonnenaufgang an seinem Laptop. Er hatte sich die Fotos von Ernsts Kamera auf den Rechner geladen, jetzt arbeitete er Bild für Bild ab und recherchierte die rechtmäßigen Eigentümer. Er war zwar noch nicht fertig, glaubte aber einen Trend feststellen zu können: Alle Bilder schienen Privatpersonen gehört zu haben. Kein Museum war bislang als Besitzer eingetragen. Wann immer er ein Bild einem Eigentümer zuordnen konnte, mailte er Fotos und Daten an Hedwig. Sie sollte klären, ob sie in ihrem weitläufigen Beziehungsnetz einen Kontakt zu den Besitzern herstellen und herausfinden konnte, wie sie zu dem Diebstahl und dem Bild standen. Keine leichte Aufgabe. Schließlich durfte sie ja nicht verraten, warum sie all das wissen wollte. Aber Hedwig würde das schon schaffen, da war sich August ganz sicher.

37

Ifen Hotel, Formazza-Suite

Obwohl die Sonne an diesem Morgen besonders strahlend zwischen Kuhgehren und Elfer vom hellblauen Himmel in Trockaus Suite schien, hatte er nicht das Geringste davon. Er war am Vorabend mit den Bildern in das hintere der beiden Schlafzimmer gezogen, damit Katharina im vorderen die Nacht in gewohnt wohnlicher Atmosphäre verbringen konnte. In der Tat hatte die geräumige Suite einiges von ihrer Gemütlichkeit eingebüßt und erinnerte nun eher an das Bilderlager von Christie's vor einer mit Spannung erwarteten New Yorker Herbstauktion als an ein Hotelzimmer.

Das war aber noch nicht alles. Die Anwesenheit der Bilder hatte Trockau auch um den Schlaf gebracht. Die ganze Nacht über hatte er sich sorgenvoll durch seine Traumwelten gewälzt und sich immer wieder gefragt, wo die Kisten sicher und diskret verschwinden könnten. Hier im Hotel konnten sie nur diese Nacht bleiben. Dann mussten sie hinter Schloss und Riegel.

In einer Traumsequenz hatte er sie sogar vergraben. Er war mit einem Lastwagen in einen Wald gefahren, bis der Weg zu

Ende war. Dort befand sich eine Höhle mit einem offenen Eingang. Er würde hart arbeiten müssen, um all die Kisten allein hineinzuschleppen, aber es war besser, wenn nur er wusste, wo sie waren. Das Umladen ging erstaunlich einfach. Danach setzte er sich vor den Höhleneingang und ruhte sich aus. Irgendwie beschlich ihn jedoch das Gefühl, dass er beobachtet wurde. Er stand auf, um sich ein wenig umzusehen, als er sah, wie sich der Höhleneingang wie ein riesiges Maul hinter ihm schloss. Er wollte noch hinrennen, doch es gelang ihm nicht. Immer tiefer sackte er in den morastigen Boden ein und musste tatenlos zusehen, wie der Bilderschatz auf Nimmerwiedersehen von der Höhle verschluckt wurde.

Trockau fuhr sich über das Gesicht, um richtig wach zu werden, und ging ins Bad. Er blickte in den Spiegel und sah eine zerknitterte Ausgabe seiner selbst, mit dunklen Ringen unter den Augen und Haaren, die ihm zu Berge standen.

»Guten Morgen, Waldschrat«, sagte er zu seinem Spiegelbild, ehe er sich die Zähne putzte. »Ich kenne dich zwar nicht, aber ich rasier dich mit!«

Danach fühlte er sich deutlich frischer. Er wollte sich gerade anziehen und zum Frühstück gehen, als sein Blick auf die teilweise geöffneten Kisten fiel. Wenn das Zimmermädchen kam und die Beute sah, war es aus mit der Diskretion. Also setzte er sich wieder hin und starrte zwischen all der herrlichen Kunst an die Decke. Ihm geisterte durch den Kopf, was er unlängst im Wirtschaftsteil der »Welt« gelesen hatte: Das Kleinwalsertal war früher gerne von Deutschen aufgesucht worden, die hier ihr Geld deponiert hatten. Das Tal gehörte zu Österreich und unterlag den österreichischen Bankengesetzen, zu denen ein ziemlich strenges Bankgeheimnis gehörte. Der Vorteil: Die Deutschen brauchten keine Grenze zu überschreiten, um hierher zu gelangen – weil es keine gab. Das bedeutete, dass es hier Tresore geben musste.

Als er bei der Raiffeisenbank Kleinwalsertal fündig geworden war, spürte er, wie er ruhiger wurde. Sein Team würde die Kisten im Laufe des Vormittags verladen und in deren Tresorraum bringen.

In dieser Ruhe tauchte in Trockau ein Gedanke wieder auf, den er bereits im Solebecken am Tag zuvor gehabt hatte und der in der Hektik der Bildersicherung auf der Zwerenalpe untergegangen war. Er hatte sich in dem Solebecken gefragt, ob bei Löwenthal womöglich gar nicht die Originale, sondern Bois Kopien gestohlen worden waren.

Trockau nahm sich die drei Bilder einzeln vor und drehte sie um. Er suchte die gesamte Rückseite der Leinwand ab. Und er wurde fündig.

Unten rechts entdeckte er bei allen ein kleines P.C. auf der rauen, ungrundierten Leinwand.

38

Rom, Piazza dell'Orologio

Hedwig hatte das Gefühl, dass ihre Ohren glühten. Sie hatte den ganzen Morgen damit zugebracht, die Eigentümer der Bilder anzurufen, die August recherchiert hatte; zumindest diejenigen, die sie gut kannte. Die anderen Adressen hatte sie an Renzo Landolt weitergeleitet, der dasselbe mit denen machte, die er gut kannte.

Hedwig glaubte inzwischen einen roten Faden gefunden zu haben. Deshalb rief sie ihren Chef an.

»Trockau!«, meldete sich der.

»Von Wessin!«

»Buon giorno, Edwiga«, begrüßte er sie erfreut.

»Hast du gut geschlafen, Chef?«, fragte sie fröhlich.

»Du meinst, hier in meinem millionenschweren Umfeld? Nicht wirklich gut. Und du?«

»Ob du es glaubst oder nicht: Ich habe einen Verdacht.«

»Lass mich raten … Stichwort Versicherungsbetrug?«

»Woher weißt du …?«

»Das war nicht so schwer, ich habe gerade an den ersten drei Bildern die Signatur von Boi entdeckt. Er hatte uns verraten, dass er vor Jahren im Auftrag von Löwenthal dessen Cézannes kopiert hat, was er absolut genial gemacht hat. Damit er aber selber Original und Fälschung auseinanderhalten konnte, hatte er seine Arbeiten auf der Rückseite mit P.C. signiert. Frag ihn, er wird es dir in Ruhe erzählen.«

»Sind denn die anderen Bilder auch Fälschungen?«, wollte Hedwig wissen.

»Ich fürchte, das müssen wir jetzt sehr aufwendig prüfen. Vielleicht hilft uns ja deine Spur weiter. Was hast du denn herausgefunden?«

»Zu Beginn meiner kleinen Telefonumfrage habe ich noch mit der Fahnenstange im Nebel rumgestochert«, begann Hedwig, »aber dann hörte ich mehrmals das Wort ›unterversichert‹ und ›Express-Police‹. Also habe ich bei den nächsten Gesprächen auch das abgefragt. Und siehe da: Alle, die ich danach gefragt habe, hatten ihre Bilder mit der sogenannten ›Express-Police‹ der Artecuritas versichert, und zwar sämtlich unter Wert. – Ist dir eigentlich schon mal aufgefallen, dass unser Wort für Versicherungs-Police und das französische Wort ›Police‹ – für Polizei – dasselbe ist?«

Trockau schwieg, weil er diese scheinbar zusammenhanglosen Bemerkungen von Hedwig kannte. Mancher, der sie zum ersten Mal erlebte, war irritiert von ihren kleinen Ausflügen in die Welt der Spontanerkenntnisse, aber Trockau wusste, dass das nur Nebenwirkungen eines weit wandernden Geistes waren, der seine Lösungswege oftmals solchen Geistesblitzen verdankte.

»Schwamm drüber. Weißt du, was das Bemerkenswerte an dieser ›Express-Police‹ ist?«, fragte sie, wieder ganz bei der Sache.

»Komm mir jetzt nicht mit dem, was mich schon lange ärgert! Uns nur einen Monat Zeit für die Wiederbeschaffung zu lassen, ist in manchen Fällen ja wohl eine Zumutung.« Trockau hatte sich schon mehr als einmal über die erst vor zwei Jahren von der Artecuritas aufgelegte Express-Versicherung echauffiert, die den Versicherungsnehmern eine extrem schnelle Wiederbeschaffung ihrer gestohlenen Kunstwerke versprach – beziehungsweise eine unbürokratische Schadensregulierung, sollte das Entwendete nicht innerhalb eines Monats wieder an Ort und Stelle sein.

»Mehr als das, Chef. Und zwar nicht verstanden als aggressiven Akt gegen uns Wiederbeschaffer – sondern gegen die Versicherungsnehmer.«

»Wie?«

»Denk mal andersherum: Was nicht innerhalb von einem Monat wiederbeschafft werden kann, wird erstattet.«

»Ja. Und? Worauf willst du hinaus?«

»Auf das Kleingedruckte.«

»Das lese ich nie. Was steht da?«

»Meine Kontakte haben mir erzählt, dass im Kleingedruckten steht, dass mit der Auszahlung der Versicherungssumme die Eigentumsrechte an dem Bild auf die Versicherung übergehen.«

»Ja, das weiß ich. Als eine Art Sicherheit, falls das Bild nach der Schadensregulierung wieder auftaucht, damit sie dann … Moment …«

»Eben, Chef.«

»… mit dem Bild machen können, was sie wollen. Auch selber verkaufen.«

»Genau.«

»Wenn sie – weil es unterversichert war – weniger bezahlen mussten, als der aktuelle Marktwert beträgt, dann könnten sie bei einer erfolgreichen Auktion sogar einen Reibach machen. Und wenn man das gezielt steuert …«

»Mein Gott, jetzt hat er's!«, zitierte Hedwig aus ihrem Lieblingsmusical »My Fair Lady«. »*Falls* die Versicherung tatsächlich in irgendeiner Form an den Raubzügen beteiligt ist«, gab Hedwig zu bedenken.

»Das müssten wir allerdings erst beweisen …«

»Ungefragt. Und nicht in ihrem Auftrag.«

»Hedwig, über diese Wendung muss ich nachdenken.«

Trockau ließ sich in einen Sessel am Fenster seiner Suite fallen. Sein Blick wanderte über die gepflegten Büsche des Hotelgartens, in das herrliche Tal zwischen Elfer, Zwölfer und Hohem Ifen hin zum Großen Widderstein. Doch er sah die felsigen Berge im herrlich warmen Licht des Frühsommertages nicht wirklich. Denn ihm wurde etwas klar, was er bislang völlig vernachlässigt hatte, weil er noch nie einen Fall von dieser Größenordnung zu lösen hatte – und zum ersten Mal ohne Auftrag der Versicherung ermittelte: Alle Bilder um ihn herum waren von der Versicherung irgendwann bezahlt worden. Deshalb war *sie* jetzt die Eigentümerin. Und er – Trockau – war der Dieb.

Er hatte sich die Bilder ja widerrechtlich angeeignet. Zwar in der Annahme, sie den Dieben abzunehmen, um sie den Eigentümern zurückzugeben, aber das konnte jeder sagen. Auch wenn eine Almhütte kaum der richtige und fachgerechte Aufbewahrungsort für solche Werte war. Im Gegenteil: Sie wirkte eher wie die Sammelstelle einer Räuberbande. Schon klar. Nur schade, dass weder ein Vertreter der Versicherung noch der Polizei diese Hütte in Augenschein genommen hatte – und das bezeugen konnte. Er selbst konnte ja viel erzählen. Tatsache war: Die gestohlenen Bilder standen jetzt hier in ihrer ganzen Pracht in seiner Suite – und gehörten eigentlich der Artecuritas, die ihn nicht beauftragt hatte, diese Bilder an sich zu nehmen.

Zum jetzigen Zeitpunkt sah alles danach aus, als seien er und sein Team die Diebe. Sogar einen Zeugen gab es dafür: Sepp. Der Bergbauer von der Zwerenalpe. Zumindest hätte das ein geschickter Anwalt so hindrehen können.

Trockau wurde ganz anders. Wäre die Polizei auf der Zwerenalpe dabei gewesen, dann könnte er jetzt beweisen, dass er im guten Glauben die Diebe beklaut hatte. Dann wäre allerdings nie herauskommen, dass die Artecuritas hinter der ganzen Sache steckte. »*Wenn* es tatsächlich so ist«, murmelte er und rieb sich mit beiden Händen über das Gesicht, als ob er so die düsteren Gedanken wegwischen könnte.

»Noch mal neu!« Trockau versuchte es jetzt systematisch. Wer hätte bei der Artecuritas einen Nutzen davon, eine solche

Sammlung »anzulegen«?, fragte er sich und ging die Akteure einzeln durch.

Schmoller?

Trockau schüttelte spontan den Kopf. Obwohl … Schmoller war natürlich der Mann, der die Wiederbeschaffer auf die gestohlenen Bilder ansetzte. Wenn er beispielsweise nur sehr langsam arbeitende Ermittler auf die »Express-Police«-Fälle angesetzt hätte, würden die die Zeit verplempern, ehe sie die Bilder gefunden hätten, und die Versicherung konnte – nachdem sie gezahlt hatte – die Bilder in Besitz nehmen.

Doch halt: Genau diese Strategie war doch Schmoller von Stahlberg aufgetragen worden, als er verlangte, nur noch die hauseigenen Wiederbeschaffer zu beauftragen. Keine Freien wie Trockau. Steckte also weniger der Zwang zum Sparen dahinter als vielmehr diese Strategie?

Trockau dachte wieder an Schmoller: Was hatte der davon, wenn die Versicherung die Bilder bekam? Nichts.

Mussten die Fäden dieser unglaublichen Intrige nicht eher in den oberen Etagen der Versicherung zusammenlaufen? Bei Dr. Solin etwa? Dem in die Enge getriebenen CEO der Versicherung?

Dagegen sprach, dass er die Auszahlung aller Versicherungspolicen zu verantworten hatte. Womöglich war es das, was die Kapitaldecke der Versicherung so sehr strapaziert hatte, dass Solin jetzt vom Aufsichtsrat aus dem Amt gedrängt werden sollte. Nein, auch er profitierte nicht davon. Er war eher der Leidtragende, weil er als Folge davon ersetzt werden würde … durch Georg Stahlberg. Finanzvorstände wie er wussten um die magische Wirkung von Zahlen auf Shareholder. Und den Aufsichtsrat.

Stahlberg also?

Wie sollte Trockau aber einen solchen Verdacht erhärten?

Er bedauerte, dass er kein staatlicher Ermittler war, der das Strafgesetzbuch im Rücken hatte. Er war nur der Wiederbeschaffer. Und der hatte zu allem Überfluss etwas wiederbeschafft, was gar nicht zur Wiederbeschaffung anstand.

Trockau atmete tief durch: Was haben wir an klaren Fakten?

Es lagen zwei ganz unterschiedliche, ja geradezu gegenläufige Strategien vor: Bei Löwenthal waren Kopien geklaut worden, die er der Versicherung gegenüber als Originale angegeben hatte. Das lief auf einen klassischen Versicherungsbetrug hinaus mit dem Nutznießer Löwenthal.

Bei Stahlberg würde es aber quasi um das Gegenteil gehen: Die geraubten Bilder waren unterversichert und konnten so kostengünstig Eigentum der Artecuritas werden. Der Nutznießer eines derartigen systematischen Bilderraubes wäre die Artecuritas, zum Vorteil von Finanzvorstand Stahlberg, der damit … was wollte?

Während also im ersten Fall der Versicherungsnehmer Löwenthal die Versicherung betrog, war es bei Stahlberg die Versicherung, die ihre Versicherungsnehmer betrog. In Trockaus Kopf drehte sich alles.

In diesem Moment kam Katharina in einen strahlend weißen Hotelbademantel gehüllt, frisch poliert und wohlig durchgeknetet aus dem Wellnessbereich in die Suite. »Du machst ja ein Gesicht, als ob man dir deine Kunstsammlung geklaut hätte«, sagte sie und gab ihm einen Kuss auf die Stirn.

»Ich fürchte, so etwas Ähnliches ist gerade im Gange.« Trockau blickte ziemlich unglücklich drein. »Katharina, ich bin ein Dieb!«

»Moment, das bin doch bisher immer ich gewesen. Nicht du. Auch wenn du mir mein Herz gestohlen hast.«

Trockau lächelte zwar, machte aber immer noch keinen besonders fröhlichen Eindruck.

»Raus mit der Sprache: Was ist los?«, forderte Katharina ihn auf, woraufhin ihr Trockau seine Überlegungen schilderte.

Als er fertig war, fragte sie aus dem Sessel, in den sie sich gekuschelt hatte: »Das passt doch alles bestens zusammen: Dieser Finanzheini von der Versicherung …«

»… Stahlberg …«

»… ja genau, dieser Stahlberg hat die unterversicherten Bilder rausgesucht, und Janus hat sie von seinen Korsen klauen lassen. Stahlberg hat dafür gesorgt, dass sie nicht schnell gefunden werden – dank irgendwelcher verpennter Kollegen von dir –, hat dann die Versicherungssummen ausbezahlt und die Bilder so für die Versicherung günstig erstanden. Janus hat sie derweil an einem völlig unverdächtigen Ort, nämlich auf dieser Zwerenalpe, gesammelt, um sie dann auf einer Auktion versilbern zu lassen. Fertig.«

»Nix da fertig, meine Liebe.« Trockau sah zwar wieder etwas positiver in die Welt, war aber noch nicht ganz zufrieden. »Welche Rolle spielt Löwenthal dabei, der ja offensichtlich einen Versicherungsbetrug begangen hat? Und wenn die drei, Löwenthal, Janus und Stahlberg, unter einer Decke stecken, kann die Versicherung bei der Auktion ja nichts mit den Kopien anfangen?«

»Was für Kopien? Die von meinem Dad?«

»Ja.«

Schweigen entstand; beide schauten grübelnd aus den bodentiefen Fenstern.

Trockau dachte als Erster laut: »Wenn Löwenthal, Stahlberg und Janus tatsächlich unter einer Decke stecken, dann wollte Löwenthal entweder seine beiden Komplizen betrügen, oder er hat gar keine Originale mehr und hat das der Versicherung die ganze Zeit verschwiegen … oder …«

»Oder er steckt gar nicht mit ihnen unter einer Decke«, sagte Katharina..

»Und mir brummt der Schädel. Ich denke, wir verladen jetzt erst mal die Kisten in die Autos und bringen die Bilder weg. Ehe die irgendwer bei uns entdeckt.«

Die millionenschweren Kunstwerke mussten in der Tat so schnell wie möglich aus ihrem Hotelzimmer verschwinden. Wer sie hatte, konnte Dieb sein oder Aufklärer, Feind oder Verbündeter, Verlierer oder Held. Je nachdem, welche Interessen er hatte, das Auffinden dieser prachtvollen Kunstwerke zu erklären.

Oder für ihr endgültiges Verschwinden zu sorgen …

39

Auf der B 200 nach Hittisau

Roca hatte sich nach der Nacht auf der Polizeiwache in Sargans an jede noch so lächerliche Geschwindigkeitsbegrenzung gehalten. In der Schweiz und auch in Österreich. Er fragte sich, wie er auf der Fahrt aus dem Kleinwalsertal hinaus so zügig vorangekommen war. Vielleicht hatte er nur Glück gehabt? Jetzt aber hielt seine Pechsträhne an. Denn auch in Österreich war irgendwie der Wurm drin. Kaum hatten sie das Örtchen Hittisau im Bregenzerwald passiert, war es erneut aus mit dem Vorwärtskommen. Die Hauptstraße war gesperrt worden, weil die Bauern der Region ihre Kühe auf ihre Almen führten. Ein Ereignis im sonst so beschaulichen Leben dieses Ortes.

Roca und sein Cousin hatten jetzt das zweifelhafte Vergnügen, als Erste der mehrere hundert Kühe umfassenden Herde hinterherfahren zu dürfen.

Nach der ersten Abzweigung kam eine Herde eines anderen Bauernhofes auf die Straße – dieses Mal hinter Rocas Wagen, der zu dicht auf die hinteren Kühe aufgefahren war. Nun steckten Pepe und er mittendrin in zwei Herden. Sie konnten nicht vor und nicht zurück, sie mussten im Kuhschritt mit.

Nach der halb durchwachten Nacht – mit dem Druck, als Bilderdieb entdeckt zu werden und sich mächtigen Ärger mit Janus einzuhandeln – war das ständige Geläut der riesigen Kuhglocken eine harte Prüfung für Rocas Nerven. Außerdem hatte er von der Gehirnerschütterung Kopfschmerzen, und die Augen taten ihm weh. Dazu das Gefühl des Eingeschlossenseins, weil er keine Chance sah, aus der Herde herauszukommen … Kurzum: Er verlor die Nerven – und trat einfach aufs Gas.

Der Wagen machte einen Satz nach vorne und fuhr einer der Kühe in die Hinterläufe. Die ließ vor Schmerz ein lautes Brüllen hören und rannte panisch los. Andere Kühe hörten den Schmerzensschrei, fühlten sich bedroht und fingen an, sich in alle Richtungen davonzumachen. Zwei Kühe hinter Rocas Wagen versuchten, den anderen Tieren zu folgen und den Wagen zu überholen, konnten aber weder rechts noch links daran vorbei, weil sich dort andere Kühe drängten; sie stolperten und fielen hin. Eine der beiden schlug mit dem Schädel auf der Kofferraumhaube auf, während die zweite im Fallen den Kopf drehen konnte, dabei aber mit ihrem Horn ein Loch ins Blech schlug.

Bei dem panischen Versuch, es zu befreien, rammte sie es nur immer tiefer in das Blech und versetzte den Wagen in schwankende Bewegung. Als sie endlich loskam, galoppierte sie wild brüllend und mit weit aufgerissenen Augen davon.

Roca war in seiner Panik nach dem Tritt aufs Gas als Nächstes auf die Bremse gestiegen und dann vornüber aufs Lenkrad gesackt. Der lang gezogene Hupton, den der Wagen dadurch von sich gab, verschlimmerte das Chaos nur noch.

Bis es Pepe gelang, den viel schwereren Roca von der Hupe zu zerren, waren alle Kühe fort, gefolgt von den Bauern und Treibern, die ausgeschwärmt waren, um die Tiere wieder einzufangen.

Die Straße gehörte plötzlich wieder den Autos, die hinter der Herde hergefahren waren und jetzt langsam um Rocas stehendes Fahrzeug herumfuhren, in dem er mit zugehaltenen Ohren und leicht irrem Blick hinter dem Lenkrad kauerte.

Bis ein Gendarm an seine Scheibe klopfte: »Seien S' so nett und geben S' mir Ihre Papiere!«

40

Kleinwalsertal, Ifen Hotel, Formazza-Suite

Während Ernst und Renzo Landolt den Abtransport der Bilder in die Raiffeisenbank besorgten, saßen Trockau und Katharina auf der Terrasse ihrer Suite. Hier wollten sie die würzige Luft des Walsertals mit den würzigen Wolken aus Kuba anreichern und bei einer guten Havanna überlegen, was die nächsten Schritte sein mussten.

»Was hast du jetzt vor?«, fragte Katharina, als sie den Kopf ihrer »Romeo & Julia Wide Churchill« anschnitt.

»Wir müssen zweierlei herausfinden: Erstens: Steckt die Versicherung hinter der Raubserie oder nur Stahlberg mit irgendwelchen Eigeninteressen? Und zweitens: Welche Rolle spielt Löwenthal dabei? Um beiden Antworten etwas näherzukommen«, Trockau sprach langsam, als ob er laut denken würde, »werde ich diesen Janus anbohren. Mit einem Bluff.«

»Wie willst du einen abgebrühten Strafverteidiger wie diesen Kerl bluffen?«

»Schau, jede Bande oder kriminelle Vereinigung lebt von der Solidarität der Bandenmitglieder untereinander. Und genau bei dieser Solidarität könnte ich ihn packen.«

»Könntest du?«

»Ich werde es versuchen.«

»Wann?«

»Nachdem sich dieses köstliche Gewächs aus Kuba in aromatische Luft aufgelöst hat.«

Ehe Trockau Janus anrief, klopfte es an der Tür, und August steckte den Kopf ins Zimmer: »Stör ich?«

»Komm rein, ich sammel mich gerade«, sagte Trockau.

»Ich wollt nur sagen, Ernst hat gerade angerufen: Die Kisten sind gut in der Raiffeisenbank gelandet, und alles ist in trockenen Tüchern.«

»Danke, August. Das ist eine gute Nachricht«, sagte Trockau.

»Soll ich wieder gehen?«, fragte August, der die Konzentration in Trockaus Stimme spürte.

»Setz dich zu mir«, sagte Katharina. »Der Chef versucht, Janus zu knacken.«

»Das wäre prima. Dieser –«

»Psst, August.« Katharina gab ihm ein Zeichen, sich zu ihr an den Tisch zu setzen. »Den Maestro jetzt nicht stören.«

Trockau legte sich sein Handy und die Telefonnummer von Janus zurecht und schaute durch die Glasfront der Suite auf die herrliche Landschaft des Kleinwalsertals.

Der Himmel begann sich zuzuziehen und kündigte ein Gewitter an. Trockau liebte Gewitter in den Bergen. Fasziniert schaute er zu, wie die Außenwelt immer dunkler wurde. Die Farbe der Tannen wurde erst dunkelgrün, wechselte dann in dunkles Blaugrau bis hin zu Blauschwarz. Irgendwann war es so düster, dass das Spiegelbild von August in der Fensterscheibe auftauchte. Sein vom Licht des Computers hellblau beschienenes Gesicht erschien schwebend über dem dunklen Waldstück, auf das Trockau schaute, und ließ das Elektronenhirn seines Teams wie einen Geist über der Welt schweben. Irgendwie symbolisch, dachte Trockau.

Dann schloss er die Augen, holte einmal tief Luft und räusperte sich, damit seine Stimme die nötige Geschmeidigkeit für Janus hatte. Er wählte dessen Nummer.

Zunächst meldete sich eine Frauenstimme und fragte, ob er einen Termin habe. Darauf sagte Trockau: »Es geht um den Cézanne.«

»Wie bitte?«

»Sagen Sie ihm genau das. Nicht mehr und nicht weniger. ›Es geht um den Cézanne.‹ Ich bleibe solange in der Leitung.«

Trockau sah auf die Uhr und musste Janus bescheinigen, dass die drei Minuten, die er ihn warten ließ, zeigten, dass der Anwalt ein cooler Hund war.

»Janus«, meldete er sich schließlich. »Mit wem spreche ich?«

»Stahlberg«, sagte Trockau frech.

Janus zögerte nur den Bruchteil eines Augenblicks, und dennoch war es für Trockau lange genug: Janus wusste sehr genau, dass er jetzt nicht mit Stahlberg sprach.

»Und was kann ich für Sie tun, Herr … Stahlberg?«

Der Kampf war eröffnet.

»Ich wollte Sie davon in Kenntnis setzen, dass ich von der Versicherung Artecuritas eine Liste mit Bildern erhalten habe, die Sie versteckt halten.«

Aus dem Hörer dröhnte donnerndes Schweigen.

Katharina, die dem Gespräch am Lautsprecher folgte, hob den Daumen der rechten Hand.

»Kann es sein …« Janus' Stimme klang einen Hauch zu unbeteiligt, fast schon schnippisch, »… dass Sie sich verwählt haben?«

»Verwählt? Sind Sie denn nicht Anwalt Janus, dessen korsischer Mitarbeiter ihm vor drei Tagen auf dem St.-Bernhard-Pass einen Cézanne aus Italien geliefert hat? Und der diesen Cézanne seiner Sammlung einverleibt hat?«

Nach erneutem Schweigen auf der Genfer Seite kam sehr leise die Frage: »Meinen Sie, Sie seien der Erste, der glaubt, mir drohen zu können?«

»Verehrter Monsieur Janus«, antwortete Trockau ausgesprochen gut gelaunt, »wenn ich Ihnen drohen wollte, würde sich das völlig anders anhören. Ich erkundige mich nur, ob ich mit dem richtigen Mann spreche.«

»Und was wäre, wenn dem so wäre?«

»Dann würde ich ein Gespräch mit diesem richtigen Mann führen.«

»Und was würden Sie ihm sagen?«

»Dass seine Freunde ein doppeltes Spiel mit ihm spielen.« Trockau ließ den Satz wirken, ohne sich näher zu erklären.

Der alte Fuchs aus Genf antwortete nicht minder raffiniert: »Ich liebe Intrigengeschichten. Erzählen Sie mir mehr.«

»Nun, Ihre beiden Kooperationspartner machen gemeinsame Sache.«

»Das ist das Prinzip einer Intrige. Wenn Sie die Königsdramen Shakespeares parat hätten, wäre Ihnen dieser Zusammenhang geläufig.«

Katharina zog die Mundwinkel ein wenig nach unten und hob den linken Daumen. Das bedeutete: ein Punkt für Janus.

Trockau legte nach: »Bei Shakespeare geht es nur um Menschenleben – auf der Bühne. Bei dem richtigen Mann geht es um seine Sammlung, also seinen Besitz. Und zwar nicht auf der Bühne, sondern in seinem Keller.«

Katharina runzelte die Stirn und formulierte lautlos: »Keller?«

Trockau wandte den Blick von ihr, um nicht abgelenkt zu

sein, und schaute ins mittlerweile gespenstisch dunkle Walsertal.

»Herrlich. Jetzt ist von einer Sammlung die Rede«, höhnte Janus. »Was sammelt denn Ihr richtiger Mann?«

Trockau zog im Stillen den Hut vor der Kaltschnäuzigkeit dieses Kerls. »Er sammelt Kunstwerke. Teure Kunstwerke. Seltene dazu. Zumindest glaubt er, dass sie selten seien. Leider«, und jetzt holte Trockau zum Bluff aus, »liefern ihm seine korsischen Komparsen nur Fälschungen. Mit vollem Wissen der Versicherung übrigens – von der mein richtiger Mann meint, sie wäre sein Klient. Beide führen ihn also vor.«

Jetzt tauchte ein Blitz das Tal in taghelles Licht – gefolgt von einem kurzen, trockenen Knall, der im Tal nachhallte. Der Blitz hatte eingeschlagen. Dramaturgisch hätte ich es nicht besser hinkriegen können, dachte Trockau.

»Fälschungen?«

Trockau entschloss sich, noch einen draufzusetzen. »Die Cézannes, die Ihre Korsen bei Löwenthal geraubt haben, sind nur Kopien. Löwenthal hat gar keine Originale. Wer dem richtigen Mann gesagt hat, dass es da etwas zu holen gibt, hat ihn – nennen wir es mal vornehm – auf den Arm genommen.«

»Und woher wissen *Sie* davon?« Janus machte jetzt zum ersten Mal – wenn auch nur kurzzeitig – einen angeschlagenen Eindruck.

»Ich bin dem richtigen Mann einfach einen Schritt voraus.«

Das saß, fand Trockau.

»Und welches Interesse«, sagte Janus mit belegter Stimme, »hätten Sie, Herr … Stahlberg, dieses Gespräch mit dem richtigen Mann zu führen? Das gehört ja zu einer guten Intrige dazu, dass der Zuschauer die Interessenlage auf beiden Seiten erkennen kann.«

Der Fisch hat den Köder geschluckt, dachte Trockau und quittierte diesen Teilerfolg mit einem leisen Lächeln, wobei er zugeben musste, dass Janus das ganze Gespräch über nichts geäußert hatte, woraus man ihm einen Strick hätte drehen können.

»Ich hätte den richtigen Mann gern als Verbündeten«, antwortete er.

»Wozu?«

»Um den Drahtzieher aus der Versicherung ans Messer zu liefern.«

Janus schwieg und antwortete mit hörbar besserer Laune: »Aha! Der Intrige zweiter Teil.«

»Nein«, korrigierte Trockau. »Die Gegenintrige.«

»Bei Shakespeare'schen Intrigen kommt immer einer ungeschoren davon, während ein anderer über die Klinge springen muss. Wäre das in Ihrer Dramaturgie auch so gedacht?«

Janus schien also interessiert.

»So steht es in meinem Drehbuch.«

»Und würden Sie den einen schonen?«

»Natürlich nur, wenn auch er seinen Teil der Rache übernehmen würde.«

»Wie müsste der aussehen?«

»Er müsste den anderen mit beweiskräftigem Material ans Messer liefern. Nicht für die Polizei beweiskräftig, aber für die Versicherung beweiskräftig genug, dass sie sich von dem Herrn trennen würde. Mit sofortiger Wirkung.«

»Und was bekäme der Verräter dafür?«

»Eine Adresse in Kuba, wo er seine ziemlich gut gemachten Kopien an einen Herrn verkaufen könnte, der über nahezu unbegrenzte Mittel verfügt, aber nur über sehr begrenzten Kunstverstand. Er würde ihm mit großer Begeisterung einen namhaften Betrag – quasi als Judaslohn – zahlen, solange er nur glaubt, das verkaufte Bild sei echt.«

»Respekt, Herr Stahlberg, Sie operieren auf der internationalen Bühne offensichtlich souverän.«

»Man tut, was man kann. Oder wie sagt doch der Weise aus dem Glückskeks: ›Der Narr tut, was er nicht lassen kann. Der Weise lässt, was er nicht tun kann.‹ Seien Sie weise, Monsieur Janus. Und schauen Sie sich Ihren Cézanne an – falls Sie meinen Worten nicht glauben. Es ist eine Kopie. Eine gute Kopie zwar. Aber eine Kopie. Besonders unten links werden

Sie zwischen Leinwand und Spannrahmen etwas sehr Unerfreuliches entdecken. Es ist ein elektronischer Gruß von Ihrem Versicherungsfreund.«

Trockau machte eine Pause, weil er Janus die Möglichkeit geben wollte, zu begreifen, dass es sich – wie bei den Cézannes von Löwenthal – um einen Sender handelte. Dann fuhr er fort: »Falls Sie sich übrigens fragen sollten, wer das Original Ihres Cézannes hat, dann schauen Sie bei Ihrem Versicherungsmann mal nach. Der Korse hat das Original der Versicherung und Ihnen die Kopie geliefert. Wie bei allen Bildern, die er so erfolgreich zusammengeklaut hat. Ach – und noch etwas: Ich bin mir ganz sicher: Beim nächsten Telefongespräch habe ich den richtigen Mann am Apparat.«

Damit legte Trockau auf.

»5:1 im Elfmeterschießen«, sagte Katharina, »wobei du vier Elfmeter im letzten Satz versenkt hast. Gut, dass du aufgelegt hast. Darauf wäre ihm bestimmt nichts mehr eingefallen. Du hast Janus mit dem Gedanken vergiftet, dass der Korse gemeinsame Sache mit Stahlberg macht. So was erzeugt sehr viel Unsicherheit.«

»Und – so wie ich den Kerl einschätze – sehr viel kalten Zorn«, fügte Trockau mit einem sibyllinischen Lächeln hinzu.

41

Genf, Anwaltskanzlei von Jean-Philippe Janus

Janus hatte sich nichts anmerken lassen, dazu war er Profi genug. Aber er war froh, dass ihn dieser Anruf noch erreicht hatte, als er in seiner Kanzlei war. Denn so konnte er den Wahrheitsgehalt dieser Worte prüfen, ehe er sich auf den Weg ins Kleinwalsertal machte.

Er ging hinab in seinen Sammlungskeller, zog einen Sessel vor den römischen Cézanne und schaute ihn sich lange an. Zentimeter für Zentimeter.

Wie sich die Ausstrahlung eines Bildes doch ändern konnte. Beim letzten Mal hatte es für ihn pulsiert, hatte er das Meer außerhalb des Bildrandes gerochen, die salzige Schwüle eines Sommertages an der Côte d'Azur auf der Zunge gehabt. Er hatte Cézanne als jungen Mann gesehen, wie er in seinem Atelier stand, immer wieder in sich hineinschaute und das Bild aus dem Eindruck in seinem Herzen malte. Er hatte gespürt, wie Cézanne sich selbst als wichtigstes Werkzeug ansah und darum kämpfte, das Feuer des Sonnenlichts mit von Menschen hergestellten Farben auszudrücken. Dabei war Janus das Wort »Ausdruck« in seiner ganzen Deutlichkeit klar geworden – wie Künstler die Farbe aus einer Tube herausdrücken, so drücken sie auch das aus sich heraus aus, was in ihnen ist. Einige dieser »Aus-Drücke« waren phänomenal schön – wie bei Cézanne –, andere banal – wie bei vielen anderen –, wieder andere unverständlich.

Jetzt sah er das alles nicht mehr. Jetzt graste er nur die Stellen ab, die die Vermutung belegen konnten, dass es sich um ein Bild handelte, das ein anderer als Cézanne gemalt hatte.

Zu seiner Überraschung merkte er dabei, dass eine andere wichtige Erkenntnis wahr wurde: Kunst existiert nicht an sich, sondern nur im Dialog mit dem Betrachter.

Was Janus nicht bemerkte, war das Wunder, dass ein Mann wie er überhaupt zu solch schönen Empfindungen fähig war, wie er sie beim Betrachten des Cézannes ursprünglich erlebt hatte. Allerdings war im Moment die empfindsame Seite seiner Seele, die zwar immer noch in ihm existierte, von der Wolfsfratze des Misstrauens angefressen.

Janus stand auf und betrachtete das Bild von der Rückseite. Die Markierungen, die Stempel, die Transportzettelchen – alles sah original aus. Er drehte das Bild wieder um, hielt es auf Armeslänge von sich und ging die Leinwand noch einmal Stück für Stück durch. Bis ihm etwas auffiel. Rechts unten sah er etwas Ungewöhnliches: Es drückte sich eine Art Münze von hinten durch die Leinwand.

Er drehte das Bild um, versuchte mit den Fingern zwischen

Leinwand und Spannrahmen zu kommen, schüttelte das Bild, stieß es sogar vorsichtig auf den Boden auf, damit das auf dem Kopf stehende Bild die Münze rausrutschen ließ.

Als er Erfolg hatte … kam eine graue Scheibe zum Vorschein. Er stellte das Bild wieder auf die Galerieleiste und ging in seine Kanzlei zurück. Bei Tageslicht schaute er sich die Scheibe sehr genau an und fand darauf einen Firmennamen und eine Nummer.

Im Büro seiner Sekretärin setzte er sich an ihren Computer und gab bei Google den Namen der Firma und die Nummer ein. »Herzlich willkommen beim führenden Versand von GPS-Sendern!«, stand da. Der Cézanne war also tatsächlich mit einem Sender ausgestattet.

Janus ging in sein Büro, ließ sich in einen der weichen Sessel fallen und dachte nach: Das Bild war von dem Korsen gekommen. Also musste der den Sender daran platziert haben. Und wenn die Sache mit dem Sender stimmte, dann war vielleicht auch wahr, dass es eine Kopie war. Was dazu passen würde, dass er Roca seit gestern nicht mehr erreichte. Der Korse hätte ihm schon längst melden müssen, dass er die Bilder in das sichere Versteck gebracht hatte.

Vielleicht hatte der Anrufer tatsächlich recht und der Korse steckte mit Stahlberg unter einer Decke. Denn Roca war zwar ein Gauner, aber er war kein Hightech-Spezialist. Diese Idee kam von einem anderen. Einem Wendigeren. Klügeren. Moderneren.

Diesem geschmacklosen Karrieristen, der braune Schuhe zu blauen Anzügen trug? Diesem blutleeren Zahlen-Fuzzi mit dem Hang zu Höherem?

Janus mochte es nicht glauben, erinnerte sich dann aber an die Kriminellen, die er im Laufe der Jahre kennengelernt und von denen er die Wohlhabenderen auch vor Gericht vertreten hatte. Auch sie waren Menschen, die weder etwas von sich noch von anderen hielten und deshalb mit der Gnadenlosigkeit der Verzweifelten zugeschlagen hatten. Und wenn Janus »gnadenlos« sagte, dann meinte er das in seiner ganzen Brutalität.

Bei diesem Stichwort fiel ihm eine Person ein, auf die all das hundertmal mehr zutraf als auf diesen Versicherungs-Parvenü: auf den Präsidenten!

Janus wurde mit einem Mal ganz schwindlig. Natürlich. Der Präsident. Er hatte von ihm verlangt, dass er das Verbindungsglied zu den Handlangern sein sollte. Janus sollte Stahlberg steuern, damit er diese »Express-Police«, die der auf Initiative des Präsidenten entwickelt und unters Volk gebracht hatte, nun zu Barem verwandelte. Er, Janus, hatte die Aufgabe bekommen, den richtigen Mann auszusuchen, der den »Eigentumstransfer«, wie es der Präsident nannte, ausführen sollte. Fast drei Dutzend Mal. Und Janus' Wahl war auf den Korsen gefallen. Er sollte durch seine Raubzüge die Versicherung bluten lassen, damit ihr Kurs sank, und sie so für eine Übernahme sturmreif schießen. All das hatte Janus bestens gedeichselt. Und als Dank hatte der Präsident ihn jetzt übergangen. Hatte mit den Handlangern gemeinsame Sache gemacht und ihn, Jean-Philippe Janus, den genialen Strippenzieher, durch den dieser Plan überhaupt erst realisiert werden konnte, kaltgestellt.

Dass Janus auch noch freiwillig auf die drei Cézannes aus der Löwenthal-Beute verzichtet hatte, ließ das Fass überlaufen. Sein Respekt vor dem Präsidenten war schlagartig erloschen. Zorn brodelte in ihm auf.

»Dafür wird der Kerl zahlen«, flüsterte er in die gedämpfte Stille seines Kanzleiraumes, dessen Gobelins jeden Schall schluckten. »Und dieser miese kleine Stahlberg erst recht.«

Mit kaltem Lächeln dachte er an den Satz, den er Stahlberg kürzlich einmal gesagt hatte: »Wenn ich aus meinen Prozessen etwas gelernt habe, dann dass es dabei immer um Konflikte, Lügen und Verbrechen geht. Also um alle Merkmale einer Shakespeare'schen Tragödie. Wichtig ist dabei nur, dass man der Dramaturg bleibt.« Und dieser Dramaturg würde Janus bleiben. Darauf konnten sich der Präsident und seine Hanseln verlassen. Auf Teufel komm raus!

42

Kleinwalsertal, Ifen Hotel

Das Telefonat mit Janus war nur der erste Teil von Trockaus Bluff. Jetzt würde er die zweite und dritte Raketenstufe zünden.

»August?«

»Ja, Chef.«

»Könntest du die Fotos, die Ernst oben auf der Zwerenalpe gemacht hat, zusammen mit einer Liste aller dort gefundenen Bilder ausdrucken?«

»Nein, Chef. Ich habe keinen Drucker dabei.«

»Aber du könntest es anderswo ausdrucken lassen?«

»Sicher. Dazu müsste ich alles auf einen Stick rüberspielen und dann unten im Hotel fragen …«

»Genau so. Und zwar druckst du alles zweimal aus. Nimm die höchste Auflösung, damit die Bilder unserer Kunstsammlung gut erkennbar sind. Aber vorher diktiere ich dir noch zwei fast identische Briefe, die du dazulegen musst.«

»Okay, Chef, ich höre.«

»Also – ohne Briefkopf, ganz anonym, nur rechts oben ›Genf, den …‹ und das Datum von heute. Also:

Sehr geehrter Herr Schmoller,

Sie werden mich nicht kennen und müssen das auch gar nicht, dennoch wende ich mich heute an Sie. Ich bin Anwalt und habe Kenntnis von einem Fall erhalten, der mich sehr bewegt. Als Kunstfreund liegt es mir am Herzen, dass wichtige Kunstwerke unserer Kultur erhalten bleiben und gepflegt werden.
Ein Klient, dessen Namen ich nicht nennen kann, der aber in Ihrer Versicherung in führender Position arbeitet, hat mir einen schändlichen Plan offenbart, den ich Ihnen zur Kenntnis bringen möchte: Alle Kunstwerke, die er fotografiert und mir zur Verfügung gestellt hat, sind gezielt bei Kunden Ihrer Versicherung gestohlen worden und befinden sich in seinem Besitz – zum Nachteil Ihrer Versicherung. Ich habe Ihnen

Abbildungen davon beigelegt.
Ich möchte, dass Sie das wissen und geeignete Schritte dagegen unternehmen. Gehen Sie, wenn Sie dieses Thema mit einem Vorgesetzten besprechen wollen, nur zu Ihrem Vorstandsvorsitzenden Dr. Solin.
Sprechen Sie mit keinem andern darüber. Denn der Auftraggeber all dieser Diebstähle sitzt in Ihren Reihen. Deswegen sollten Sie nur einen externen Ermittler mit der Aufklärung beauftragen. Einen, dem Sie absolut vertrauen.

Mit vorzüglicher Hochachtung
Ein Kunstfreund«

»Ist das nicht ein bisschen riskant«, fragte Katharina, »alles auf Schmoller und Solin zu setzen? Vielleicht haben sie Kenntnis davon.«

»Das glaube ich nicht. Vergiss nicht: Die Artecuritas ist kein riesiger Versicherungskonzern, sondern ein kleiner, feiner und bislang auch immer erfolgreicher Nischenanbieter, der innerhalb eines kurzen Zeitraums sehr viel Geld für geraubte Bilder auszahlen musste. Das fährt bei einem solchen Versicherer in die Bücher ein. Ich bin mir sicher, dass Solins Position als CEO deswegen gefährdet ist. Wenn er dagegen die Diebes-Serie aufdeckt, ist er der Retter der Versicherung und sitzt wieder fest im Sattel. Deshalb vertraue ich ihm.«

Damit wandte er sich wieder August zu. »Ein Schreiben plus Fotos der Bilder schickst du overnight per Kurier an Schmoller. Ich will, dass er ihn morgen früh bekommt. Schreib auf den Umschlag ›persönlich-vertraulich‹. Damit ist klar, dass er den Umschlag selbst öffnet und sieht, dass er in Genf aufgegeben worden ist.«

»In Genf?«

»Yes, my dear. Renzo muss sich in eines unserer Autos schwingen und so schnell wie möglich losfahren. Auf den Briefumschlägen muss klar erkennbar sein, dass sie in Genf aufgegeben worden sind.«

»Und der andere Brief? An wen geht der?«, fragte August.

»An Stahlberg. Mit der ganz normalen Post. Die ist garantiert nicht morgen früh da, frühestens am Nachmittag, wenn nicht erst übermorgen. Dieser Umschlag soll nämlich erst ankommen, wenn Schmoller seinen Brief schon gelesen hat. Aber auch der soll mit dem Poststempel Genf versehen sein.«

43
Auf der A 1, Höhe Uzwil

Seine Sekretärin hatte für Jean-Philippe Janus wunschgemäß einen großen SUV mit umgelegten Sitzbänken gemietet, den er jetzt in Richtung Kleinwalsertal fuhr. Um nicht erkannt zu werden, aber auch weil es ihm peinlich war, in diesem proletigfetten Fahrzeug zu sitzen, trug er Mütze und Sonnenbrille.

Inzwischen hatte er zwar gemerkt, dass niemand auf der Autobahn den Fahrer eines solchen Fahrzeugs auch nur eines Blickes würdigte, aber sicher war sicher.

Er hatte inzwischen die Ausfahrt Uzwil auf der A 1 passiert. Bis ans Ziel waren es noch hundertdreißig Kilometer. Er nutzte die ruhige Autobahnfahrt, um sich über ein paar Fragen klar zu werden.

Wie schon so oft in seinem Leben stand er vor der Frage, wie er eine verfahrene Situation so hinbiegen konnte, dass er nicht nur ungeschoren daraus hervorging – sondern als Sieger.

Er hoffte, spätestens heute Nacht auf einem Schatz von achtunddreißig Bildern zu sitzen. Alles feinste Werke der Spitzenklasse. Die drei Cézannes, die noch mit den Korsen irgendwo unterwegs waren, hatte er mittlerweile abgeschrieben. Es war offensichtlich, dass sie mit Stahlberg und dem Präsidenten unter einer Decke steckten. Vermutlich hatten sie sich die Cézannes selbst unter den Nagel gerissen. Nun, um die würde er sich kümmern, wenn er die Bilderbeute hier in seinem Auto sicher untergebracht hätte.

Der Anrufer war clever gewesen. Nicht so klug wie Janus selbst – aber clever. Dass er sich »Stahlberg« genannt hatte, hatte ihm gezeigt, was das Thema war: Stahlberg war aufgeflogen. Also hieß es sicherzustellen, dass er – Janus – aus der ganzen Sache herausgehalten würde. Der Anrufer hatte das zugesichert, wenn er sich dazu durchringen konnte, Stahlberg hinzuhängen. Das mit dem Hinhängen war kein Problem. Er würde die eine oder andere E-Mail von Stahlberg finden, die ihn den Kopf kosten würde.

Schwieriger war schon die Frage, ob er sich auf diesen Anrufer verlassen konnte. Welche Garantien würde der ihm geben können? Seine Hinweise, dass der Cézanne eine Besonderheit unten rechts aufwies, war immerhin korrekt gewesen. Würde auch die Aussage korrekt sein, dass er aus der Sache herausgehalten werden würde?

Wieder einmal bemerkte Jean-Philippe Janus, dass derjenige, der andere Menschen hintergeht, die größte Strafe selbst erdulden muss, weil er fortan glaubt, dass auch alle anderen ihn ständig hintergehen.

Andererseits: Was hatte der Anrufer gegen ihn in der Hand? Er hatte die Kopie eines gestohlenen Cézanne in seiner Sammlung. Deshalb konnte man ihn für gutgläubig oder blöd halten. Aber das war nicht kriminell.

Wichtig war, dass er jetzt das Bilderlager als Pfand in die Finger und damit Stahlberg in den Griff bekam. Wenn er das unter Dach und Fach hatte, würde er diesen Ganoven, der sich von allen nur als Präsident anreden ließ, in die Knie zwingen.

Und er wusste auch schon, wie. Daran würde sich der Präsident bis zum Jüngsten Gericht erinnern.

Als er durch das österreichische Örtchen Hittisau kam, fand er den Ort sehr ungepflegt und unsauber. Es sah aus, als ob eine Herde wilder Büffel den halben Ort umgepflügt hätten.

44

Hittisau, Sanitätsstation

Zur gleichen Zeit lag Roca abseits der Hauptverkehrsstraße in einer provisorischen Sanitätsstation in tiefem Schlaf. Der Hittisauer Gendarm hatte ihn nämlich nach seinem Zusammenbruch in der Kuhherde zunächst zu einem Arzt gebracht, der ihm ein leichtes Beruhigungsmittel verabreicht hatte. Danach war er auf die provisorische Sanitätsstation gebracht worden, die nichts anderes als das Erste-Hilfe-Zimmer der örtlichen Zwergschule war. Dort musste sich Roca in Anwesenheit eines Polizisten und des Arztes auf eine Liege legen, ehe der ihm ein schweres Beruhigungsmittel spritzte. Roca hatte das alles nahezu apathisch mit sich machen lassen und war sofort in Tiefschlaf verfallen.

Seinem Cousin Pepe trug der Arzt auf, sich ein Zimmer im nahe gelegenen Gasthof zu suchen und hin und wieder nach Roca zu sehen.

Darauf klopfte der Gendarm ihm auf die Schulter: »Wenn er wieder fit ist, kommen Sie zu uns. Dann erledigen wir das Bürokratische.«

Pepe hatte zu allem genickt, solange sie ihm nur den Schlüssel für den Wagen nicht abnahmen. Aber davon hatte keiner gesprochen. Pepe fand die Österreicher rätselhaft freundlich.

45

Kleinwalsertal, Zwerenalpe

Janus parkte den SUV direkt vor der Haustür der kleinen Hütte. Die Sonne war gerade untergegangen, weshalb er mit der Taschenlampe im Anschlag die Hütte betreten hatte. Er ging zielstrebig auf die Tür zum Keller zu und öffnete sie. Vorsichtig stieg er die steile Stiege hinunter und leuchtete in den unteren Raum.

Er war leer.

Fassungslos sah er sich um. Auf der Werkbank sah er einige Bretter, die darauf hinwiesen, dass hier vor Kurzem gearbeitet worden war. Woran, war nicht mehr zu sehen. Janus spürte, wie sich Zorn in ihm zusammenbraute.

»Wo sind die Bilder?«, fragte er leise, obwohl in ihm bereits ein fürchterlicher Verdacht zu keimen begann.

Plötzlich drang eine Stimme von oben zu ihm.

»Hallo?«

Janus erstarrte. Wer war da? Die Korsen? Hatten sie ihm aufgelauert, um ihn aus dem Weg zu räumen?

Schritte kamen die Stiege herunter, kurz darauf betrat ein Mann den Keller, der ihm mit einer Taschenlampe mitten ins Gesicht leuchtete. Reflexartig riss er die Hand hoch, um seine Augen zu schützen.

»Was däad Ihr dänn da?«, fragte der Mann.

»Wer sind Sie?«, fragte Janus zurück, um Hochdeutsch bemüht.

»I bi dr Sepp, dr Nachbuur«, kam es zurück, überhaupt nicht um Hochdeutsch bemüht.

Janus sammelte sich. Er musste Fassung bewahren.

»Mein Name ist Janus, ich habe das Haus gemietet.«

»So? Abr i ha dii da no gar nia gsee.«

»Bitte?«

»ICH HABE SIE HIER NOCH NIE GESEHEEEN«, wiederholte der Mann lauter, als ob Janus schwerhörig wäre.

»Das ändert nichts an der Tatsache, dass es so ist.«

»Ond was suachsch?«

»Bitte?«

»WAS SIE SUCHEEEN!«

»Einige Kisten.«

»Dia händ scho a paar Buaba gholt.«

»Was?«

»DIE HABEN SCHON EINIGE HERREN ABGEHOLT!«

»Wann?«

»VORGESTERN!«

»Dieselben, die hier gewohnt haben?«

»NEIN. DAS EINE AUTO KAM AUS BERLIN UND DAS ANDERE AUS ITALIEN.«

Janus wurde blass. »Berlin und Italien?«

»SO IST ES!«

»Und wie viele waren das?«

»VIER«, antwortete der Nachbar.

»Und sie haben alles mitgenommen, was hier war?«

»JA.«

Am liebsten hätte Janus diesen Allgäuer Schreihals auf der Stelle niedergeschlagen, aber ärgerlicherweise reichten seine Kräfte dafür nicht mehr. Eine Tatsache, die ihn noch wütender machte. Dennoch schaffte er es, sich zusammenzureißen. Er musste nachdenken. Ohne diesen Kerl.

»Danke. Wenn ich Sie jetzt bitten dürfte, die Hütte zu verlassen.«

»Ja, dänn pfüadi! Ond wänn ihr no a Hilf bruuched …«, sagte der Mann, was Janus mit kaltem Schweigen beantwortete.

Als der Kerl endlich weg war, begann er wütend, die Hütte auf den Kopf zu stellen. Völlig vergeblich. Die Bilder waren weg. Janus war jetzt so geladen, dass er am liebsten irgendwen erwürgt hätte. Egal, wen.

Wutschnaubend verließ er die Hütte, startete den SUV und fuhr von der Zwerenalpe talwärts. Der Wagen prasselte hin und wieder mit den Reifen auf der Bankette entlang, eine Staubfahne durch die Nacht hinter sich herziehend.

Er würde sie alle fertigmachen. »Ausradieren werde ich euch«, wütete er. »Zerquetschen! Wie Kakerlaken. Mit nackten Füßen. Auf kalten Kacheln. Diesen Drecksack Stahlberg als Ersten.« Dabei drückte er kurz aufs Gas, als ob er ihn bereits jetzt zerquetschte.

»Und dieses verlogene Präsidenten-Schwein.« Noch mal den Fuß aufs Gas.

»Und dann diese Korsen.«

Unvorsichtigerweise hatte er in der Annahme, das Tal und damit das Ende des Weges gleich erreicht zu haben, auch bei

»Und dann diese Korsen« noch einmal Gas gegeben und dabei übersehen, dass dieser Teil der Strecke einer der steilsten des ganzen Riezleralpwegs war. Sie hatte ein Gefälle von gut und gerne dreißig Prozent und war für aufwärtsfahrende Fahrzeuge erst vor Kurzem mit Schotter beschickt worden, um für den notwendigen Grip zu sorgen.

Janus' schwerer SUV geriet jedoch aufgrund des hohen Tempos auf ebendiesem noch locker liegenden Schotter ins Rutschen. Des Bergfahrens unkundig und aufgeheizt durch die Heftigkeit seiner Wut machte Janus nun eine Kette von verhängnisvollen Fehlern: Als er merkte, dass der SUV rutschte, trat er die Bremse voll durch, wodurch die Räder blockierten und den schweren Wagen nur noch schneller über den Schotter rutschen ließen. Da halfen auch seine wilden Lenkbewegungen nichts mehr. Im Gegenteil. Als Janus das im Bruchteil einer Sekunde realisierte, nahm er den Fuß von der Bremse und gab Gas. Dadurch drehten sich zwar die Räder wieder und waren lenkbar, doch waren sie zu diesem Zeitpunkt stark nach links eingeschlagen – und zeigten genau in die Richtung, wo dicht neben der Straße in gut vierzig Metern Tiefe der Zwerenbach rauschte. Dorthin schoss der SUV jetzt, der zu allem Überfluss mit dem rechten Vorderrad gegen einen gefällten Baum prallte, was ihn rechts hochsteigen ließ und dafür sorgte, dass er über die linke Seite kippend in die Tiefe stürzte.

All das geschah so schnell, dass Janus – der in seiner Phantasie gerade noch zornsprühend die Korsen fertigmachte – nur noch die Augen weit aufreißen konnte, als er krachend in die Tiefe stürzte.

Ein Ehepaar, das sich den kleinen Luxus gönnte, den Abend seines Hochzeitstages mit einem viergängigen Gondelmenü auf der Kanzelwandbahn zu beschließen, stieß gerade mit einem Gläschen Grünen Veltliner in fünfundsechzig Metern Höhe an, als sie der Faszination des Schreckens erlagen und stumm zusahen, wie ein SUV mit einem spektakulären Überschlag die Piste verließ und in die Tiefe stürzte. Während sie in ihrer

Gondel friedlich talwärts schwebten, als ob nichts gewesen wäre.

Der Mann, aus der Idylle des überirdisch schwebenden Menüs gerissen, blickte sich hektisch nach einer Notbremse um, die ihm aber nichts genutzt hätte. Denn selbst wenn es sie gegeben hätte, wäre die Gondel zwar zum Stillstand gekommen, aber nur in der luftigen Einsamkeit von fünfundsechzig Metern über der Unfallstelle. Seine Frau, die realistischer reagierte, reichte ihm rasch sein Handy über den Tisch, das er zu Beginn des Menüs ausgeschaltet hatte, um die romantische Fahrt nicht stören zu lassen. Bis er es eingeschaltet und den richtigen Code eingegeben hatte, war sein Versuch jedoch schon obsolet, da der tiefe Sturz des Autos durch eine laute Explosion des Tanks sein finales Ende fand.

Der siebte Tag

46

Kleinwalsertal, Ifen Hotel, Frühstücksraum

Trockau und Katharina saßen im »Theo's« am Fenster und ließen sich ihr Frühstück schmecken. Trockau hatte gerade die erste Tasse einer Kräuterteemischung getrunken und eine kleine Kollektion Früchte genossen, als August sich zu ihnen an den Tisch setzte.

»Habt ihr's schon gehört?«

»Was denn?«, fragte Trockau noch mit der letzten Scheibe Orange im Mund.

»Janus war gestern hier im Tal und hat einen Unfall gebaut. Auf dem Weg von der Zwerenalpe abwärts. Sein Wagen ist vom Riezleralpweg abgekommen und in die Tiefe gestürzt. Ich habe es gerade im Netz gelesen.«

Trockau hielt beim Kauen inne, schluckte und sagte dann: »Wie – echt in den Abgrund gerast?«

»Yep. Volle Packung ab in den Grund.«

»Hm. Das gibt dem Fall eine neue Wendung.«

»Inwiefern?«, fragte Katharina.

»Weil derjenige, der die Raubzüge gesteuert hat, jetzt weg ist. Das wirft natürlich einige Fragen auf …« Trockau schaute schweigend den Kuhgehren empor, über dem ein makellos blauer Himmel einen herrlichen Tag verhieß.

»Spann uns nicht auf die Folter.«

»Zum Beispiel die Frage, ob die Hinterbliebenen wissen, wo die kostbare Beute lagert.«

»Welche Hinterbliebenen?« August hatte gerade den Eindruck, komplett auf der Leitung zu stehen.

»Na ja, die, für die Janus die Beute hat beschaffen lassen. So wie ich den listigen Strategen einschätze, hat der die Kenntnis des Lagers als Herrschaftswissen für sich behalten. Und wenn das so ist, dann dürften sich jetzt diejenigen, hinter denen wir her sind, fragen, wo die Beute ist.«

»Bei uns«, flüsterte Katharina mit einem komplizenhaften Lächeln in die Dreierrunde.

»Aber das werden wir ihnen nicht erzählen«, grinste Trockau zurück. »Sondern etwas ganz, ganz anderes. August, nach dem Frühstück brauche ich alle bei uns in der Suite.«

47

Berlin, Gebäude der Artecuritas-Versicherung

»Guten Morgen, Herr Schmoller«, sagte der Portier am Empfang, als Schmoller das Gebäude betrat. »Das ist eben für Sie abgegeben worden.«

Schmoller nahm den dicken Umschlag entgegen. »So? Für mich? Aus Genf? Und overnight?« In seiner unerschütterlich guten Laune fügte er hinzu: »Vielleicht von der UNO!«

An seinem Schreibtisch angekommen, öffnete er den Umschlag, las den Brief und blätterte die Fotoausdrucke durch. Als er die letzte Seite umgeblättert hatte, brauchte er dringend einen starken Kaffee. Er stand auf und ging zur Tür. Dort blieb er stehen, drehte um, packte alles in den Umschlag zurück und schob ihn in die Schreibtischschublade, die er sorgfältig verschloss. Dann erst ging er in die Kaffeeküche.

Als der Espresso in die kleine Tasse getröpfelt war, nahm er sie in beide Hände und schaute ins Unendliche. Was sollte er jetzt tun? War das ein Fake? Wollte sich da jemand wichtigtun, war es eine Intrige, oder hatte das Ganze tatsächlich Hand und Fuß? Für ein Fake waren die Fotos zu gut. Er beschloss, sie sich noch einmal in Ruhe anzuschauen. Er trank den Espresso aus und ging zu seinem Schreibtisch zurück.

Die Fotos zeigten ganzseitig die Vorder- und Rückansichten von insgesamt achtunddreißig Bildern, teilweise sogar en detail. Van Gogh, Nolde, Picasso und drei der sechs Cézannes, die erst vorgestern als gestohlen gemeldet worden waren – von Johan Jakob Löwenthal, einem der Artecuritas-Aufsichtsratsmitglieder.

Entschlossen, der Sache auf den Grund zu gehen, bat er seine

Sekretärin, ihm eine Liste aller gestohlenen Bilder der letzten zwei Jahre zu bringen.

Nach knapp einer Stunde der Recherche wusste er, dass ihm hier achtunddreißig Bilder gezeigt wurden, die innerhalb des letzten Jahres gestohlen worden waren. Achtunddreißig Bilder, deren Erstattung einen fetten Negativ-Posten in der Bilanz seiner Kunstversicherung ausmachte. Das genügte ihm, um bei der Sekretärin des Vorstandsvorsitzenden anzurufen und um einen Termin zu bitten.

»Heute noch – wenn es geht.«

»Glück hat nur der Tüchtige, lieber Herr Schmoller«, sagte Solins Sekretärin. »Wenn Sie sich beeilen, können Sie gleich zu ihm rein, weil der ursprüngliche Termin gerade abgesagt hat.«

Schmoller raffte alles zusammen und eilte zum Fahrstuhl.

»Hm«, sagte Dr. Solin, nachdem ihm Schmoller die Sachlage erläutert hatte. »Was machen wir, wenn wir alle diese Bilder wieder zurückbekommen?«

Schmoller stutzte. Er hätte jetzt die Frage nach dem dubiosen Hintermann innerhalb der Versicherung erwartet, aber nicht das.

»In jedem Fall eine Pressekonferenz, um zu feiern, dass wir die Bilder nach so langer Zeit wieder auftreiben konnten.«

»Aber sie sind doch alle schon erstattet worden – und gehören jetzt uns.«

»Dann wickeln wir sie wieder zurück ab.«

»Und was ist, wenn die früheren Besitzer das von uns erstattete Geld nicht mehr haben? Vielleicht weil sie sich neue Kunst dafür gekauft haben?«

»Dann …« Schmoller merkte, dass er sich jetzt etwas einfallen lassen musste, um dem Chef das Ganze schmackhaft zu machen. Er wusste, Solin war kein großer Freund von Verwaltungsarbeit. Er musste einen Weg finden, bei dem der Alte begriff, dass das Ganze für die Versicherung vorteilhaft war. Denn das war ihm anscheinend nicht ganz klar.

»Wenn die Bilder uns gehören, könnten wir sie zum Beispiel in einer Auktion versteigern und den Gewinn – also den Betrag, den wir über die erstattete Summe hinaus erzielen – mit ihnen teilen. Nach Abzug der Kosten natürlich.«

Dr. Solin strich sich über das Kinn. »Das sind alles ausgesprochen hochpreisige Kunstwerke«, sagte er nachdenklich.

»Ja, und alle – ich habe mir das mal angeschaut – waren unterversichert. Da müsste eine hübsche Summe als Gewinn rausspringen. Und bedenken Sie: Die Bilder, die letztes Jahr erstattet wurden, sind schon durch die Bücher. Das würde eine deutliche Steigerung auf der Einnahmenseite in diesem Jahr bedeuten. Das wäre – wenn Sie mir diese Bemerkung gestatten – sicherlich auch für Ihre Position gegenüber dem Aufsichtsrat nicht ganz ungünstig.«

Dr. Solin sah Schmoller sehr lange an, ehe er wieder auf die Fotos und den Brief blickte.

»Und Sie meinen, wir riskieren dabei nichts?«

Schmoller zuckte die Schulter. »Sie sind natürlich der Kapitän, aber mir scheint das Risiko begrenzt.«

»Gut«, sagte Solin und machte erneut eine lange Pause, die Schmoller arg auf die Folter spannte. »Eigentlich kann mir in meiner Position nicht mehr viel schaden«, sagte er schließlich. »Wir machen's! Wir gehen der Sache auf den Grund.«

»Super, Chef«, rutschte es Schmoller hocherfreut heraus, weil er den alten Solin mochte und als Chef nur ungern verlieren wollte. »Entschuldigung: Natürlich, Dr. Solin.«

»Na, machen Sie sich mal nicht ins Hemd. Es ist mir nicht ganz unangenehm, wenn es hier noch jemanden gibt, der sich ein paar Gedanken macht, wie der Alte noch ein bisschen länger auf diesem Stuhl sitzen bleiben könnte.« Jetzt lächelte er Schmoller an, der befürchtete, rot zu werden. Dann fuhr Solin fort: »Was meinen Sie: Wer könnte uns helfen, die Sache aufzuklären?«

»Also, innerhalb des Hauses wohl niemand.«

»Oder will uns da jemand eine Laus in den Pelz setzen? Zwietracht säen? Uns schwächen?«

»Das habe ich mich auch schon gefragt. Aber dann hätte er uns nur den Brief geschickt. Diese Fotos zeigen aber ganz deutlich, dass derjenige, der die Bilder gemacht hat, tatsächlich auch Zugriff auf die gestohlenen Bilder hat. Hier bei diesem van Gogh«, Schmoller zeigt auf die Abbildung, »sehen Sie oben am Rand noch das Holz der Transportkiste. Das sind keine Fotos aus einem Kunstkatalog. Die sind in irgendeinem Lager aufgenommen.«

»Gut, und diese Fotos hat derjenige gemacht, der sie im Moment in ›seiner Gewalt‹ hat?«

»So steht es in dem Brief.«

»Der Briefschreiber hat also nicht den Zugriff darauf?«

»Nein, das ist offenbar nur der Anwalt, zu dem derjenige gekommen ist, der die Bilder hat.«

»Was meinen Sie, zu welchem Zweck?«

»Ich weiß es natürlich nicht genau. Aber ich erinnere mich an den Fall der beiden Turner-Bilder, die 1994 aus der Frankfurter Schirn gestohlen worden sind. Da hat ein Rechtsanwalt die Wiederbeschaffung vermittelt. Vielleicht will unser Anwalt hier auch vermitteln?«

»Das sieht nicht so aus«, sagte Dr. Solin nachdenklich, »sonst hätte er seine eigene Adresse angegeben. Er empfiehlt uns stattdessen ganz gezielt einen externen Ermittler, dem *wir* vertrauen.«

Er ging zum Fenster, die Hände auf dem Rücken, und schaute in das für die Jahreszeit zu trübe Wetter hinaus. »Wer könnte das sein?«

Schmoller rieb sich das Kinn. »Was würden Sie von Trockau halten? Der ist extern, hat ein gutes Händchen und hat uns bisher noch nie hinters Licht geführt. Und er ist diskret. Ich würde wagen, ihm die Sache anzuvertrauen.«

»Keine schlechte Idee.« Solin drehte sich zu Schmoller um. »Gut, geben Sie ihm den Auftrag. Und ansonsten reden nur wir beide darüber. Ist das klar? Nicht mit Ihrer Sekretärin, nicht mit meiner. Wenn die Sache danebengeht, möchte ich mich nur auf Sie verlassen müssen. Sonst auf niemanden.«

48

Kleinwalsertal, Ifen Hotel, Formazza-Suite

Nach dem Frühstück saßen alle um den runden Tisch in der Suite von Trockau und Katharina. Die Sonne schien strahlend zwischen Elfer und Zwölfer hindurch und ließ den Rasen vor ihrer Terrasse in saftigem Grün erstrahlen. Es war ein Tag, an dem man eigentlich hätte wandern gehen oder sich anderweitig um sein körperliches Wohl hätte kümmern müssen, doch Trockau und sein Team hatten anderes zu tun. Noch.

»Lady! Gentlemen! Jean-Philippe Janus, Auftraggeber der diversen Kunstdiebstähle, ist gestern Abend bei einem Autounfall auf dem Riezleralpweg dahin gefahren, wo er hingehört – in den Abgrund.«

»Echt?« Renzo, der diese Nachricht noch nicht gehört hatte, wirkte aufrichtig betroffen.

Ernst dagegen, der von Janus' Tod bereits durch seinen Bruder gehört hatte, war abgebrüht genug, dass es ihn nicht weiter schockierte. »Ein Halunke weniger«, sagte er nur lakonisch.

»Jetzt ist die Frage, wer außer Janus noch von dem Lager auf der Zwerenalpe wusste«, fuhr Trockau fort. »Ich gehe mal davon aus, dass die Korsen es kennen und schnellstmöglich dort hinaufwollen, um sich die fette Beute unter den Nagel zu reißen …«

»Von denen habe ich aber seit Ewigkeiten nichts mehr gehört«, gab August zu bedenken. »Ich weiß gar nicht, ob die überhaupt noch im Rennen sind.«

»Wenn sie hören, dass Janus tot ist, tauchen sie so sicher da oben auf, wie die Sonne jeden Morgen aufgeht. Da habe ich überhaupt keine Sorge«, erwiderte Trockau. »Es sei denn, sie sind auch tot, aber davon gehe ich nicht aus. Deshalb wirst du sie von der neuen Entwicklung informieren, mein lieber Don Augusto, Pate der Desinformation.«

August grinste. »Immer auf die Kleinen.«

»Du schreibst also den Korsen mit dem Absender von Stahlberg – ich diktiere: *Jean-Philippe Janus ist tödlich verunglückt. Wir müssen uns treffen. Es geht um das Geld für die Bilder. Morgen um 18:00 auf der Zwerenalpe.* Schafft ihr es bis dahin, die Hütte zu verwanzen?«

»Chef! Das haben wir bis Mittag erledigt.«

»Umso besser.«

»Welches Geld für die Bilder, Chef?«, wollte Ernst wissen.

»Meinst du, die Korsen warten einfach so auf einen Unbekannten? Aber wenn der Geld mitbringt, schauen sie ihn sich wenigstens an, oder?«

»Klingt vernünftig.«

»So, also ab mit der Mail.«

August drückte den »Senden«-Button, und schon war die Nachricht im World Wide Web unterwegs.

»Jetzt muss Stahlberg auch noch eine Mail kriegen«, sagte Trockau, »und dann düst ihr zur Verwanzung auf die Alpe. Aber bitte Vorsicht: Ein Toter reicht. Okay?«

»Versprochen, Chef!«

49

Berlin, Gebäude der Artecuritas-Versicherung

Am späten Nachmittag erreichte Stahlberg die Post aus Genf. Als er den Umschlag öffnete, wurde er blass. Er starrte auf den Brief. Dann auf die Fotos.

»Wer war das?«, sagte er leise.

Als er auf dem Poststempel »Genève« gelesen hatte, sagte er ebenso leise: »Janus, dieses Schwein!« Aber der Hinweis auf Schmoller und Solin irritierte ihn. Wer kannte sich in der Artecuritas so genau aus, dass er Schmoller diesen Brief schreiben konnte? Janus? Oder steckte da jemand anders dahinter?

Stahlberg schaute noch einmal auf das Kuvert. Da stand glasklar: »ARTECURITAS, z. Hd. Georg Stahlberg«. Der Brief war aber an Schmoller gerichtet, trotzdem war er nicht zufällig bei ihm gelandet. Diese Sendung war gezielt an ihn gegangen. War das womöglich der Beginn einer Erpressung? Dann würden bald Forderungen kommen.

Konnte er es sich leisten, darauf zu warten? Müsste er nicht das Heft des Handelns in die Hand nehmen? Er war der zukünftige Kapitän des Schiffes Artecuritas. Er musste Tatkraft und Durchsetzungsfähigkeit beweisen.

Er dachte nach, was als Erstes zu tun sei. Er würde den Mann aus der Poststelle zu sich kommen lassen, damit der die Post an Schmoller abfing.

Energisch griff er zum Telefon – als sein Computer »ping« machte und damit anzeigte, dass eine neue Nachricht eingegangen sei.

Jean-Philippe Janus ist tödlich verunglückt. Wir müssen uns treffen. Es geht um die Bilder. Morgen um 18:00 auf der Zwerenalpe, oberhalb von Hirschegg im Kleinwalsertal.

Stahlberg fühlte sich wie mit dem Hammer getroffen. Janus tot? Er recherchierte im Netz und fand durch mehrere Nachrichten den Tod des Genfer Anwalts bestätigt. Damit war völlig egal, warum Janus diesen Brief geschrieben hatte. Er war tot, und Stahlberg musste die Lawine reiten, die durch diesen Brief ausgelöst worden war – ehe sie auch ihn donnernd begrub.

50

Auf dem Weg zur Zwerenalpe

August war froh, dass er sich seinem Bruder Ernst gegenüber durchgesetzt hatte, als es vor einem Jahr darum gegangen war, wie sie die M-Klasse ausbauen sollten. August hatte aus ihr eine fahrende Kommunikationszentrale machen wollen, Ernst – der Schöngeist – wollte sie dagegen als komfortables Reisefahrzeug belassen.

August hatte am Ende deutlich mehr als eine Kommunikationszentrale daraus gemacht. Er hatte den Wagen im Laufe der

Monate zu seinem ganz persönlichen Labor ausgebaut. Dazu gehörte auch, dass er als Elektronenhirn des Trockau'schen Teams eine gute Auswahl an Abhöreinrichtungen mit sich führte. Ein Aspekt, den er nun Ernst gegenüber ausgiebig lobte, als die Zwillinge mit Renzo am Steuer die Bergstraße zur Zwerenalpe hinauffuhren.

Die Unfallstelle, an der Janus in den Abgrund gestürzt war, war durch farbiges Absperrband markiert.

August instruierte Ernst und Renzo, wie sie mit Sepp umgehen sollten, damit der nicht zu viele Fragen zu ihrem Wiederauftauchen stellte und keinen Verdacht schöpfte. Aber vermutlich war der ganze Berg durch den Unfall von Janus ohnehin völlig aus dem Häuschen.

Augusts Vermutung war richtig. In den Hütten der Zwerenalpe war weit und breit niemand, sodass sie zügig zur Tat schreiten konnten. Sie installierten an verschiedenen Stellen vor der Hütte, im Erdgeschoss und im Keller Wanzen, die Wort für Wort in bester Sendequalität übertrugen. Dann wurden an allen drei Stellen auch noch Kameras installiert, die nicht zu entdecken waren, wenn man nicht präzise wusste, wo sie sich befanden.

»Wir haben hier jetzt so viele Mikrofone installiert, dass du einen Schmetterling furzen hören kannst«, sagte August schließlich.

Zufrieden fuhren die drei talwärts, ohne Sepp oder einen anderen Nachbarn zu Gesicht bekommen zu haben. An der Unfallstelle begannen inzwischen die Aufbauarbeiten für die Installation eines Kranes. Es würde wohl noch ein paar Tage dauern, bis sie den SUV aus den Tiefen geborgen hatten.

All das war den dreien herzlich egal, solange sie nur rechtzeitig mit ihrer Ausrüstung wieder im Hotel waren, um die Aufzeichnung des »Hüttenzaubers«, wie sie ihn inzwischen alle nannten, sicherzustellen.

51
Kleinwalsertal, Ifen Hotel, Formazza-Suite

Trockau war zu diesem Zeitpunkt ausgesprochen entspannt: Die Belastungsbeweise in Gestalt der Bilder waren in der Raiffeisenbank sicher untergebracht, und gleichzeitig hatte er alle Gegner so weit aufgescheucht, dass er und sein Team die weitere Entwicklung in aller Ruhe abwarten konnten. Er fand deshalb, dass sie sich etwas Erholung im Wellnessbereich des Hotels verdient hätten, ehe das große Finale starten würde. Denn: »Wer nicht richtig Pause machen kann«, sagte er gern, »der kann auch nicht richtig arbeiten!« Ein Satz, der bei seinen Mitarbeitern immer gut ankam.

Das ließ sich sein Team auch heute nicht zweimal sagen, und so schwärmten alle aus, sich jeder auf seine Art im Hause verwöhnen zu lassen. Renzo entschied sich für »Schaumgeboren« – eine Massage mit Bergkräuterseife, an deren Ende er geduscht und mit wohligen Essenzen eingeölt wurde. Das belebte seine Sinnlichkeit so sehr, dass er danach unwiderstehlichen Hunger bekam, den er mit einer Jause im »Theo's« stillen musste.

August wählte – ganz Hightechie, der er war – die Alphaliege, deren vibrierende Schwingungen ihm ein ungeahntes Gefühl von Gelöstheit vermittelten, ehe er sich in die neunzig Grad heiße, luxuriös große finnische Sauna begab und aus dem Panoramafenster auf seinen jüngst dazu erkorenen Lieblingsberg – den Kuhgehren – blickte. Danach legte er sich in dem hellen Raum neben den Alphaliegen in eines der Himmelbetten, in dem er eingemummelt in eine warme Decke und Kissen selig schlummerte.

Deshalb merkte er nicht, wie sich Ernst in das Himmelbett daneben legte, nachdem er eine Walser Steinmassage mit Ölen erlebt hatte. Sein Masseur hatte den aus dem Schweizer Wallis kommenden traditionellen Wechsel von warmen und kalten Steinen bei der Massage mit einer zeitgenössischen Belebung der Energiezentren kombiniert, was ihn zuerst munter und dann herrlich schläfrig gemacht hatte.

Katharina, die bereits mehrere Anwendungen im Spa-Bereich ausprobiert hatte, wählte eine ausführliche Einweisung der Kräuterfrau des Hotels, welche Kräuter man für welche Öle wie ansetzen sollte, um sie zu Hause für sich und den Liebsten verwenden zu können.

Und was machte der? Der war zuerst am ganzen Körper mit einer dunkelbraunen Honig-Heilerde-Wein-Packung eingerieben und dann von einer speziellen Plane umhüllt worden, die wenig später von innen mit warmem Wasser geflutet wurde. Der Effekt: Er schwebte in einer angenehm warmen Umhüllung wie in einem Wasserkissen – und döste sofort ein. Als er nach einer halben Stunde wieder erwachte, duschte er sich die Packung ab und fühlte sich seidenweich an. Dann ließ er sich den Kräutertee des Tages an der Bar des Spas einschenken – eine belebende Mischung aus Melisse und Minze – und genoss ihn vor dem Kamin, von wo aus er in das Hallenbad schauen konnte, und schlenderte schließlich runderneuert auf die Terrasse seiner Suite.

Er hatte sich gerade auf die Holzliege in die Sonne gelegt, als sein Handy klingelte.

»Trockau«, meldete er sich und fand, dass seine Stimme irgendwie jugendlich klang.

Schmoller war am Apparat.

»Lieber Herr Trockau«, posaunte er gut gelaunt aus dem Hörer, »ich freue mich, dass ich meine Prognose aus Rom nur fünf Tage danach widerrufen kann.«

»Lieber Herr Schmoller, ich fürchte, ich verstehe nicht ganz.« Trockau war zwar durch die schwebende Honig-Wein-Packung herrlich entspannt, konnte sein Gehirn aber durchaus schon wieder einwandfrei benutzen und wusste natürlich, wovon Schmoller sprach. Aber als höflicher Mensch – und guter Stratege – wollte er ihm die Möglichkeit geben, die gute Nachricht selbst auszusprechen.

»Ich hatte in Rom gesagt, dass der Cézanne vielleicht fürs Erste der letzte Auftrag unseres Hauses sein könnte.«

»Gut, dass Sie den gerade erwähnen«, unterbrach ihn Trockau. »Der Fall ist gelöst. Wir haben das Bild gefunden. Es ist zurzeit in einer Bank zwischengelagert, damit nicht wieder jemand kommt … na, Sie wissen schon, was ich meine.«

Schmoller stutzte hörbar, ehe er noch aufgeräumter fortfuhr: »Da gratuliere ich aber sehr herzlich. Das ist ja geradezu die Bestätigung dessen, was ich Ihnen jetzt sagen möchte.«

»Sie machen mich neugierig.«

»Wo sind Sie gerade? Denn eigentlich kann ich Ihnen das nicht am Telefon sagen. Das ist höchst vertraulich.«

»Ich werde immer neugieriger – ich bin im Ifen Hotel im Kleinwalsertal, wo wir uns nach der Jagd auf den Cézanne alle ein bisschen erholen.«

»Hm.« Schmoller wirkte, als ob er nicht so recht wüsste, wie er es sagen sollte. »Ich will Sie natürlich nicht bei der verdienten Erholung stören, zumal Sie das, was ein anderer Ermittler in zwei Monaten nicht zuwege bringen würde, in wenigen Tagen …«

»Raus mit der Sprache, Herr Schmoller. Wenn Sie anrufen, bin ich immer ganz Ohr. Also, sprechen Sie ganz frei von der Leber weg.«

»Könnten wir das unter sechs Augen besprechen?«

»Sechs?«

»Ja, ich soll nur den Treffpunkt vereinbaren. Dr. Solin bat mich darum.«

»Dann muss ich wohl doch nach Berlin kommen?«

Schmoller zögerte. »Im Grunde ist ein Treffpunkt so weit ab von unserem Haus gar nicht schlecht. Hätten Sie etwas dagegen, wenn Dr. Solin und ich gemeinsam zu Ihnen ins Kleinwalsertal kämen?«

»Nein, überhaupt nicht. Großartige Idee.«

»Dann machen wir uns morgen früh auf den Weg und sind wohl am späten Nachmittag da.«

»Seien Sie uns herzlich willkommen.«

Als das Gespräch beendet war, legte Trockau das Handy auf den warmen Steinboden neben der Holzliege, verschränkte die Hände hinterm Kopf, schloss genüsslich die Augen und murmelte zufrieden: »Na bitte, geht doch!«

Der achte Tag

52

Hittisau, Sanitätsstation

Rocas Erwachen hatte nichts mit Augusts Mail zu tun. Der Korse hatte sich einfach ausgeschlafen. Dennoch musste er zuerst sortieren, wo er sich hier befand. Als er die Ereignisse wieder in der Reihe hatte, erhob er sich und fand die Tür – verschlossen. Das Fenster dagegen war unvergittert und von innen zu öffnen. Also verließ er den Raum auf diesem Wege.

Jetzt hieß es Pepe zu finden. Da der Ort nicht groß war und Roca eins und eins zusammenzählen konnte, fand er den Wagen bald vor dem nächsten Gasthof stehen. Er schaute sich den Schaden vom Vortag an: Der Wagen hatte vorne und hinten mehrere Beulen und ein ziemliches Loch im Kofferraum. Er warf einen Blick durch das Loch und sah – nichts. Kein Bild.

Unruhe machte sich in ihm breit. Wo war Pepe?

Er fragte im Gasthof nach ihm und fand ihn beim Mittagessen.

»Mann, was machst du denn hier?«, fragte Pepe ihn laut auf Korsisch.

»Mach nicht so einen Wind«, antwortete Roca leise und lächelte freundlich in den Gastraum. »Die schauen schon alle. Wo sind die Bilder?«

»In meinem Zimmer.«

»Spinnst du?«

»Warum? Es hat heute Nacht geregnet, und ehe die durch das Loch im Kofferraum …«

»Okay, okay, du hast alles richtig gemacht. Aber jetzt müssen wir los. Hol die Bilder und gib mir den Autoschlüssel. Ist der Computer im Wagen?«

Pepe nickte und schlang hastig den letzten Rest seines Essens hinunter.

»War noch was mit der Polizei?«, fragte Roca.

»Wir sollten uns melden, wenn du wieder fit bist.«

»Das schmieren wir uns von der Backe und machen uns vom Acker. Also beeil dich. Ich setz mich schon mal ins Auto und versuche, Janus zu erreichen. Der tobt bestimmt schon, weil wir uns die ganze Zeit nicht gemeldet haben. Aber wenn er zu sehr auf den Putz haut, dann kann er mich mal. Dann setzen wir uns mit den Cézannes einfach ab und fertig.«

Sobald er sich ins Auto gesetzt hatte, checkte Roca seine E-Mails, um Kontakt mit Janus aufzunehmen – und sah Augusts Nachricht.

»Merda!«, entfuhr es ihm leise.

53

Kleinwalsertal, Ifen Hotel, Junior-Suite 239

Ein Signal seiner Spionagesoftware machte August darauf aufmerksam, dass sich der Korse Roca wieder im Netz herumtrieb.

»Doch nicht gestorben«, murmelte er und verfolgte, wie sich Roca im Netz kundig machte, ob die Nachricht von Janus' Tod stimmte. Nachdem er auch eine Meldung unter blick.ch gesehen hatte, sah August, dass Roca nicht mehr weitersuchte.

Darauf schickte August ihm eine zweite Mail mit dem Absender von Stahlberg: *Bin an einem Treffen interessiert. Sie haben die Bilder, ich das Geld. Treffen um 18:00 auf der Zwerenalpe. Stahlberg.*

In diesem Moment klopfte es an der Tür.

»Herein!«

Trockau betrat die Suite. »Gibt's was Neues?«

»Roca ist wiederaufgetaucht.«

»Wo ist er gerade?«

»Hier irgendwo in der Nähe – im Bregenzerwald.«

54

Auf dem Weg ins Kleinwalsertal

Nachdem Georg Stahlberg den anonymen Brief und die Mail von Roca gelesen hatte, war er direkt vom Büro aus Richtung

Kleinwalsertal gefahren. Nach fünfhundert Kilometern Fahrt merkte er, wie seine Konzentration nachließ. Er hatte sich daraufhin hinter Nürnberg in Schwabach einen kleinen Gasthof gesucht, wo er die Nacht verbrachte.

Weil er Wert darauf legte, unauffällig ins Kleinwalsertal zu gelangen, hatte er nach einem ordentlichen Frühstück bar bezahlt und sich wieder auf die Autobahn begeben. Jetzt lagen nur noch dreihundert Kilometer vor ihm, die er ruhig angehen konnte. Er rief bei seiner Sekretärin an, ob irgendetwas bei ihr abgegeben worden war, was sie verneinte. Das beruhigte ihn. Vielleicht war der Brief nur ein Erpressungsversuch von Janus gewesen, der jetzt obsolet war, weil es den alten Gauner nicht mehr gab.

Trotzdem war jetzt nicht die Zeit, abzuwarten. Die Bilder mussten her. Wenn dieser Roca mit ihm darüber reden wollte, dann würde er ihm ein Angebot machen. Der Typ hatte bestimmt keine Ahnung, was sie tatsächlich wert waren. Notfalls würde er ihren Wert runterspielen oder mit dem Preis raufgehen. Eine Million war er zu zahlen bereit. Immerhin stand er an einer der bedeutsamsten Wegkreuzungen seines Lebens: Er konnte CEO werden, in den Knast wandern oder weiterhin der graue Zahlenheini bleiben. Er wollte den ersten Weg gehen. Die Million würde er sowieso von der Versicherung nehmen und später mit dem Gewinn der Auktion, bei der er die Bilder versilbern wollte, verrechnen.

Sein Reiseziel Kleinwalsertal war für ihn ausgesprochen günstig, alldieweil dort sein Mentor lebte – das Aufsichtsratsmitglied der Artecuritas Johan Jakob Löwenthal. Ihm würde er in jedem Fall einen Besuch abstatten, denn Löwenthal hatte sich immer für ihn eingesetzt und ihn bei der Einführung der Express-Police von Anfang an unterstützt. Stahlberg hatte ihm allerdings auch schon vor der Einführung aufgezeigt, was man mit der Police bei unterversicherten Bildern anstellen konnte. Daraufhin hatte ihm Löwenthal versprochen, dass er ihn zum neuen CEO machen würde, wenn Stahlberg die Sache so durchziehen würde wie geplant.

Die anderen Aufsichtsräte wussten natürlich nichts von der kleinen Absprache, dass er durch die geklauten Bilder die Barreserven der Versicherung mehr als zur Ader lassen würde. Aber anders konnte er Solin nicht das Wasser abgraben. Und es würde ja nicht wirklich der Versicherung schaden. Schon morgen – wenn er den Bilderschatz gehoben haben würde – konnte er eine Auktion ins Leben rufen, die die ganze Kunstwelt zu hysterischen Kaufphantasien verleiten würde. Eine Auktion mit einer solchen Dichte an sensationellen Bildern, wie sie die Welt noch nicht gesehen hatte. Da würde er mit Christie's und Sotheby's so hart verhandeln, dass sie sich mit fünf Prozent Aufschlag zufriedengeben müssten statt zwanzig.

Im Kleinwalsertal wartete sein Glück. Da war er sich ganz sicher. Und davon konnten ihn auch nicht irgendwelche anonymen Briefe abhalten. Er war auf der Gewinnerstraße.

55

Hittisau, auf dem Parkplatz des Gasthofs Sonne

Roca saß mit dem Laptop auf den Knien auf dem Beifahrersitz und wartete, bis Pepe die Bilder eingeladen hatte.

Was war jetzt zu tun? Der Alte war tot, und er und sein Cousin waren die Einzigen, die wussten, wo alle Bilder waren. Aber was wollte dieser Stahlberg?

Als Pepe den Motor anließ, sagte Roca: »Ausschalten. Ich habe hier gerade guten Empfang. Das ist in diesen Scheiß-Bergen selten genug.«

»Ist das nicht ein bisschen teuer, hier mobil ins Netz zu gehen?«, fragte Pepe.

»Pepinu, wenn wir diesen Deal richtig spielen, dann kannst du dir einen Ferrari kaufen und Mobiltelefonkosten sind unser geringstes Problem.«

Roca gab »Stahlberg« und »Versicherung« in die Suchmaske ein. Er wusste von Janus vage, dass er die ganze Zeit mit einer

Versicherung zu tun gehabt hatte. Vielleicht würde er so herausfinden, wer dieser Stahlberg war. Andererseits, wenn der Geld mitbringen wollte, würde er ihn sich in jedem Fall anschauen.

Die Suchmaschine lieferte jede Menge Treffer im ganzen deutschen und österreichischen Bundesgebiet. Roca präzisierte die Eingabe durch »Kunstversicherung«. Und siehe da, jetzt tauchte die Artecuritas auf und unter »Vorstand« ein Bild von Georg Stahlberg – ebenso wie das Gesicht des Gendarmen, der ihn gestern zum Arzt gebracht hatte. Das allerdings direkt neben seinem Fenster. Live und in Farbe.

»Das ist sehr gut, dass Sie sich schonen und chauffieren lassen. Am besten, wir fahren gleich gemeinsam zur Gendameriestation und erledigen das Bürokratische.«

Damit stieg er hinten ein, nahm seine Mütze ab und sagte: »Vom Parkplatz rechts runter und dann die erste links.«

56

Kleinwalsertal, Ifen Hotel

Schmoller und Dr. Solin trafen gegen vier Uhr im Kleinwalsertal ein. Der Chef hatte sich nicht chauffieren lassen, sondern war im Wechsel mit Schmoller die Strecke von Berlin ins Kleinwalsertal selbst am Steuer seiner S-Klasse gefahren.

Nach der Begrüßung durch Trockau geleitete eine Dame vom Empfang Dr. Solin zu der für ihn reservierten »Großen Walsertal Suite«. Sie befand sich am Ende des runden Hotelbaus, der zur Straße hin seit nahezu achtzig Jahren das Wahrzeichen des Hotels war. Das Bett war genau vor den bodentiefen Fenstern platziert, sodass man auch im Liegen die gesamte Bergkette vor Augen hatte. Im Salon stand eine kleine Sitzecke vor einem Steinkamin, an dessen Seite gestapeltes Holz alpine Gemütlichkeit verbreitete. Trockau hatte diese Suite gebucht, damit Dr. Solin sich wohlfühlte – und sich von dem Schock, den er angesichts von Stahlbergs Intrige erleben würde, auf angenehme Weise erholen konnte. Solin seinerseits sah an dieser Suite, dass Trockau ihn keineswegs als Vorstandsvorsitzenden auf Abruf behandelte, sondern wie denjenigen, der weiterhin das Schiff dirigierte. Schmoller war in einer Junior-Suite einen Stock tiefer untergebracht.

Als sich Solin auf dem geschwungenen Balkon an der Aussicht auf Elfer, Zwölfer, Bärenkopf und Großen Widderstein sattgesehen und kurz frisch gemacht hatte, kam er gemeinsam mit Schmoller ins »Theo's«. Er hatte Lust auf ein Stück des köstlichen Blechkuchens und einen doppelten Espresso. Schmoller stand der Sinn erst einmal nach einem Schnaps, um damit die Strapazen der Strecke herunterzuspülen. Trockau nahm einen frischen Grünen Veltliner und eine Jausenplatte.

»Lieber Herr Trockau«, hob Solin nach der Bestellung an, »Sie werden sich sicherlich wundern, warum wir beide diese lange Reise zu Ihnen angetreten haben.«

»In der Tat. Ich bin gespannt wie ein Flitzebogen.« Trockau wollte den beiden bis zuletzt die Möglichkeit geben, das Heft in der Hand zu behalten.

»Ich will es kurz machen«, fuhr Solin fort. »Uns ist etwas zu Ohren gekommen, das mit den im letzten Jahr gestohlenen und von unserer Versicherung erstatteten Bildern zu tun hat. Es soll nämlich so sein«, hier zögerte er, »dass sie allesamt unter Leitung eines Mitarbeiters unseres Hauses gestohlen worden sein sollen.« Jetzt war es raus, und Trockau merkte dem Vorstandsvorsitzenden an, dass es ihm nicht leichtgefallen war, das zu bekennen. Aber Trockau wollte ihn noch nicht aus der Verantwortung entlassen. Noch nicht.

»Oha. Und was kann ich in diesem Zusammenhang tun?«

»Sie müssen uns als Externer helfen.«

»Aber wie?«

»Sie genießen unser volles Vertrauen«, sprang Schmoller seinem Chef beiseite, »und deshalb sollen Sie uns helfen, Licht in diese überaus peinliche Affäre zu bringen.« Und dann erzählte er von dem Brief aus Genf und den Fotos und dass sie nicht wüssten, wer der Übeltäter in ihrer Versicherung sei.

Trockau machte ein nachdenkliches Gesicht. »Es trifft sich

ganz hervorragend, dass Sie beide heute ins Kleinwalsertal gekommen sind. Wir haben nämlich von einem Treffen erfahren, das heute Abend hier oben auf einer verlassenen Almhütte stattfinden soll. Dabei soll es um gestohlene Kunstwerke gehen. Mehr wissen wir auch nicht. Aber wir haben die Hütte heute Nachmittag mit Kameras und Mikrofonen ausgestattet, weshalb wir das Ganze vermutlich live verfolgen können.«

Trockau wollte es ein bisschen spannend machen.

»Ich verstehe nicht ganz«, sagte Solin. »Hat das etwas mit unserem Fall zu tun?«

Gute Frage, dachte Trockau, sagte aber zu Solin: »Das wissen wir nicht genau. Wir haben nur einen Hinweis bekommen, dass diejenigen, die den Cézanne aus Rom gestohlen haben – und denen wir ihn wieder abgenommen haben –, heute Abend hier ein Treffen haben werden. Eben auf dieser Hütte. Wir erhoffen uns, dass wir durch unsere Observation einige interessante Informationen erhalten. Ob das etwas mit Ihrem Fall zu tun hat, wissen wir spätestens danach. Sie können in unserer improvisierten Kommandozentrale dabei sein – wenn Sie wollen. Falls uns das in Ihrem Fall nicht weiterbringt, machen wir uns beim Abendessen weitere Gedanken. Was halten Sie davon?«

Schmoller ergriff das Wort. »Lieber Herr Trockau, ich kenne Ihre unkonventionelle Art zu arbeiten und denke, mit unserer Anwesenheit können wir nichts verkehrt machen. Dann schauen wir Ihnen also ein wenig über die Schulter und machen heute Abend mit Überlegungen zu unserem Fall weiter.«

Doch so entspannt, wie Schmoller glaubte, würde ihr Besuch in der Kommandozentrale keineswegs werden.

57

Auf der Fahrt ins Kleinwalsertal

Stahlberg hatte inzwischen mehrere Staus hinter sich gebracht, war zum Mittagessen von der Autobahn abgefahren und stand jetzt bei Memmingen zwar erneut im Stau, doch es war erst vierzehn Uhr, und das Kleinwalsertal lag nur noch neunzig Kilometer entfernt. Er hörte gerade die Verkehrsnachrichten, als sein Handy den Empfang einer neuen Nachricht signalisierte. Als er sie las, musste er aufpassen, dass ihm nicht der Fuß von der Kupplung rutschte und den Wagen einen Satz machen ließ.

»Löwenthal«, stand darin, »hat sechs Cézannes als gestohlen gemeldet, die keine Originale, sondern Kopien sind. Das kommt dem Tatbestand des Versicherungsbetruges gleich. Als Aufsichtsrat! cab_davo@geneve.ch.«

Das war doch die E-Mail-Adresse von Janus! Wie konnte ein Toter …?

Gar nicht. Diese E-Mail stammte genauso wenig von Janus wie der Brief aus Genf. Doch wer war es dann? Wer störte hier so empfindlich seine Kreise? Jemand, der Zugang zu den Bildern haben musste. Und Original und Fälschung auseinanderhalten konnte. Der Korse? Bestimmt nicht. Schmoller? Lächerlich. Solin? Der wäre niemals so konfrontativ. Löwenthal? Der würde sich ja wohl nicht selbst verpfeifen.

Stahlberg schlug mit der geballten Faust aufs Lenkrad. »Fuck!«

Die schwäbische Hausfrau im Wagen rechts von ihm sah ihn vorwurfsvoll an.

Stahlberg fuhr sich mit der Rechten über das Gesicht und ließ die Scheibe hinabgleiten, um frische Luft zu bekommen. Und ließ sie gleich wieder hinauffahren. Das sausende Geräusch der vorbeifahrenden Wagen auf der Gegenfahrbahn machte ihn nervös. Wer wollte ihm seinen verdienten Weg nach oben verbauen?

Und was hatte es zu bedeuten, dass *sein* Mentor Löwenthal ihr gemeinsames Projekt torpediert und Kopien als Originale ausgegeben hatte? Das war eine Intrige. Vielleicht der verzweifelte Versuch von Solin, ihn abzusägen, ehe er es mit ihm machen konnte? Ja, das klang nicht unvernünftig.

Stahlberg war jetzt an der Fahrbahnverengung angekommen, nach der der Verkehr auf einer Spur weiterfloss. Wieso lief es dann immer viel schneller? Egal. Er musste in dieses verdammte

Kleinwalsertal kommen und sich die Bilder schnappen. Koste es, was es wolle.

58

Hittisau, Gendarmerieposten

Roca hatte sich mittlerweile in sein Schicksal ergeben: Wieder einmal sollte seine Weiterfahrt verzögert werden, und wieder einmal war es angezeigt, den Ball flach zu halten, um rechtzeitig auf der Zwerenalpe anzukommen und die Bilder einzusacken.

»Schauen Sie, Herr Roca«, begann der Gendarm, »Sie haben unserem schönen Ort mit Ihrem Unfall ja sehr viel Schaden zugefügt. Die schön gepflegten Rasenflächen sind allesamt zertrampelt. Wer soll denn dafür aufkommen?«

Da außer diesem Gendarm niemand im Raum war, versuchte Roca die korsische Variante, das Gespräch abzukürzen: »Okay. Tausend Euro?«

»Haben Sie die Bänke von Ortsverein und Sparkasse gesehen? Die sind umgestürzt, als die Tiere in alle Richtungen ...«

»Zweitausend?«

»Und die ganze Arbeit, die die Müllabfuhr mit den Kuhfladen hat, die die Rinder in ihrer Panik überall ...«

»Ultimu: dreitausend Euro.«

»Fünftausend, bar auf die Hand.«

»Viertausend!«

»Aber ohne Quittung.«

Roca blickte auf die Uhr und versuchte dem Gendarmen klarzumachen, dass er mit zum nächsten Bankautomaten kommen solle, wo der das Geld bekäme, damit er von dort gleich losfahren könnte.

»Das wird nicht gehen. Eine der Kühe ist auf dem glatten Stein vor dem einzigen Geldautomaten im Ort ausgerutscht und hat ihn mit einem Horn zerstört. So wie bei Ihnen am Auto. Diese Tiere ...«

»E la banca?«
»Die macht bis vierzehn Uhr Mittag.«
Roca atmete tief durch.
Er sah ein, dass ihm wohl nichts anderes übrig blieb, als zu warten. Er würde auch das überstehen.

59

Kleinwalsertal, Ifen Hotel, Salon der Formazza-Suite

Um kurz vor sechs füllte sich der Salon der Suite, in der Katharina und Trockau wohnten. Die Suite hatte in den letzten Tagen viel gesehen. Angefangen hatte sie als gemütliche Familiensuite, die ein glückliches Paar beherbergte. Dann bot sie achtunddreißig Bildern der klassischen Moderne im Wert von vielen Millionen Euro Schutz. Und heute war sie in eine Art »Situation Room« umgewandelt, wie ihn das Weiße Haus hatte, wenn es zum Beispiel die Liquidation eines Osama bin Ladens live verfolgte. Gut, sie war nicht ganz so aufwendig ausgerüstet, aber die Atmosphäre war ähnlich. Hier und heute ging es allerdings nicht um eine Liquidierung, sondern darum, dass Dr. Solin und Schmoller Zeugen wurden, wie sich der Finanzvorstand der Artecuritas selbst demontierte.
Zumindest haben wir das so geplant, dachte Trockau.
Bevor alle jetzt Anwesenden die Suite betreten hatten, war Trockau zu August gegangen und hatte ihn gefragt, ob er die Mail an Stahlberg abgesetzt hatte.
Er hatte.
»Von Janus' E-Mail-Account?«
»Nicht ganz, in den komme ich nicht rein. Ich habe schnell einen ähnlich aussehenden angemeldet und Stahlberg von da aus angemailt. Es wird ihm nicht aufgefallen sein.«
»Schurke«, murmelte Trockau anerkennend und knuffte August grinsend in die Seite.
Jetzt sollte es also losgehen.

In der Mitte des Salons stand Augusts Laptop leicht erhöht, sodass alle den Bildschirm gut sehen konnten. Etliche Geräte, deren Sinn und technischer Nutzen außer August niemandem klar war, standen gestapelt daneben; zwei große Boxen sollten dafür sorgen, dass die Übertragung aus den verschiedenen Wanzen, die in der Hütte installiert waren, gut verstanden werden konnte.

Sieben Personen waren jetzt im Raum. August saß am Tisch, um die Geräte zu bedienen. Rechts und links – quasi auf einer Art Ehrenplatz – saßen Solin und Schmoller, und dahinter standen Trockau, Katharina, Ernst und Renzo. Als Trockau sah, wie alle Anwesenden gespannt auf den Bildschirm starrten, lächelte er zufrieden. Dieses Bild würde sich bei Schmoller und Solin als *die* Situation einbrennen, wie Trockau und sein Team arbeiteten: konspirativ, technisch hochgerüstet und immer am Ball. Die Szenerie würde es rechtfertigen, dass Trockau seine Honorarforderungen demnächst ein wenig nach oben korrigieren würde. Doch ehe er weiter darüber nachdenken konnte, welche Wirkung das Ganze auf seine Auftraggeber hatte, hörten sie aus den Boxen ein Auto, das sich näherte.

Es wurde mucksmäuschenstill im Raum.

Der Motor erstarb. Eine Tür wurde geöffnet und zugeschlagen. Man sah auf dem Bildschirm, der das Geschehen vor der Hütte abbildete, wie der Korse, den Trockau und sein Team als Roca kannten, auf die Hütte zuging, während ein zweiter Mann im Wagen sitzen blieb. Roca drückte die Klinke herunter. Die Tür war verschlossen. Roca schloss auf, der Mann im Wagen kam jetzt ebenfalls auf die Hütte zu.

Aha, dachte Trockau, der im Wagen sollte ihm Deckung geben.

Die Beobachter im Ifen Hotel glaubten in dem kurzen Augenblick, als Roca die Klinke heruntergedrückt hatte, festgestellt zu haben, dass Roca erleichtert gewirkt hatte. Als ob er befürchtet hätte, dass die Tür *nicht* hätte verschlossen gewesen sein können.

Das gefiel Trockau. Spürte er doch, dass die E-Mails ihre

verunsichernde Wirkung getan hatten. Das erhöhte die Spannung bei den Protagonisten.

Als die beiden das Haus betraten, schaltete August auf die Innenkamera. Sie hörten Roca etwas fragen, was sie aber nicht verstanden. Trockau raunte Renzo zu: »Jetzt kommt dein Auftritt.«

Der Schweizer schob sich ein wenig nach vorne und beugte sich mit konzentriertem Blick zu den Boxen.

»Er will wissen, ob es auch Licht gibt … Der andere sagt irgendwas von einem Stromgenerator …« Hier blitzte auf Augusts Gesicht kurz ein Grinsen auf, wie Trockau sehen konnte. »Jetzt sagt der eine, dass er Kerzen anzünden würde, bis er den Generator gefunden hätte …«

Roca machte eine Taschenlampe an, von der keiner wusste, woher er sie hatte. Die beiden hielten sich nicht lange im Erdgeschoss auf, sondern schoben sich durch die Tür neben dem Kachelofen.

August holte das Bild der Kamera, die sie unten im Keller installiert hatten, auf den Monitor. Roca betrat als Erster den Raum und erstarrte. Der andere, der hinter ihm in den Raum drängte, blieb ebenfalls stehen. Sein fassungsloses Gesicht konnten die Beobachter im Hotel gut erkennen, weil Roca ihm direkt ins Gesicht leuchtete, als er etwas sagte, das nicht besonders freundlich klang.

Renzo übersetzte zusammenfassend: »Er macht ihn zur Schnecke, weil alle Bilder weg sind.«

Der andere ließ das offensichtlich nicht auf sich sitzen und schrie Roca an.

»Was ist los?«, fragte Solin. »Warum sind die so aufgeregt?«

»Ich kann nur ein paar Brocken verstehen«, sagte Renzo mit angespanntem Gesicht: »Wo sind die Bilder? … Wer hat sie geklaut? … Janus, die Sau, hat uns bestohlen … Das kann nicht sein … Dann wären sie in seinem Auto ja mit verbrannt … Merde … Was sollen wir tun?«

Renzo gab sich alle Mühe, in dem emotional aufgeheizten Wirrwarr alles zu verstehen.

»Jetzt setzt sich Roca durch«, fasste er schließlich zusammen, »und sagt, sie sollten nach oben gehen und Kriegsrat halten.«

Oben nahm der andere Roca wortlos die Taschenlampe aus der Hand und zog verschiedene Schubladen auf, bis er Kerzen gefunden und angezündet hatte.

Renzo übersetzte ihren Kriegsrat halbwegs simultan: »Roca sagt, er habe eine E-Mail bekommen, dass sich irgendein Typ, den er nicht kenne, mit ihm treffen wolle ... Der andere – Roca nennt ihn Pepe – glaubt ihm das nicht ... Roca fragt ... warum er diese Strapazen mit der Polizei ... und den Kühen auf sich genommen haben sollte, wenn er die Bilder schon gestohlen hätte. Das würde ja wohl keinen Sinn machen ... Das leuchtet Pepe anscheinend ein ... Und immerhin, so Roca, hätten sie ja die drei Cézannes.«

Bei dem letzten Satz horchte Solin auf.

Es folgte ratloses Schweigen in der Hütte, das so international war, dass sie es alle verstehen konnten. Doch mit einem Mal kam Bewegung in die beiden. Pepe schob den Vorhang am Fenster vorsichtig beiseite, schaute raus und blies sofort die Kerzen aus.

August schaltete auf die Außenkamera. Es kam tatsächlich ein Auto den Berg hinauf ans Haus. Der Fahrer verließ den Wagen und ging auf das Haus zu. Wer es war, konnten die Beobachter im Salon der Formazza-Suite nicht erkennen, weil es draußen dämmrig war und der Fahrer die Scheinwerfer ausgeschaltet hatte. Der Mann tastete sich zur Tür, klopfte und öffnete vorsichtig.

August schaltete auf die Innenraumkamera.

Der Neuankömmling betrat das Haus.

»Hallo? Ist da wer? ... Ich rieche die Kerzen, die Sie gerade gelöscht haben ... Wir haben uns für achtzehn Uhr verabredet«, sagte er weiter ins Dunkel hinein. »Hallo?«

In diesem Augenblick wurde es taghell in der Hütte. Alle Lampen in dem Raum gingen an. Die beiden Korsen blinzelten ins Helle und schauten den Eindringling an – als Dr. Solin aufsprang.

»Das ist ja Stahlberg!«, rief er aus. »Was macht *der* da?«

Im selben Augenblick wurde die Eingangstür erneut geöffnet – und Nachbar Sepp trat ein. »Servus mitanand. I ha dia Autos gsee ond mir daichd, dass ihr es Liacht bruuched.« Er schaute sich in der Runde um. »Ja, da isch ja mien Fründ uusem herrlicha Italien!«

Die drei Männer schauten Sepp sprachlos an.

»Ja gell, da luagged'r. So bin I. Ihr heid mir zwa den Generator gscheicht, abr wänn ihr kommed, dann liih i eih den scho no.« Sepp, der sonst offenbar nur mit wenigen Menschen auf dieser einsamen Alm reden konnte, erhielt auf seinen Redeschwall keine Antwort. Alle saßen wie versteinert da.

»Ja, da bin i wohl es bizzle zur verkehrta Ziit koo. Odr?«

Noch immer keine Antwort.

»Ja mei, wänn ihr dänn eibe Worte wiedergfonda heid, dänn können'r bii mir jo klopfa. Dänn driiched mr as Wiedersehnsschnäpsle.«

Und weil wieder niemand antwortete, machte er kehrt, verließ den Raum und murmelte vor sich: »Deena hed wohl dia italienische Sonna zlang uf die Grend gschiiened.« Dann fiel die Tür ins Schloss, und die drei waren wieder unter sich.

Kaum war Sepp weg, zog Pepe eine Pistole und richtete sie geradewegs auf Stahlberg.

»Ich kann es nicht glauben«, sagte Solin noch einmal. »Was macht unser Finanzvorstand mit diesen finsteren Gesellen? Schmoller? Was bedeutet das?«

»Ich weiß es auch nicht, Chef.«

Jetzt sprach Roca Stahlberg auf Französisch an, und Renzo brauchte nicht mehr zu übersetzen, weil Solin ein Zeichen gab, dass er das verstehe.

»Wer sind Sie?«, fragte Roca.

Stahlberg antwortete: »Das könnte ich Sie genauso fragen! Mein Name ist Stahlberg, und ich habe eine Mail bekommen, von einem gewissen ›Roca‹.«

Bei diesem Namen horchte Pepe auf.

»Ich soll mich hier mit ihm treffen.«

Roca blinzelte nervös, schaute kurz zu Pepe rüber und sagte: »Ich bin Roca. Aber ich habe Ihnen keine Mail geschrieben.«

»Na, woher weiß ich dann Ihren Namen«, fragte Stahlberg forsch, »und habe diese abgelegene Hütte gefunden, genau zu dem Zeitpunkt, wo Sie auch da sind?«

Das war ein Punkt für Stahlberg, und Pepes Kopf ruckte erneut erwartungsvoll Richtung Roca.

Roca dachte offenbar nach. »Stimmt. Das kann kein Zufall sein.«

»Dann nehmen Sie mal die Waffe runter. Die irritiert mich.«

Der kleine Korse schaute Roca an, der nur kurz nickte.

»Gut«, sagte er zu Stahlberg, »nehmen Sie Platz und erzählen Sie uns noch einmal ganz genau, warum Sie hier sind.«

Stahlberg setzte sich und sagte, dass er gestern von Janus informiert worden sei, heute achtunddreißig Bilder zu bekommen.

Roca, der davon natürlich nichts wusste, kniff die Augen zusammen, legte den Kopf ein wenig nach hinten und taxierte Stahlberg sehr genau.

Solin war bei der Erwähnung der »achtunddreißig Bilder« zusammengezuckt. Schmoller murmelte: »Der Dreckskerl!«

»Vielleicht wollte er sie für die Versicherung in Sicherheit bringen?«, sagte Solin.

»Und ich ziehe mir die Hose mit der Kneifzange an«, rutschte es Schmoller wenig diplomatisch heraus, was Solin jedoch nicht beachtete.

In diesem Moment beendete Roca sein Schweigen und fragte Stahlberg ganz unschuldig: »Warum sollten Sie achtunddreißig Bilder bekommen?«

»Wir hatten einen Deal. Er besorgt mir die Bilder, und dafür sollte er einen Cézanne selbst behalten können.«

»Ich fasse es nicht!«, sagte Solin.

»Hab ich doch gesagt – Dreckskerl«, sagte Schmoller.

»Das kann ja sein«, lenkte Roca ein. »Aber was haben wir damit zu tun?«

»In Ihrer Mail stand, Sie wollten mir heute die Bilder übergeben.«

»Ich weiß aber nichts von irgendwelchen Bildern.«

Stahlberg wurde spürbar sauer. »Gegenfrage: Warum sind Sie denn hier? Ferien werden Sie ja wohl nicht machen.«

Ehe Roca etwas sagen konnte, sagte Pepe: »Wir wollen die Bilder auch haben!«

»So?«, kam es mit ironischem Unterton von Stahlberg zurück. »Wo sind die guten Stücke denn jetzt? Doch wohl nicht im Keller?«

Roca, der offenbar den Unwissenden spielen wollte, stand jetzt dank Pepe im Regen. »Natürlich nicht. Sie sind in einem Banksafe.«

Jetzt schaute Pepe höchst interessiert zu ihm.

»Ach? Und warum sollten wir uns dann hier oben treffen?«, fragte Stahlberg.

»Wo wollten Sie sich denn sonst über so ein Thema unterhalten? Am Bankschalter? Oder in einer Gondelbahn? Wir müssen doch zuerst die Details besprechen«, sagte Roca. Für die Beobachter im Ifen Hotel war es förmlich zu spüren, wie er fieberhaft einen Plan zu entwickeln begann. »Janus hat uns für unsere Arbeit nämlich noch nicht bezahlt. Deshalb möchten wir erst unser Geld, und dann gibt es den Schlüssel für das Schließfach.«

»Dann haben Sie mir doch eine Mail geschickt?«

Roca hatte offenbar beschlossen, aufs Ganze zu gehen. »Ja wer denn sonst?«

»Sie geben also zu …«

»Wollen Sie recht behalten oder die Bilder haben?«, fiel Roca ihm ins Wort.

Damit hatte er ein Tor erzielt. Stahlberg schwenkte auf seine Linie ein und fragte kurz und kalt: »Wie viel?«

»Wir haben achtunddreißig Bilder im letzten Jahr gestohlen. Wenn man die Reisen, die Unkosten und all das zusammenzählt …«

»Wie viel?«, wiederholte Stahlberg scharf.

»Fünfhunderttausend …«

»Wann?«

»Fünfhunderttausend für die Kosten und noch mal fünfhunderttausend als Prämie!«

Stahlberg schluckte. Aber auch in seinem Kopf reifte offenbar ein Plan. »Das Geld habe ich nicht, weil ich – im Gegensatz zu Janus – bereits alles Geld für diese Diebstähle im Voraus an ihn bezahlen musste«, log er gekonnt.

Trockau warf einen kurzen Blick auf Dr. Solin, der das Geschehen auf dem Bildschirm mit offenem Mund verfolgte.

Roca nickte. »Wie kommen wir zu unserem Geld? Bedenken Sie: *Wir* haben die Bilder!«

Stahlberg biss sich auf die Unterlippe. »Das stimmt, aber diese Bilder sind – wenn Sie sie verkaufen wollen – offiziell als gestohlen registriert. Wenn ich sie dagegen in einer Auktion versteigere, dann kann ich das ganz problemlos tun, weil sie der Versicherung gehören. Sie hat nämlich ihre bestohlenen Versicherungsnehmer ausbezahlt – und dafür die Eigentumsrechte an den Bildern bekommen. *Wenn* sie wieder auftauchen.«

»Und wenn nicht?«

»Nun, durch die Tatsache, dass wir uns hier treffen, haben Sie mir einiges in die Hand gegeben: Ich kenne jetzt diesen Ort, und ich kenne Personen, die ich verfolgen kann. Und erfreulicherweise sind diese Personen keine juristisch erfahrenen Anwälte, sondern einfache Gangster. Da ich mir etwas Ähnliches schon gedacht hatte, habe ich eine kleine Schar von Spezialisten mitgebracht, die auf dem Parkplatz am Ende des Riezleralpwegs in ihren Fahrzeugen warten, um die Verfolgung aufnehmen zu können, falls Sie das Weite suchen, ohne dass wir uns geeinigt haben.«

»Drohen Sie uns?«, fragte Roca, offensichtlich nicht sehr erfreut über das, was er da hörte.

»Keineswegs«, antwortete Stahlberg verbindlich. »Ich wollte nur kurz skizzieren, wie wir weiter verfahren können. Zum Beispiel, indem Sie ein Bild Ihrer Wahl als Pfand behalten und mir die anderen siebenunddreißig Bilder ausliefern. Die würde ich dann versteigern und aus der Erlössumme Ihnen und Ihren Mitarbeitern«, das letzte Wort sprach er sehr spitz aus, »die ausstehende Million für Ihre Aufwendungen auszahlen. Im Gegenzug würden Sie mir das Pfandbild zurückgeben.«

Trockau konnte nicht umhin, diesem Stahlberg einen gewissen Respekt zu zollen, weil er die beiden Korsen gerade geschickt um den Finger gewickelt hatte. Die wollten noch mal richtig Kasse machen, hatten aber ein Problem, das Stahlberg nicht kannte: Die Bilder, auf die er scharf war, lagen zwar in einem Schließfach. Den Schlüssel dazu hatte aber niemand anders als Trockau. Er war gespannt, wie Roca aus dieser Situation herauskommen wollte.

»Das hört sich fair an«, sagte der. »Dann machen wir es so: Sie bekommen morgen fünfunddreißig Bilder, wir behalten drei Cézannes als Pfand – für die Million. Wir treffen uns am besten am Casino. Von dort fahren wir dann zur Bank.«

Damit war die Verhandlung beendet, und zwar so, dass beide Seiten zufrieden waren: Jeder dachte, er habe den anderen hinters Licht geführt und für sich das meiste herausgeholt. Stahlberg hatte hoch gepokert und – aus seiner Sicht – gewonnen. Roca hatte etwas versprochen, was er gar nicht hatte, und dabei Zeit für die Flucht gewonnen.

»Gut, gegen neun Uhr?«, fragte Stahlberg, und Roca nickte. Vermutlich war ihm jede Zeit recht, solange er nur so schnell wie möglich von der Hütte wegkam.

»Dann sehen wir uns morgen.« Stahlberg stand auf, reichte Roca die Hand und sagte versöhnlich: »Schön, dass wir einen Weg gefunden haben, mit dem wir alle leben können.«

60

Kleinwalsertal, Ifen Hotel, Formazza-Suite

Der Erste, der seine Worte wiederfand, war Dr. Solin.

»Und jetzt?«, fragte er Trockau.

Trockau strahlte ihn an. »Eigentlich wollten wir ja heute Abend mit Ihnen hier in der ›Kilian Stuba‹ schön essen gehen, aber jetzt, fürchte ich, müssen wir eine Nachtschicht einschieben.«

Solin schaute ihn etwas ratlos an, und Schmoller sprang ein: »Wie ich Sie kenne, haben Sie einen Plan. Oder?«

»In der Tat«, antwortete Trockau, »er ist auch ganz simpel, aber dafür müssen wir jetzt alle auf unsere Posten. Wir werden den Korsen nämlich den Schlüssel zu dem Schließfach klauen.«

»Das scheint mir aber ein etwas unkonventioneller Ansatz, Herr Trockau«, sagte Solin etwas irritiert.

»Sehen Sie, Dr. Solin, deswegen bin ich ein externer Wiederbeschaffer. Wie wir zu den gestohlenen Kunstwerken kommen, soll Ihnen gar nicht weiter Sorgen bereiten. Am Ende zählt, ob die Bilder wieder da sind, wo sie schmerzlich vermisst werden. Und damit das morgen der Fall ist, werden mein Team und ich jetzt noch ein bisschen daran arbeiten. Sie sollten aber für morgen schon mal Kontakt mit einem Werttransporter aufnehmen, damit Sie die Bilder auch fachgerecht abtransportieren können.«

»Sind Sie sich denn Ihrer Sache so sicher?« Solin blieb skeptisch.

Jetzt griff Trockau ganz tief in die Shamponierkiste. »Schauen Sie sich dieses großartige Team an: Sie, lieber Dr. Solin, kamen heute Nachmittag mit der existenziellen Frage zu uns, wer bei Ihnen im Haus gegen die Versicherung arbeitet. Knapp zwei Stunden nach Ihrer Ankunft wissen Sie es. August, spiel doch unseren Gästen noch mal die entscheidende Stelle vor.«

August drückte einige Tasten, dann war auf dem Bildschirm die Stelle zu sehen, als Stahlberg sagte: »Das Geld habe ich natürlich nicht, weil ich – im Gegensatz zu Janus – bereits alles Geld für diese Diebstähle im Voraus bezahlen musste!«

»Dieses Gespräch, lieber Dr. Solin, bekommen Sie auf einer DVD mit nach Berlin und können es Ihrem Finanzvorstand unter vier Augen vorspielen und ihm dann nahelegen, seinen Abschied ›im gegenseitigen Einvernehmen‹ zu nehmen. Damit sind Sie ihn los. Aber damit Sie im nächsten Schritt den entstandenen Schaden wiedergutmachen können, müssen wir jetzt ran – und den Korsen den Schlüssel zum Schließfach klauen. Bitte haben Sie dafür Verständnis, dass ich Sie jetzt leider rausschmeißen muss.« Trockau sagte das mit so viel Charme, dass jeder im Raum verstand, wie er das gemeint hatte.

Beim Weggehen hörte er, wie Schmoller auf dem Flur zu Solin sagte: »Ein Teufelskerl, oder?«

61

Kleinwalsertal, Ifen Hotel, Formazza-Suite

Trockaus Team wartete, bis die beiden verschwunden waren. Dann grinsten alle unverhohlen, verkniffen sich aber jedes laute Lachen, damit die beiden sie nicht doch noch hören konnten.

Katharina war die Erste, die ihren Kommentar abgab. »Da hat Schmoller aber wirklich recht. Du bist in der Tat ein Teufelskerl.«

»Meinst du das ernst?«, fragte Trockau und schaute sie ungläubig an. »Hey, ich musste was unternehmen. Rein rechtlich war und ist die Versicherung der legitime Besitzer. Das hatte Stahlberg geschickt eingefädelt. Deshalb waren *wir* bis eben die Diebe. Denn wie wir uns die Bilder unter den Nagel gerissen haben, war alles andere als koscher. Aber wenn der Doktor morgen den Schlüssel zum Schließfach bei der Raiffeisenbank in der Hand hält, dann hat wieder alles seine Ordnung. Eigentlich müssten wir Stahlberg für seinen Auftritt dankbar sein, sonst wäre ich in einen echten Erklärungsnotstand geraten.«

»Meine Dankbarkeit hält sich in Grenzen«, sagte Katharina trocken.

»Jetzt müssen wir nur alle in unsere Autos steigen, um den Schein aufrechtzuerhalten, dass wir den Korsen beklauen. Was haltet ihr davon, wenn wir Rocas Idee aufgreifen und dem Casino Kleinwalsertal einen kleinen Besuch abstatten? Nach so viel Blackjack mit Kunst und Korsen ein bisschen Roulette mit Rot und Rosen?«

Als Trockau und sein Team bester Dinge durch die Eingangshalle gingen, um in die Garage zu gelangen, kam ihnen Löwenthal entgegen. Fein gewandet in seiner Sonntagstracht.

»Da sind Sie ja. Pünktlich wie immer«, sagte er hocherfreut. »Es ist alles bereit.«

»Oh«, sagte Trockau. »Das ist jetzt gerade ungünstig, weil wir noch etwas Wichtiges erledigen müssen.«

»Was kann denn um diese Uhrzeit so wichtig sein, dass Sie ein Abendessen im Sternerestaurant des Ifen Hotels ausschlagen?«, fragte Löwenthal in einem Ton, von dem Trockau nicht so recht sagen konnte, ob er ungläubig, neugierig oder beleidigt war.

Trockau beugte sich zu ihm vor und flüsterte ihm ins Ohr: »Wir holen Ihre Bilder ab und noch ein paar mehr!«

Löwenthal schluckte und schaute Trockau an, als ob der ihm gerade ein unanständiges Angebot gemacht hätte.

»Wie bitte?«

»Wir holen jetzt den Schlüssel zu einem Schließfach, in dem achtunddreißig Bilder liegen, die allesamt von ihren Besitzern vermisst werden.«

»Achtunddreißig?«, flüsterte Löwenthal und wurde blass.

»Lieber Herr Löwenthal«, sagte Trockau mit Schmelz in der Stimme, »dürfen wir Sie morgen in die ›Kilian Stuba‹ einladen? Weil wir Sie heute versetzen müssen?« Er wartete erst gar nicht ab, was Löwenthal sagen würde, sondern fügte hinzu: »Aber jetzt müssen wir los. Es eilt wirklich. Ihre Cézannes rufen!«

Der neunte Tag

62

Parkplatz des Casino Kleinwalsertal

Um zehn vor neun rollte Stahlberg mit seinem 5er BMW Touring auf den Platz, parkte und blieb im Wagen sitzen.

Als nächstes Fahrzeug traf Dr. Solins schwarze S-Klasse ein. Schmoller saß am Steuer, Solin im Fond. Der Wagen hielt neben Stahlbergs BMW. Solin ließ die Scheibe abwärtsgleiten und sah Stahlberg reglos an. Der ließ ebenfalls die Scheibe herunter und sagte ein bisschen blöde: »Hallo, Dr. Solin!«

»Wir holen jetzt die Bilder ab«, sagte Solin weiterhin ganz ruhig, »die unseren Klienten auf Ihre Veranlassung gestohlen wurden.«

»Das muss ein Irrtum sein!«

»So? Was machen Sie dann hier? Ferien? Wir haben Ihr Gespräch gestern Abend mit den Korsen aufgezeichnet, die so freundlich waren, uns dabei behilflich zu sein.«

Stahlberg sah ihn fassungslos an.

»Ich kann Ihnen gerne eine Kopie von dem Gespräch zukommen lassen. Es hat Sendequalität. In jedem Fall erwarte ich, dass Sie morgen früh bei meiner Sekretärin ein Schreiben abgeben, in dem Sie Ihren Rückzug von allen Ämtern in unserer Versicherung erklären, auf sämtliche Bezüge und Rentenansprüche verzichten und sich rechtsverbindlich verpflichten, das gesamte Gehalt des letzten Jahres zurückzuzahlen. Und die Schlüssel für den BMW legen Sie gleich dazu.«

Stahlberg starrte ihn immer noch fassungslos an, machte aber den Eindruck, als ob er allmählich in den Sitz seines BMW sinken würde.

»Haben Sie das verstanden?«

»Ja, Dr. Solin.«

»Gut. Sollten Sie sich an diese Absprache nicht halten, die Herr Schmoller als Unparteiischer und Zeuge soeben mit angehört hat, werde ich die DVD mit Ihren Einlassungen darüber, was Sie mit dem Genfer Anwalt Janus vereinbart und ausgeführt haben, der Polizei übergeben, und dann wird die Artecuritas Sie mit Schadensersatzprozessen überziehen, dass Sie nie wieder auf die Beine kommen. Haben Sie das auch verstanden?«

»Ja.«

»Dann fahren Sie jetzt nach Berlin und schreiben Sie Ihren Brief. Meine Sekretärin ist gerade dabei, Ihren Schreibtisch aufzuräumen und Ihren Computer zu beschlagnahmen. Sie wird Ihnen Ihre persönlichen Dinge aushändigen. Danach verlassen Sie das Gebäude und kehren nie mehr an Ihren Schreibtisch zurück. Sie haben lebenslanges Hausverbot. Ist auch das zu Ihnen durchgedrungen?«

Stahlberg nickte nur noch.

»Dann gehen Sie mir jetzt aus den Augen.« Damit schloss Solin die Scheibe mit einem leisen Summton, und Schmoller ließ die schwarze S-Klasse vom Parkplatz gleiten.

Stahlberg fuhr hinterher und nahm bei der nächsten Möglichkeit die Abzweigung via Oberstdorf gen Berlin. Schmoller lenkte den Wagen nun zu der Adresse, wo Trockau bereits wartete: zur Raiffeisenbank Kleinwalsertal.

Dort war ein weißer Kleinbus mit einem grünen Streifen an der Seite auf den Parkplatz gefahren. Statt Seitenfenstern hatte er schmale Sichtschlitze auf Augenhöhe, durch den mögliche Insassen bei ihrem Transport hätten rausschauen können – wenn welche drin gewesen wären. Denn es handelte sich bei diesem Bus, der inzwischen gewendet hatte und rückwärts an den Hinterausgang der Bank setzte, um nichts anderes als eine »grüne Minna« zum Gefangenentransport.

Trockaus Team hatte bereits begonnen, die Kisten aus dem Tresor in den Gefangenentransporter zu laden. Der Bus stand mit geöffneter Rücktür dicht am Eingang der Bank, deren Türen sich nach innen öffneten. Die Lücke zwischen Bus und Hauswand hatten Ernst und August – ebenso wie die Sichtschlitze in dem Bus – mit schwarzem Moltontuch abgehängt, sodass vom Parkplatz aus niemand einsehen konnte, was in den Bus hinein- oder aus dem Bus herausgeladen wurde.

Einige Bürger des Ortes hatten den Gefangenentransporter an der Bank gesehen und erzählten bereits zu Mittag, dass in der Bank ein Überfall stattgefunden habe und die Täter postwendend gefangen und von der Polizei abtransportiert worden seien. Die Bank dementierte dieses Gerücht zu Recht, doch gegen Abend waren die Bürger der Überzeugung, dass ihre Bank die beste sei. Da würde nicht lange mit Gangstern gefackelt, sondern mutig zugeschlagen.

Zum Schluss stiegen zwei schwer bewaffnete Bewacher in den Bus, und die Türen wurden verplombt. Nachdem der Transporter vom Platz gefahren war, fragte Trockau Schmoller amüsiert:

»Haben Sie diesen Bus gechartert?«

»Ja, eigentlich wollte ich einen Werttransporter haben. Aber die waren alle ausgebucht, und ich kenne jemanden, der hobbymäßig Spezialfahrzeuge sammelt. Tja, so hat sich diese Nutzung ergeben. Zusammen mit den beiden Wachmännern, die ich noch engagiert habe, finde ich die Tarnung nicht schlecht. Ab der Schweizer Grenze wird sich auch noch ein Helikopter dazugesellen, der den Transport bis ins Baseler Freilager aus der Luft begleitet. Dort bleiben die Bilder bis zur Auktion.«

»Zum Basler Freilager!«, sagte Trockau beeindruckt. »Da lagern alle Galeristen ihre Ware während der Art Basel.«

»Genau. Weil sie dort optimal klimatisiert und exzellent bewacht wird. Außerdem ist das von hier der kürzeste Weg, die Bilder in Sicherheit zu bringen. Die Schweiz ist in dieser Hinsicht unschlagbar. Und die Tarnung auch. Bis sie im Freilager sind, denkt jeder erst mal, da wären nur gut bewachte Gefangene drin.«

»Sind es ja auch«, grinste Trockau, »befreite Gefangene. Ach übrigens, wir bringen die drei Cézannes von Löwenthal jetzt gleich zu ihm zurück. Ist das okay für Sie, Herr Schmoller?«

»Sicher. Lassen Sie sich aber den Empfang quittieren.« Nach einer kurzen Pause fragte er: »Und die anderen drei Cézannes?«

»Die haben sich vermutlich die Korsen unter den Nagel gerissen. Deshalb war ihnen der Deal mit Stahlberg auch völlig wurscht. Aber ich denke, die können wir vernachlässigen.«

»Wieso das?« Schmoller blickte ihn erstaunt an.

»Das wird Sie Löwenthal sicherlich demnächst selbst wissen lassen.«

Damit ließ Trockau Schmoller mehr als verdutzt zurück.

63

Kleinwalsertal, Haus Am Sonnenhang

Renzo und Trockau standen erwartungsvoll mit den drei Cézannes vor Löwenthals Tür, nachdem Trockau den Klingelknopf gedrückt hatte. Aber nichts geschah.

»Hätten wir vorher anrufen sollen?«, fragte Trockau.

Renzo zuckte mit den Achseln. »Können wir ja immer noch machen. Ich hab mein Handy dabei.«

»Gut. Versuch's mal. Möglicherweise hört er die Türklingel nicht.«

Renzo drückte die gespeicherte Nummer. Keine Reaktion.

»Ich gehe mal ums Haus. Vielleicht sitzt er auf der Terrasse.«

Auch hier hatten sie kein Glück.

»Ist seine Haushälterin da?«

»Beim letzten Mal hat er gesagt, sie habe zwei Wochen Urlaub«, antwortete Trockau. »Ich klingel noch mal.«

Jetzt drang von innen zu ihnen: »Ich komme ja schon!«

Als Löwenthal die Tür öffnete und sie überrascht anschaute, sagte Renzo: »Wir haben uns schon Sorgen gemacht.«

»Wir bringen etwas zurück, das Ihnen gehört«, ergänzte Trockau.

Löwenthal machte auf ihn allerdings nicht den Eindruck, besonders erfreut zu sein. Er trat nur beiseite und ließ sie mit ihren in Decken gehüllten Bildern ins Haus.

»Ich war eben im Keller«, erklärte er. »Was ist da drin?«

»Ihre Cézannes«, antwortete Trockau prosaisch. »Zumindest drei davon.«

»Nein!«

»Doch. Schauen Sie nach.« Vorsichtig entblätterten sie die verhüllten Bilder.

Löwenthal starrte sie schweigend an. Schließlich flüsterte er: »Ich weiß gar nicht, was ich sagen soll.«

»Das macht nichts«, sagte Renzo lächelnd. »Dafür werden *wir* Ihnen die ganze Geschichte erzählen. Aber nur, wenn Sie zu uns ins Ifen Hotel kommen. Zu einem feinen Abendessen in der ›Kilian Stuba‹. Dieses Mal lädt der Herr Trockau ein.«

»Wunderbar, dann gehe ich nachher rauf, ziehe mir was Passendes an und komme nach. Aber zuvor wäre es ganz zauberhaft, wenn Sie mir altem Mann helfen würden, die Originale in den Keller zu tragen. In den Tresor. Damit nicht wieder ein Bösewicht kommt und die wiedergefundenen ›verlorenen Söhne‹ stiehlt, während wir es uns unten bei den Ifens gut gehen lassen.«

Als Renzo eines der drei Bilder nahm und Löwenthal in den Keller folgen wollte, machte Trockau etwas ganz anderes. Er ging zu der Wand, an der sich zuvor die gestohlenen Kunstwerke befunden hatten. Doch merkwürdigerweise sah er keine leere Stelle. Alle Cézannes hingen an ihrem Platz.

Er blieb vor Löwenthals Lieblingsbild »Weibliche Badende, von einem Beobachter überrascht« stehen. »Herr Löwenthal, was ist das jetzt«, fragte er, »die Kopie oder das Original?«

»Natürlich die Kopie«, sagte Löwenthal über die Schulter, während er zur Treppe in den Keller ging. »Das Original ist ja gestohlen worden.« Und im Umdrehen, etwas lauter, mit einem leicht vorwurfsvollen Unterton: »Sie waren doch selbst dabei!«

Trockau nahm das Bild von der Wand, um sich die Rückseite anzuschauen. Dort fand er nicht wie erwartet Bois Signatur »P.C.«, sondern … nichts. Er drehte das nächste Bild um – »Das Ewig-Weibliche«. Auch hier kein »P.C.« auf der Rückseite. Das Gleiche bei dem dritten Bild »Porträt der Madame Cézanne«.

Löwenthal stand immer noch an der Kellertür, die Klinke in der Hand, und sah Trockau unbewegt zu. Der ging nun zu den drei Cézannes, die sie von der Zwerenalpe »gerettet« hatten, und legte die Bilder aufs »Gesicht«. Auf allen drei Rückseiten ließ sich unten rechts das »P.C.« erkennen.

»Herr Löwenthal, ich muss mich korrigieren«, sagte er. »Wir bringen Ihnen zwar Ihre Bilder wieder, aber ich darf sie nicht ›Cézannes‹ nennen, sondern muss korrekt sagen: ›Ihre Cézanne-Kopien‹.« Nach einer bedeutungsvollen Pause fuhr er fort: »Seien Sie ehrlich – haben Sie es selbst entdeckt oder hat Otto Boiern Ihnen verraten, dass er seine Kopien mit P.C. kenntlich gemacht hat?«

Löwenthal schaute ihn mit kalten Augen an und blieb weiterhin bewegungslos stehen.

»Ich habe mich übrigens die ganze Zeit gewundert«, fuhr Trockau fort, »warum das Bilderlager gerade hier im Kleinwalsertal angelegt worden war. Aber die Antwort ist einfach: Sie wollten diese höchst wertvollen Kunstwerke in Ihrer Nähe haben. Sie wussten aus Erfahrung, dass man einen solchen Kunstschatz hier gut unter Verschluss halten kann.«

Trockau setzte sich entspannt auf einen Stuhl, der in seiner Nähe stand. »Was haben Sie eigentlich gesagt, als Sie Sepp vom Nachbarhaus darüber informierte, dass die Kisten abgeholt worden waren?«

Löwenthal sagte immer noch nichts, sondern starrte Trockau nur feindselig an.

»Wenn ich ehrlich bin, hatte ich echt Angst, dass Sie uns im Ifen Hotel auffliegen lassen.«

Löwenthal machte ganz langsam einen Schritt auf Trockau zu. »Denken Sie tatsächlich, ich wüsste nicht, was in meinem Tal vor sich geht? Sepp hatte natürlich keine Ahnung, was in den Kisten war. Wie auch. Ich habe ihm von dem wahren Inhalt selbstverständlich nichts erzählt. Für ihn hatten Freunde von mir, die das Haus renovieren wollten, ein paar Sachen untergestellt. Aber der Tölpel hat mich entgegen unserer Absprache nicht sofort angerufen, sondern erst am nächsten Mittag …

Und mir dann ganz stolz erzählt, dass ihm die Italiener den Generator geschenkt hätten. Dieser Einfaltspinsel.«

»Und zu diesem Zeitpunkt waren die Bilder schon auf dem Weg in die Raiffeisenbank.«

»Dummerweise ja. Ich kenne den Direktor zwar, aber der war keinem vernünftigen Argument zugänglich. Ich habe lange auf ihn eingeredet.« Löwenthal setzte sich auf eine Truhe, die neben der Treppe stand. »Ich habe ihm gedroht. Es im Guten versucht und ihm sogar angeboten, zehn Prozent des Auktionserlöses zu bekommen. Doch dieser sture Hund sagte immer nur, das sei nicht korrekt. Natürlich war das nicht korrekt! Aber er verwehrte mir den Zugang zur Ernte von mehr als einem Jahr Arbeit.«

Löwenthal starrte vor sich auf den Boden. »Deswegen war es mir auch egal, als die Korsen und Stahlberg da oben zu ihrem Showdown aufliefen.«

»Sie wussten davon?«

»Ja sicher.« Löwenthal lachte bitter. »Dass Ihre Leute Kameras und was weiß ich noch alles in der Hütte installiert hatten, hat mir Sepp *sofort* berichtet. Die Geräte können Sie übrigens vergessen. Die hat er schon längst abgebaut und einkassiert. Er liebt solchen technischen Firlefanz.«

»Tja, Sie hätten sich vielleicht ein bisschen mehr für ihn als Menschen interessieren sollen, dann wären diese Pannen unter Umständen nicht passiert.«

»Glauben Sie wirklich? Ich nicht. Das Einzige, auf das man sich verlassen kann, ist die Kunst. Meine Cézannes betrügen mich nicht.«

»Aber Sie die Artecuritas.«

Löwenthal sah ihn mit leerem Blick an.

»Und Janus?«, fragte Trockau.

»Dieser selbstgefällige Dummkopf? Der dachte, er könne alles mit seinen dubiosen Methoden steuern. Am Ende hat er gesehen, wohin er gesteuert ist. In den Tod. Aber das geschah ihm ganz recht. Hochmut kommt vor dem Fall. Oder besser Un-Fall.« Löwenthal lachte freudlos auf, dann erhob er sich.

»Ich danke Ihnen für Ihre Einladung, aber mir ist nicht wohl. Ich bringe Sie zur Tür, dann werde ich mich wohl etwas hinlegen müssen.«

Renzo, der dem Gespräch sprachlos gelauscht hatte, folgte den beiden schweigend zur Haustür. Als er das Haus verließ, wollte er Löwenthal am Ende dieser merkwürdigen Begegnung die Hand zum Abschied schütteln. Doch Löwenthal stand nur wie versteinert an der Tür und starrte auf einen imaginären Punkt in der Ferne.

Als sie außer Hörweite waren, fragte Renzo: »Was war das denn?«

»Ein Geständnis«, sagte Trockau und kratzte sich am Kinn. »Ich wollte eigentlich nur beide Cézanne-Versionen nebeneinander sehen, weil ich die Qualität von Bois Arbeit begutachten wollte. Er ist wirklich genial. Damals schon. Tja, und nun – so viele Jahre danach – haben seine Kopien seinen damaligen Auftraggeber überführt.«

»Hat der alte Löwenthal jetzt gerade zugegeben, dass *er* der Hintermann von diesem groß angelegten Bilderdiebstahl ist?«

»Das nicht. Aber er war eingeweiht. Warum sonst hätte er die Existenz des Bilderlagers verschwiegen?«

»Ja, aber dann müssen wir doch die Polizei informieren.«

»Was soll die tun? Die als gestohlen gemeldeten Kunstwerke sind alle bei der Versicherung, und die sechs Cézannes von Löwenthal waren nie weg, sondern nur die Kopien.«

»Aber es muss doch der Gerechtigkeit Genüge getan werden!«

»Hat die nicht schon in ihrer ganzen Härte zugeschlagen? Janus ist tot, Stahlberg ist seinen Job los – und Löwenthal hat seine Reputation verspielt. Er wird sich jetzt überlegen müssen, wie er Dr. Solin seinen Versicherungsbetrug erklärt. Aber dafür gibt es keine Erklärung. Nur eine Bankrotterklärung. Und mit der muss er bis ans Ende seiner Tage leben. Was soll da noch die Polizei?« Trockau schüttelte den Kopf. »Manchmal ist es für einen Täter viel schlimmer, wenn ein Verbrechen aufgedeckt, aber *nicht* geahndet wird. Wenn die offensichtliche Schuld unausgesprochen im Kopf ihr bohrendes Unwesen treibt. Immer und immer wieder. Tag und Nacht.«

64

Kleinwalsertal, Ifen Hotel

Als Trockau und Renzo ins Carnotzet kamen – ein gemütliches Kaminzimmer, das für ihr Essen reserviert war –, sprach Hoteldirektor Nikolaus Jaeger gerade ein paar Worte zur Begrüßung. Er hatte die Anwesenden auf ein Glas Champagner eingeladen, bis die letzten drei Gäste eingetroffen sein würden.

Katharina hatte sich in ihr »kleines Schwarzes« geworfen, das sie auch auf Reisen immer dabeihatte, und sah blendend aus. Die Herren waren weniger festlich gekleidet, aber selbst Ernst und August sahen geschniegelt und gebügelt aus.

»Wo haben Sie denn Herrn Löwenthal gelassen?«, fragte Jaeger die beiden Zuspätkommenden.

»Er fühlt sich leider nicht wohl«, antwortete Trockau, »und möchte lieber zu Hause bleiben.«

Als alle Platz genommen hatten, verabschiedete sich der Chef des Hauses, nicht ohne darauf hinzuweisen, dass – falls ihnen irgendetwas fehlen sollte – sie es nur zu sagen brauchten.

Kaum war der Direktor verschwunden, servierte der sterngeschmückte Chefkoch Sascha Kemmerer der kleinen Runde höchstpersönlich einen kleinen Gruß aus der Küche – ein Pommery-Senfsüppchen mit Honig. Dazu reichte er ein knusprig gebackenes Baguette aus dem Bregenzerwald mit Fleur de Sel und Kürbiskerndip.

An dieser Stelle erhob sich Trockau und sagte: »Liebe Freunde, ihr habt alle einen sensationellen Job gemacht, und dafür danke ich euch. Deshalb lasst uns diesen schönen Erfolg jetzt mit allen Sinnen feiern. Aber ich rufe es euch noch einmal in Erinnerung – und das sollen auch unsere Gäste, Dr. Solin und Herr Schmoller wissen –, dass bei uns die eherne Regel gilt: Beim Essen no Business!« Er hob sein Glas. »Mit den alten Lateinern sei's gesagt: ›Pro sit‹ – ›es möge nützen‹!«

Darauf stießen alle an, und Trockau setzte sich wieder.

»Oops, dann habe ich das bei unserem Frühstück in Rom ja ganz falsch gemacht«, kicherte Schmoller.

»Wenn ein Auftrag dabei rausschaut«, sagte Trockau übertrieben streng, »mache ich schon mal eine Ausnahme.«

Chefkoch Kemmerer erschien mit dem ersten Gang – eine Scheibe gebeiztes Walser Hirschkalb, das er mit Gänseleber und Tupfen von Blutpfirsich und Butternusskürbis reichte. Dazu servierte sein Sommelier Kirchbach einen Grünen Veltliner von Fritsch, »1er Schlossberg« von 2012.

»Eine vorzügliche Wahl«, schwärmte Renzo, nachdem er den ersten Schluck genommen und sich dazu die Gänseleber auf der Zunge hatte zergehen lassen.

Dr. Solin, der neben Trockau saß, fragte erstaunt: »Serviert der Chefkoch hier jeden Gang tatsächlich persönlich?«

»Da müssen Sie meine Frau fragen, die kennt sich mit allen Spezialitäten dieses Hauses bestens aus«, antwortete Trockau vergnügt.

»Jeder Koch hat so seine kleinen Eigenarten«, stieg Katharina bereitwillig ein. »Kemmerer mag es, speziellen Gästen seine Kreationen selbst zu erläutern.«

»Das gefällt mir«, sagte Solin. »Das ist so, als ob ein Künstler erzählt, wie und woraus er sein Bild komponiert hat.«

»Das ist ein guter Vergleich«, sagte Trockau. »Köche sind ja auch Künstler. Sie malen nicht mit Farben für die Augen, sondern mit Speisen für die Zunge.«

»Möglicherweise haben Sie recht.« Solin nahm nachdenklich noch einen Schluck des Grünen Veltliners.

»Nein, Dr. Solin«, widersprach Trockau. »Nicht möglicherweise, sondern definitiv.«

Solin sah in Trockaus Augen den Schalk aufblitzen, als der Chefkoch den Raum betrat, um den nächsten Gang zu erklären. »Bretonischer Wolfsbarsch an der langen Leine gefangen.«

»Wie, an der langen Leine gefangen?«, rief Ernst in die Runde, der bereits sein viertes Glas Weißwein getrunken hatte. »So wie unser Chef seine Klienten fängt?« Ein herzhafter Lacher des gesamten Teams schallte durch den Raum, worauf Trockau sagte: »No Business beim Essen!« Was ebenfalls einen Lacher zur Folge hatte.

Allmählich löste sich die Anspannung der letzten Tage, und die Energien begannen zu fließen, wie sie in einer harmonischen Familie fließen sollen.

Trockau gefiel der Begriff »lange Leine«. An der hatte er – wenn auch unabsichtlich – Löwenthal ja tatsächlich geködert. Fangen wollte er ihn nicht, wie er Renzo erklärt hatte. Das war doch eher eine Sache der Versicherung. Er war für die Wiederbeschaffung zuständig. Nicht für versuchten oder vollzogenen Versicherungsbetrug. Welche Maßnahmen dazu ergriffen werden sollten, würde Solin entscheiden müssen. Doch das hatte noch Zeit bis morgen. Denn auch für die Gedanken galt: Beim Essen no business!

Trockau setzte gerade sein Glas ab, als er hörte, wie Kemmerer sagte: »Jetzt sind wir ganz klassisch in der Heimat angekommen – bei einem Rinderfilet aus dem Oberallgäu, das ich mir hier bei unseren Bauern aussuche. Dazu gibt es einen geschmorten Rinderschwanz, den Sie so sicherlich noch nicht gegessen haben. Essen Sie Filet und Rinderschwanz im Wechsel und lassen Sie sich dazu den ›Tridendron‹ schmecken. Viel Vergnügen.«

Renzo frohlockte, als er seine Gabel in das Schälchen mit dem geschmorten Rinderschwanz tauchte. »Das ist der beste Rinderschwanz, den ich in meinem Leben gegessen habe«, murmelte er in kulinarischer Andacht.

Die Nachspeise gab sogar dem für lukullische Genüsse nicht ganz so empfänglichen Schmoller den Rest – eine Kreation aus Arabica-Kaffeebohnen mit Ländlerrahm und Madagaskar-Vanille. Den dazu gereichten Eiswein von 2009 aus dem Hause Kracher schlotzte Renzo nur wortlos und verdrehte die Augen.

Am Ende dieses mit »Abendessen« nur dürftig beschriebenen Genussereignisses verabschiedeten sich Dr. Solin und Schmoller recht bald, weil sie am nächsten Tag die lange Heimreise nach Berlin antreten mussten.

Das war Trockau und seinem Team nicht ganz unrecht, weil sie nun zum gemütlichen Teil an der Bar übergehen und endlich alle Details der letzten Tage entspannt durchkauen konnten. Cocktails, die auf Namen hörten wie »Game Over« und aus einem dreiundsiebzigprozentigen Jamaica Rum, Mandelsirup, Lime Juice und Apfelsaft bestanden, halfen ihnen, die Anspannung der vergangenen Tage hinunterzuspülen.

65

Kleinwalsertal, Haus Am Sonnenhang

Während sich Trockaus Team nach dem denkwürdigen Essen genussvoll entspannte, verbrachte Johan Jakob Löwenthal einen einsamen Abend.

Der Präsident wollte, dass es sein letzter sein sollte.

Zunächst hatte er lange ins Dunkel der Nacht geschaut und darüber nachgedacht, wie sich doch alles so ganz anders entwickelt hatte, als er es geplant hatte. Zu seiner eigenen Überraschung war er dabei ganz ruhig geworden. Dann war er in den Keller gestiegen und hatte seinen ältesten Portwein geholt, mit dem er den gesamten Inhalt einer Packung eines sehr starken Beruhigungsmittels runterspülte. Das war ihm zwar wie ein Sakrileg vorgekommen, aber es würde das letzte Sakrileg sein, das er begehen würde. Gleichzeitig war es der beste Weg, das Ganze mit Anstand und Würde zu Ende zu bringen.

Jetzt saß er vor seinem Lieblings-Cézanne und sah, wie sich der schwarze Hintergrund der »Weiblichen Badenden, von einem Beobachter überrascht« immer weiter ausdehnte.

Zuerst auf das ganze Bild, dann auf die Wand und schließlich auf das gesamte Zimmer. Als die Schwärze auch seine Beine emporkroch, war er froh. Er war endlich in seinem Cézanne angekommen.

66

Kleinwalsertal, Ifen Hotel, Fumoir

Gegen halb zehn wechselten Trockau und Katharina in den »Fumoir«, um eine Sancho Panza Belicoso zu entzünden.

Am Ende dieses Abends war Renzo ins Team aufgenommen, Ernst und August ein Herz und eine Seele und Katharina sehr stolz auf ihren Trockau.

»Und morgen fahren wir nach Turin«, flüsterte sie ihm ins Ohr. »Oder?«

Er schaute sie an und flüsterte ebenso leise: »Ich würde gerne noch bleiben. Ein wenig wandern, ohne auf böse Buben achten zu müssen, die hinter alten Hütten lauern, noch ein bisschen die Wellness-Möglichkeiten ausprobieren und am Abend schauen, was der Herr Kemmerer sonst noch so in seinen Töpfen anzurichten versteht. Und dann«, er gab ihr einen Kuss, »haben wir ja auch noch unsere schnuckelige Suite.«

Katharina antwortete ihm, indem sie seine Hand nahm. »Darf ich für das ganze Team fragen, ob nicht alle noch ein bisschen bleiben können, nachdem du von der Versicherung eine Provision für die Rettung ihres Schatzes bekommen wirst, die sich gewaschen hat?«

»So lange ihr wollt. Ihr seid doch alle meine Familie.« Trockau gab ihr einen Kuss auf die Stirn.

»Dann wohnen wir in der Formazza-Suite ja genau richtig.«

»Ja, aber nur wir zwei. Der Rest der Familie bleibt schön da, wo er jetzt ist.«

Nachwort und Dank

Die Handlung dieser Geschichte ist frei erfunden, wobei einige Fakten stimmen – allerdings mit Einschränkungen. So gibt es Cézannes »Landschaft« von 1870 tatsächlich. Allerdings ist sie nicht bei einem Privatbesitzer in Rom zu Hause, sondern in der »Städtischen Galerie im Städelschen Kunstinstitut« (Städel Museum) in Frankfurt. Einen Besuch dieses herrlichen Bildes in diesem sehenswerten Haus möchte ich allen Lesern ans Herz legen.

Die »Weibliche Badende, von einem Beobachter überrascht«, die Johan Jakob Löwenthal so sehr schätzte, ist uns Sterblichen leider nicht zugänglich, da sie sich in Paris in Privatbesitz befinden soll.

Den Palazzo an der »Piazza dell'Orologio« gibt es ebenfalls, allerdings wird er nicht von einem einzelnen verarmten Adligen bewohnt, sondern von mehreren Parteien, die sich diesen wunderschönen Wohnsitz in der Altstadt Roms teilen.

Auch wohnt in Zürichs Fortunagasse 10 jemand ganz anderes als der von mir erfundene Renzo Landolt.

Auf der Kanzelwand kann man zwar auch auf der Bergstation ein Ticket ins Tal lösen, doch brauchen das die meisten Hotelgäste im Kleinwalsertal nicht, da sie automatisch eine Freikarte für alle Lifte und Bergbahnen von ihren Hotels bekommen, die außerdem niemand verschenken würde, wie August es getan hat.

Der Weg auf die Zwerenalpe ist in der Tat steil und gefährlich, jedoch ist er nicht für jedermann zu befahren, da es sich um einen Forstweg handelt, für den man eine Genehmigung – und ein vierradangetriebenes Auto braucht. Auch hier hat die dichterische Freiheit über den Zwang des Faktischen gesiegt.

Ohne Einschränkungen real sind dagegen die erwähnten Hotels. Das Ifen Hotel im Kleinwalsertal ist mir besonders ans Herz gewachsen, nicht nur weil mich schöne Erinnerungen mit ihm verbinden, sondern weil es aus kulinarischen, regionalen und gastfreundlichen Gründen eine Reise wert ist.

Dass diese Geschichte nicht nur in meinem Kopf existieren konnte, sondern auf Papier gedruckt wurde, habe ich meinem Agenten Michael Meller zu verdanken. Dass das mit ungeheurem Elan umgesetzt wurde, ist das Verdienst meines Verlegers Hejo Emons, der dafür gesorgt hat, dass der enge Zeitplan kein Hindernis wurde. Besonderen Dank schulde ich Franziska Emons, die für die Titelgestaltung verantwortlich zeichnet, und meiner Lektorin Stefanie Rahnfeld, die mit den richtigen Fragen dafür gesorgt hat, dass die Geschichte so ist, wie sie jetzt ist.

Danken möchte ich auch Gerd Bürk, den im Kleinwalsertal alle nur unter »Gerd« kennen und der das Glück hat, in dieser herrlichen Landschaft Bergführer zu sein. Er hat mir sein Kleinwalsertal gezeigt und mich in die Mundart der Walser eingeführt.

Und last but not least danke ich meiner Frau Anita und unserem Sohn Max für beider Geduld und Zuspruch, ohne die ich keine Bücher schreiben könnte.